Janet Evanovich

Américaine, Janet Evanovich est originaire de South River dans le New Jersey. Au terme de quatre années d'études en arts plastiques, elle a renoncé à la peinture et commencé à écrire, tout en travaillant comme secrétaire intérimaire. En 1996, elle a publié, en France, son premier roman, *La Prime*, qui est immédiatement salué par la critique et plébiscité par le public. Suivront une vingtaine d'autres titres mettant en scène avec le même humour décapant la célèbre chasseuse de primes, Stéphanie Plum. Ses romans sont traduits dans 27 langues et l'auteur a déjà vendu plus de 75 millions de livres à travers le monde. *La Prime* a fait l'objet d'une adaptation cinématographique en 2012, *Recherche bad boys désespérément* avec Katherine Heigl dans le rôle titre.

Retrouvez toute l'actualité de Janet Evanovich sur :
www.evanovich.com

JAMAIS DEUX
SANS TOI

Les enquêtes de Stéphanie Plum, prochainement disponibles dans leur intégralité !

La Prime

Jamais deux sans toi

À la une, à la deux, à la proie

Quatre ou double
octobre 2013*

Cinq à sexe
octobre 2013*

Six appeal
avril 2014*

Septième ciel
avril 2014*

Le Grand huit
octobre 2014*

Les Neuf vies de Stéphanie
octobre 2014*

Une Plum sous le sapin
suivie de
Recherche Valentin désespérément
deux aventures inédites

La suite des aventures de Stéphanie Plum sera publiée de manière totalement inédite en France à compter de 2015.

* Nouvelles éditions

JANET EVANOVICH

JAMAIS DEUX SANS TOI

Traduit de l'américain
par Philippe Loubat-Delranc

POCKET

Titre original :
TWO FOR THE DOUGH

Cet ouvrage a précédemment paru sous le titre :
Deux fois n'est pas coutume

MIXTE
Papier issu de sources responsables
FSC® C003309

Pocket, une marque d'Univers Poche, est un éditeur qui s'engage pour la préservation de son environnement et qui utilise du papier fabriqué à partir de bois provenant de forêts gérées de manière responsable.

ISBN : 978-2-266-23670-6

Pour Alex et Peter
car ils ont toujours eu plus de foi en l'espérance qu'en la raison – et parce qu'ils prennent garde de ne pas piétiner les rêves.

1

Je ne voyais de Ranger que l'éclat de diamant à son oreille qui scintillait au clair de lune. Tout le reste – son tee-shirt, son gilet pare-balles, ses cheveux gominés et son Glock 9 mm – était aussi noir que la nuit. Jusqu'à son teint qui semblait plus mat. Ricardo Carlos Mañoso, le caméléon américano-cubain.

Moi, de mon côté, j'étais la résultante aux yeux bleus et au teint clair d'une union italo-hongroise, et par conséquent mon camouflage naturel n'était pas aussi adapté que le sien à des activités nocturnes et clandestines.

On était fin octobre, et Trenton jouissait des derniers râles d'agonie de l'été indien. Ranger et moi, tapis derrière un buisson d'hortensias au coin de Paterson Street et de Wycliff Street, ne jouissions ni de l'été indien, ni de notre compagnie mutuelle, ni de rien. Cela faisait trois heures qu'on était à croupetons, et cette position prolongée avait eu raison de notre bonne humeur.

On surveillait la petite maison en bardeaux blancs, dans le genre de celles de Cap Cod, au 5023 Paterson Street, suite à un tuyau selon lequel Kenny Mancuso viendrait rendre visite à sa petite amie, Julia Cenetta.

Kenny Mancuso était accusé d'avoir tiré sur un pompiste (qui se trouvait être aussi son ex-meilleur ami), l'atteignant au genou.

Mancuso avait pu payer sa caution grâce à un emprunt à la Société de Cautionnement Judiciaire Vincent Plum, ce qui lui avait permis de sortir de prison et de retourner dans le giron de la bonne société. Après sa libération, il s'était empressé de disparaître et, trois jours plus tard, s'était bien gardé de réapparaître à l'audience préliminaire. Ce qui n'avait pas du tout été du goût de Vincent Plum.

Étant donné que les malheurs financiers de Vincent Plum font mon bonheur, je considérai la disparition de Mancuso comme une opportunité des plus lucratives. Vincent Plum est mon cousin et employeur. Je travaille pour lui en tant que chasseuse de primes, ramenant dans le système les malfrats qui se mettent hors de portée du long bras de la justice. Ramener Mancuso allait me rapporter dix pour cent de ses 50 000 dollars de caution. Une partie reviendrait à Ranger pour son soutien logistique, et le reste solderait mon emprunt-voiture.

Ranger et moi fonctionnons sur un mode de partenariat occasionnel. Ranger est un authentique chasseur de primes, coolos, *numero uno*. Je lui demande parfois de m'aider parce que j'apprends encore le métier et que j'ai besoin de toute l'aide possible. Sa participation de ce soir prenait des airs de plantage total.

— J'crois que c'est foutu, dit Ranger.

C'était moi qui avais eu l'info et je commençais à craindre qu'on ne m'ait menée en bateau.

— J'ai parlé à Julia ce matin. Je lui ai expliqué qu'elle risquait d'être considérée comme sa complice.

— C'est ce qui l'a décidée à coopérer ?

— Pas vraiment. Elle a accepté de nous aider quand je lui ai dit qu'avant de tirer sur le pompiste, Kenny était quelquefois sorti avec Denise Barkolowski.

Ranger sourit dans le noir.

— C'est un mensonge, ça ? dit-il.

— Ouais.

— Je suis fier de toi, poupée.

Je ne m'en voulais pas d'avoir menti parce que Kenny était une ordure de première et que je considérais que Julia valait mieux que ça.

— On dirait bien qu'elle y a réfléchi à deux fois avant d'assouvir sa vengeance et qu'elle a finalement tenu Kenny à distance, dit-il. Tu as découvert où il habitait ?

— À droite et à gauche. Julia n'a pas de numéro de téléphone où le joindre. Elle dit qu'il est très prudent.

— C'est la première fois qu'il se fait arrêter ?

— Oui.

— L'idée de se retrouver derrière les barreaux doit le rendre nerveux. Il a entendu toutes ces histoires de viols collectifs.

On se tut comme un 4X4 approchait. C'était un Toyota flambant neuf qui semblait tout droit sorti de son stand d'exposition. Couleur foncée. Immatriculation provisoire. Le 4X4 ralentit à hauteur de la maison de style Cap Cod et s'engagea dans l'allée. Le chauffeur descendit et marcha jusqu'à la porte d'entrée. Il était dos à nous et l'éclairage était faible.

— Qu'en penses-tu ? demanda Ranger. Tu crois que c'est Mancuso ?

Je ne pouvais pas en être certaine d'aussi loin. La taille et la corpulence correspondaient. Mancuso, vingt et un ans, un mètre quatre-vingt-deux, quatre-vingt-cinq kilos, brun, avait fini son service militaire quatre mois plus tôt et était en pleine forme physique. J'avais plusieurs photos de lui venant du dossier de caution, mais elles ne m'étaient d'aucune utilité en la circonstance.

— Ça pourrait être lui, dis-je, mais je ne peux en être sûre tant que je n'ai pas vu son visage.

La porte de la maison s'ouvrit et l'homme s'engouffra à l'intérieur. La porte se referma.

— On pourrait aller frapper et demander poliment si c'est bien lui, suggéra Ranger.

J'acquiesçai.

— Ça pourrait marcher.

On se leva et on ajusta nos ceinturons.

Je portais un jean noir, un pull ras du cou assorti, un gilet pare-balles bleu marine, et des boots rouges. J'avais noué mes cheveux bruns mi-longs en queue de cheval, et les avais dissimulés sous une casquette de base-ball bleu marine. Mon calibre .38 Smith & Wesson « Chiefs Special » à cinq coups était dans son étui de nylon noir, à ma taille, de même qu'une paire de menottes. Une bombe lacrymogène était coincée dans mon dos, sous mon ceinturon.

On traversa la pelouse, et Ranger frappa à la porte de la maison avec une torche électrique de cinquante centimètres de long et vingt de diamètre. Elle éclairait très bien et, disait Ranger, était idéale pour amocher salement n'importe quelle petite gueule. Dieu merci, je n'avais jamais été témoin de ce genre de matraquage. Étant tombée dans les pommes en regardant *Reservoir Dogs*, je ne me faisais aucune illusion sur mon seuil de tolérance à la vue du sang. Si jamais Ranger devait en arriver à utiliser sa torche électrique pour fracasser un crâne en ma présence, j'étais bien décidée à fermer les yeux… voire à me recycler.

Comme personne ne venait ouvrir, je fis un pas de côté et dégainai mon revolver. Procédure standard pour couvrir le coéquipier. Dans mon cas, c'était plus ou moins pour la forme. Je m'entraînais pieusement au stand de tir, mais, en vérité, la mécanique et moi, ça fait deux. Je nourris une peur irraisonnée à l'égard des armes à feu, et la plupart du temps, mon petit S & W n'est même pas chargé, pour éviter de me faire exploser les doigts de pied. La seule et unique fois où j'ai vraiment été obligée de tirer sur quelqu'un, j'étais si tourneboulée que j'en ai oublié de sortir mon revolver de mon sac à main avant d'appuyer sur la détente. Je n'étais pas particulièrement pressée de remettre ça.

Ranger frappa de nouveau à la porte, avec plus de force cette fois.

— Agence de cautionnement judiciaire ! cria-t-il. Ouvrez, s'il vous plaît !

Ce qui eut pour effet que la porte s'ouvrit, non sur Julia Cenetta ou Kenny Mancuso, mais sur Joe Morelli, un policier en civil des Services de Police de Trenton.

On se regarda tous en chiens de faïence pendant un petit moment, chacun étonné de voir l'autre.

— C'est ton 4X4 qui est dans l'allée ? finit par demander Ranger à Morelli.

— Ouais. Je viens de l'acheter.

Ranger hocha la tête.

— Belle bécane.

Morelli et moi sommes tous deux natifs du Bourg, un quartier ouvrier de Trenton où les ivrognes sont encore appelés des « clodos » et où seuls les homos vont se faire décalaminer le pot. Morelli avait, par le passé, maintes fois abusé de ma naïveté. Récemment, l'occasion m'avait été donnée de remettre les compteurs à zéro, et nous étions en ce moment en période de réévaluation, chacun essayant de trouver ses marques.

Julia, derrière Morelli, nous jetait des regards furtifs.

— Alors, que s'est-il passé ? demandai-je à Julia. Je croyais que Kenny devait passer te voir ce soir ?

— Oh, fit-elle. Comme s'il faisait toujours ce qu'il dit.

— Il a téléphoné ?

— Rien. Pas un coup de fil. Rien. Il doit être chez Denise Barkolowski. Pourquoi vous n'allez pas frapper à sa porte à cette conne ?

Ranger ne broncha pas, mais je me disais qu'il devait se retenir de rire.

— Je me tire, dit-il. Je n'aime pas me trouver mêlé à des scènes de ménage.

Morelli m'observait.

— Qu'est-ce que t'as fait à tes cheveux ? me demanda-t-il.

— Sous ma casquette.

Ses mains étaient enfoncées dans les poches de son jean.

— Très sexy.

Il faut dire que Morelli trouve tout sexy.

— Il se fait tard, dit Julia. Je travaille demain.

Je jetai un coup d'œil à ma montre. Dix heures et demie.

— Tu me préviens si tu as des nouvelles de Kenny ?

— Oui, bien sûr.

Je m'éloignai. Morelli me suivit. On s'arrêta à hauteur de son 4X4 qu'on regarda en silence, chacun perdu dans ses pensées. Sa voiture précédente était une Jeep Cherokee. Elle avait été pulvérisée par une bombe. Heureusement pour Morelli, il n'était pas au volant au moment de l'explosion.

— Qu'est-ce que tu fous ici ? finis-je par lui demander.

— La même chose que toi. Je cherche Kenny.

— J'ignorais que tu t'occupais des affaires de cautionnement judiciaire.

— La mère de Mancuso est une Morelli, et la famille m'a demandé de rechercher Kenny et de lui parler avant qu'il ne s'attire de nouveaux ennuis.

— Quoi ? Tu veux dire que tu es parent avec Kenny Mancuso ?

— Je suis parent avec tout le monde.

— Pas avec moi.

— À part Julia, tu as une autre piste ?

— Rien de sensationnel.

Il sembla peser le pour et le contre.

— On pourrait collaborer sur ce coup…

Je haussai le sourcil. La dernière fois qu'on avait bossé ensemble, j'avais pris du plomb dans les fesses.

— Quelle est ta contribution ?

— L'esprit de famille.

Kenny serait peut-être assez bête pour céder à cet argument.

— Qu'est-ce qui m'assure que tu ne vas pas essayer de me doubler au final ?

Comme il avait parfois tendance à le faire.

Son visage n'était que traits tirés. C'était le genre de visage qui avait été beau puis avait gagné du caractère avec le temps. Une fine cicatrice lui barrait le sourcil droit, témoignage muet d'une vie vécue par-delà les limites de la prudence ordinaire. Il avait trente-deux ans. J'en avais deux de moins que lui. Il était célibataire. Et c'était un bon flic. Quant au fait de savoir s'il appartenait au genre humain, les jurés n'avaient pas encore fini de délibérer sur ce point.

— Je crains qu'il ne te faille me croire sur parole, dit-il, tout sourire, se balançant sur ses talons.

— Super !

Il ouvrit la portière du Toyota et une odeur de neuf déferla sur nous. Il se hissa au volant et mit le contact.

— Je ne crois pas que Kenny se pointe à cette heure-ci, dit-il.

— Il y a peu de chances. Julia habite avec sa mère qui est infirmière de nuit à l'hôpital St. Francis. Elle va rentrer d'ici une demi-heure, et je ne vois pas trop Kenny s'en venir danser ici quand maman est dans les parages.

Morelli acquiesça et démarra. Une fois que ses feux arrière eurent disparu à l'horizon, je me dirigeai vers l'autre bout du pâté de maisons où j'avais garé la Jeep d'occasion que j'avais achetée à Skoogie Krienski. Il s'en était servi pour livrer des pizzas Pino et quand la voiture chauffait, elle dégageait encore des relents de pâte cuite et de sauce piquante. C'était une Wrangler, modèle Sahara, à la carrosserie beige camouflage. Idéal pour le jour où je voudrais passer inaperçue dans un convoi militaire.

J'avais sans doute raison de penser qu'il était trop

tard pour que Kenny montre le bout de son nez, mais je me dis que je ne perdrais rien à rester encore un petit moment par acquit de conscience. Je refixai la capote de la Jeep de façon à être moins repérable, et m'enfonçai dans le siège pour attendre. C'était loin d'être une aussi bonne planque que le buisson d'hortensias, mais ça suffisait à mes buts. Si Kenny se montrait, j'appellerais Ranger avec mon portable. Je n'avais pas spécialement envie de procéder à l'arrestation en solo d'un type tombé pour agression à main armée.

Au bout d'une dizaine de minutes, un coupé passa devant chez les Cenetta. Je me recroquevillai dans mon siège et la voiture continua son chemin. Quelques minutes plus tard, elle était de retour. Elle s'arrêta et le conducteur joua du klaxon. Julia sortit en courant et s'engouffra à côté du chauffeur.

J'attendis qu'ils soient à quelques centaines de mètres pour démarrer, puis qu'ils aient tourné pour allumer mes phares. Nous étions aux abords du Bourg, dans une zone résidentielle de maisons individuelles à prix modéré. Il n'y avait pas de circulation, ce qui me rendait plus facilement repérable, aussi je gardai mes distances. Le coupé déboucha dans Hamilton Avenue et se dirigea vers l'est. Je le collai, resserrant l'écart maintenant que la route était plus fréquentée. Je maintins ma position jusqu'à ce que Julia et compagnie aillent se garer dans la partie non éclairée du parking d'un centre commercial.

L'endroit était désert à cette heure de la nuit. Impossible pour une chasseuse de primes fouinarde de s'y poster sans être vue. Je coupai mes phares et allai me garer à l'autre bout du parking. Je pêchai ma paire de jumelles sur la banquette arrière et les braquai sur la voiture.

Je crus que j'allais traverser la capote de ma Jeep en entendant soudain cogner à la portière de mon côté.

C'était Joe Morelli, trop content d'avoir pu me surprendre et me foutre une trouille bleue.

— Il te faut des infrarouges, dit-il, affable. Tu ne vas rien voir à cette distance dans le noir.

— Un : je n'ai pas d'infrarouges, et deux : qu'est-ce que tu fabriques ici ?

— Je t'ai suivie. J'ai bien pensé que tu guetterais Kenny encore un peu. Tu n'es pas très douée pour faire respecter la loi, mais t'as une veine de cocue et tu ne lâches pas plus une affaire qu'un pit-bull son os.

Pas vraiment flatteur, mais cent pour cent exact.

— Tu t'entends bien avec Kenny ?

— Je ne le connais pas beaucoup, répondit Morelli avec un haussement d'épaules.

— Tu voudrais rouler jusque là-bas et lui dire un petit bonjour ?

— Je ne voudrais surtout pas casser le coup de Julia, si ce n'est pas Kenny.

Nous regardions tous les deux le coupé et, même sans infrarouges, il était indubitable qu'il avait commencé à tanguer en rythme. Râles et gémissements se répercutèrent bientôt dans le parking désert.

Je ne savais plus trop quelle contenance prendre, mais fis comme si de rien n'était.

— Merde, fit Morelli, s'ils n'y vont pas mollo, ils vont bousiller les suspensions de cette petite auto.

Les soubresauts cessèrent, le moteur vrombit, les phares s'allumèrent.

— Mazette, dis-je. Ce fut rapide.

Morelli s'installa en cinq sec sur le siège passager.

— Elle avait dû commencer à lui faire une gâterie en chemin. Attends qu'ils soient sur la route avant d'allumer tes phares.

— Bonne idée, mais je fais comment sans phares ?

— T'es sur un parking. Y a rien à voir à part de l'asphalte à perte de vue.

Je roulai au pas un petit moment.

— Tu vas le perdre, dit Morelli. Accélère.

Je poussai jusqu'à trente à l'heure, scrutant l'obscurité, insultant Morelli parce que je n'y voyais que couic.

Il fit mine d'être mort de peur, et j'appuyai à fond sur le champignon.

Il y eut un *wooouuuump* retentissant, et la Jeep fit une embardée. Je pilai, la voiture dérapa, et s'immobilisa, l'arrière incliné à un angle de trente degrés vers la gauche.

Morelli descendit pour jeter un œil.

— T'as embouti un terre-plein, dit-il. Recule, ça devrait être bon.

Je dégageai la voiture et la reculai de quelques mètres. Elle se déportait nettement sur la gauche. Morelli jeta de nouveau un œil tandis que je gesticulais sur mon siège, rageant, fulminant et me maudissant de l'avoir écouté.

— Solide, ta caisse, dit-il, se penchant à l'intérieur par la vitre baissée. Tu as tordu ta jante en touchant le bord du trottoir. Ton assurance a une clause « dépannage » ?

— Tu l'as fait exprès. Tu ne voulais pas que je rattrape ta pourriture de cousin.

— Hé, ma belle, ce n'est quand même pas ma faute si tu as fait une fausse manœuvre.

— T'es une ordure, Morelli. Une ordure.

Il sourit de toutes ses dents.

— Calmos. Je pourrais t'aligner pour conduite dangereuse.

J'attrapai mon téléphone dans mon sac et appelai le magasin de pièces détachées de Al. Ranger et lui étaient deux bons amis. De jour, Al faisait un commerce honnête, mais de nuit, je le soupçonnais de jouer les désosseurs de voitures volées. Peu m'importait. Je voulais juste que ma roue soit réparée.

Une heure plus tard, je regagnais mes pénates. Il était inutile d'essayer de rattraper Kenny Mancuso. Il devait être loin. Je fis un crochet par une épicerie où j'achetai un demi-litre de glace au café à vous boucher les artères, et je pris la direction de chez moi.

J'habite dans un immeuble en brique de trois étages, à trois ou quatre kilomètres de chez mes parents. L'entrée donne sur une rue pleine de petits commerçants, et une cité pavillonnaire proprette s'étend à l'arrière.

Mon appartement est situé côté cour, au deuxième étage, et donne sur le parking. J'ai une chambre, une salle de bains, une kitchenette, et un salon-salle à manger. Ma salle de bains semble tout droit sortie d'une sitcom, et pour cause de restrictions budgétaires momentanées, mon mobilier pouvait être qualifié d'éclectique... un adjectif bien ronflant pour dire que tout est dépareillé.

En sortant de l'ascenseur, je tombai sur Mrs. Bestler, ma voisine du dessus, dans le couloir. Mrs. Bestler a quatre-vingt-trois ans et des insomnies. La nuit, elle erre dans les couloirs pour se dégourdir les jambes.

— Bonsoir, Mrs. Bestler. Comment ça va ?

— Comme ça peut. Apparemment, vous avez travaillé ce soir. Vous nous avez attrapé des voyous ?

— Non. Pas cette fois.

— C'est bien dommage.

— Demain est un autre jour, dis-je, ouvrant ma porte et me glissant à l'intérieur.

Rex, mon hamster, sprintait dans sa roue, ses pattounes formant un flou rosâtre. Je le saluai en tapotant sur sa cage en verre. Il s'arrêta momentanément, la moustache frémissante, ses yeux noirs et luisants agrandis, le regard en alerte.

— Comment va, Rex ? lui dis-je.

Rex ne me répondit pas. Il est du genre renfermé.

Je jetai mon sac à bandoulière noir sur le comptoir de ma cuisine et sortis une cuiller du tiroir à couverts. J'ôtai le couvercle de la boîte de glace et mangeai tout en écoutant mes messages.

Tous étaient de ma mère. Elle faisait un beau poulet rôti demain et ce serait bien que je vienne dîner. Je devais surtout ne pas être en retard car le beau-frère de Betty Szajack était mort et mamie Mazur voulait aller à la visite mortuaire à sept heures.

Mamie Mazur lisait la rubrique nécrologique comme si c'étaient les pages jeux du journal. Certaines communautés avaient leurs country clubs et leurs confréries. Le Bourg avait ses salons funéraires. Sans ses morts, la vie sociale du Bourg tomberait en panne sèche.

Je terminai la glace et posai la cuiller dans le lave-vaisselle. Je donnai à Rex quelques croquettes pour hamster et des grains de raisin, puis j'allai me coucher.

Je fus réveillée par le bruit de la pluie qui cognait contre la fenêtre de ma chambre et tambourinait sur le vieil escalier de secours en fer dont un palier me servait de balcon. J'aime le bruit de la pluie, la nuit, quand je suis blottie au fond de mon lit. Le matin, je déteste.

Il me fallait aller de nouveau asticoter Julia Cenetta. Et aussi me renseigner sur la voiture qui était venue la chercher. Le téléphone sonna. Je tendis le bras vers le portable posé sur ma table de chevet en me disant qu'il était bien tôt pour que quelqu'un m'appelle. L'affichage numérique de mon réveil indiquait 7 : 15.

C'était mon copain flic, Eddie Gazarra.

— Salut, dit-il. C'est l'heure d'aller bosser.

— Tu te prends pour le réveil téléphonique ?

Gazarra et moi avions grandi ensemble. Il avait épousé ma cousine Shirley.

— Non, pour les renseignements. Mais je ne t'ai jamais appelée. Tu recherches toujours Kenny Mancuso ?

— Oui.

— Le pompiste sur qui il a tiré est mort ce matin.

Je bondis sur mes pieds.

— Que s'est-il passé ?

— Une deuxième fusillade. J'ai appris ça par Schmidty. Il tenait le standard. Un automobiliste a appelé pour dire qu'il avait trouvé le pompiste, Moogey Bues, dans le bureau de la station-service avec un gros trou dans la tête.

— Mon Dieu !

— J'ai pensé que ça pouvait t'intéresser. Peut-être qu'il y a un lien. Peut-être pas. Possible que Mancuso ait estimé que tirer dans la rotule de son pote n'était pas suffisant et qu'il soit revenu pour lui brûler la cervelle.

— À charge de revanche, Eddie.

— On cherche une baby-sitter pour vendredi prochain.

— Je n'irai pas jusque-là.

Eddie grommela et raccrocha.

Je pris une douche vite fait, m'ébouriffai les cheveux au séchoir puis les coinçai sous une casquette des Rangers de New York que je vissai devant-derrière sur ma tête. Je portais un Levi's, une chemise écossaise rouge en flanelle par-dessus un tee-shirt noir, et des Doc Martens en l'honneur de la pluie.

Rex roupillait dans sa boîte de soupe après une folle nuit dans sa roue. Je passai devant lui sur la pointe des pieds, branchai le répondeur, pris mon agenda et mon blouson Gore-Tex noir et mauve, sortis et verrouillai la porte.

La station-service en question, Delio's Exxon, se trouvait dans Hamilton Avenue, pas très loin de chez moi. En chemin, je m'arrêtai à une épicerie où j'achetai un double café à emporter et une boîte de beignets au chocolat. Dès l'instant où l'on ne peut pas faire autrement que de respirer l'air du New Jersey, il est inutile de surveiller son alimentation.

Il y avait beaucoup de policiers et de voitures de police devant la station-service. La camionnette d'une équipe médicale de secours était garée tout contre la porte du bureau. La pluie n'était plus qu'un crachin. Je me garai à une cinquantaine de mètres de là et fendis la foule des badauds, sans oublier d'emporter mon café et mes beignets, cherchant à repérer un visage connu.

Le seul que je vis fut celui de Morelli.

Je me faufilai jusqu'à lui et ouvris la boîte de beignets.

Morelli en prit un et le mit presque entier dans sa bouche.

— Pas pris de petit déjeuner ? lui demandai-je.

— On m'a tiré du lit pour ça.

— Je croyais que tu bossais pour la brigade des mœurs.

— Oui. Mais c'est Walt Becker qui est chargé de l'enquête. Il savait que je cherchais Kenny et a pensé que ça m'intéresserait.

On mastiqua tous deux nos beignets.

— Alors, que s'est-il passé ?

Dans le bureau, un photographe de l'identité criminelle remplissait son office. Deux auxiliaires médicaux semblaient pressés d'emballer le cadavre et de mettre les bouts.

Morelli observait la scène à travers le double vitrage.

— Le médecin légiste situe le décès aux environs de six heures et demie. Autrement dit, l'heure d'ouverture. Apparemment, quelqu'un est entré et l'a flingué. Trois balles en plein visage tirées à bout portant. Pas de trace de vol. Tiroir-caisse intact. Pas de témoins jusqu'à maintenant.

— Un contrat ?

— Ça m'en a tout l'air.

— Ce garage faisait un trafic de plaques minéralogiques ? Dealait de la drogue ?

— Pas que je sache.

— C'est peut-être une vengeance personnelle. Peut-être qu'il se tapait la femme de quelqu'un. Peut-être qu'il avait des dettes.

— Peut-être.

— Peut-être que Kenny est revenu pour le faire taire.

Morelli ne bougeait pas d'un pouce.

— Peut-être.

— Tu crois que Kenny serait capable de faire ça ?

Morelli haussa les épaules.

— Difficile de dire ce dont Kenny serait capable.

— Tu as vérifié le numéro de la voiture d'hier soir ?

— Ouais. Elle appartient à mon cousin Léo.

Je lui lançai un regard surpris et interrogateur.

— On est une famille étendue, dit-il. J'ai un peu pris mes distances.

— Tu vas aller lui parler ?

— Dès que je serai parti d'ici.

Je bus quelques gorgées de café brûlant et surpris le regard de Morelli scotché à mon gobelet en plastique.

— Mais avant, tu as envie d'un bon café bien chaud, c'est ça ? lui dis-je.

— Je serais prêt à tuer pour du café.

— Je te le donne si tu m'emmènes avec toi quand tu iras parler à Léo.

— Marché conclu.

J'en bus une dernière gorgée et lui tendis le gobelet.

— Tu as surveillé Julia ?

— Je suis repassé en bagnole. Tout était éteint. Je n'ai pas vu la voiture. On ira lui parler après avoir vu Léo.

Le photographe en avait terminé. Les auxiliaires médicaux se mirent au travail, traînant le corps dans un sac et le hissant sur un brancard qu'ils firent rouler jusqu'à l'extérieur. Il franchit le seuil avec un bruit de ferraille, le sac tressautant sous son poids mort.

Le beignet me restait sur l'estomac. Je ne connaissais pas la victime, mais je n'en éprouvais pas moins un sentiment de perte. Un deuil par personne interposée, en quelque sorte.

Deux policiers de la brigade criminelle étaient présents sur la scène de crime, l'air très pro, en costume-cravate sous leur imper. Morelli portait une marinière, un Levi's, un blouson en tweed, et des chaussures de course. De la rosée s'accrochait à ses cheveux.

— Tu n'as pas le profil habituel, lui dis-je. Qu'est-ce que tu as fait de ta tenue ?

— Tu m'as déjà vu en tenue ? J'ai l'air d'un croupier. J'ai une dispense spéciale qui m'autorise à ne pas la porter.

Il sortit ses clefs de sa poche et, d'un geste, signifia à l'un des inspecteurs qu'il partait. D'un signe de tête, celui-ci confirma avoir reçu le message.

Morelli conduisait une voiture banalisée, une vieille berline Fairlane. Une poupée de danseuse hawaïenne trônait sur la plage arrière. À vue d'œil, cette bagnole ne devait pas dépasser le cinquante à l'heure en côte. Elle était cabossée, rouillée et recouverte de crasse.

— Tu ne la laves donc jamais ? demandai-je à Morelli.

— Jamais. J'ai peur de voir ce qu'il y a sous toute cette poussière.

— À Trenton, on fait en sorte que le respect de la loi soit un vrai défi.

— Ouais. Faudrait pas que ce soit trop facile. Ce serait plus drôle du tout.

Léo Morelli habitait chez ses parents, dans le Bourg. Il était du même âge que Kenny et travaillait au péage de l'autoroute, comme son père.

Une voiture de police était garée dans leur allée, et on trouva toute la famille dehors en train de parler avec un policier.

— Léo s'est fait voler sa voiture, dit Mrs. Morelli. Non, mais tu te rends compte ? Où on va ? Ces choses-là n'arrivaient jamais dans le Bourg. Et maintenant, regarde !

Ces choses-là n'arrivaient jamais dans le Bourg car le Bourg était plus ou moins un village de mafieux à la retraite. Il y a quelques années, en cas d'émeute à Trenton, la police n'envisageait pas d'envoyer une seule brigade pour protéger les habitants du Bourg. Tous les anciens combattants et chefs de la mafia montaient dans leur grenier pour ressortir leurs mitraillettes.

— Quand as-tu remarqué sa disparition ? demanda Morelli.

— Ce matin, dit Léo. Au moment d'aller bosser. Elle n'était plus là.

— Quand est-ce que tu l'as vue pour la dernière fois ?

— Hier soir. À six heures. Quand je suis rentré du boulot.

— Quand as-tu vu Kenny pour la dernière fois ?

Tout le monde tiqua.

— Kenny ? fit la mère de Léo. Quel rapport entre lui et tout ça ?

Morelli était campé sur ses jambes, mains engoncées dans ses poches.

— Il a peut-être eu besoin d'un véhicule, dit-il.

Personne ne moufta.

— Donc, quand est-ce que tu as vu Kenny pour la dernière fois ? répéta Morelli.

— Bon sang ! s'exclama le père de Léo. Ne me dis pas que tu as prêté ta bagnole à ce trouduc !

— Il m'avait promis de me la ramener tout de suite, fit Léo. Comment j'aurais pu deviner ?

— De la merde dans le cerveau, Léo, t'as de la merde dans le cerveau, lui dit son père.

On expliqua à Léo qu'il s'était fait le complice d'un criminel et qu'il se pourrait bien qu'un juge y trouve à redire. Suite à quoi on lui expliqua que si jamais il voyait Kenny ou entendait parler de lui, il devait le dénoncer illico au cousin Joe ou à la bonne copine du cousin Joe, Stéphanie Plum.

— Tu crois qu'il nous appellera s'il a des nouvelles de Kenny ? demandai-je à Morelli, une fois que nous fûmes seuls dans la voiture.

Morelli stoppa à un feu.

— Non. Je crois plutôt que Léo lui fera une tête au carré à coups de démonte-pneu.

— L'art et la manière Morelli ?

— Un peu, oui.

— Une affaire d'hommes.

— Ouais, c'est ça. Une affaire d'hommes.

— Et une fois que Léo lui aura fait une tête au carré, il nous appellera ?

Morelli secoua sa caboche.

— T'as encore beaucoup à apprendre, dit-il.

— J'en sais déjà trop.

Une réflexion qui fit naître un sourire aux lèvres de Morelli.

— Et maintenant ? demandai-je.

— Julia Cenetta.

Elle travaillait à la librairie de l'université d'État de Trenton. On fit d'abord un saut chez elle. Personne ne venant nous ouvrir, on fila à l'université. La circulation était fluide ; tout le monde obéissait au doigt et à l'œil à la limitation de vitesse. Pas une voiture de police banalisée pour créer un embouteillage.

Morelli emprunta l'entrée principale et fit une

boucle pour prendre la direction de la librairie, un bâtiment de plain-pied en brique. On passa devant une mare aux canards, quelques arbres et des carrés de pelouse qui n'avaient pas encore succombé aux frimas de l'hiver. La pluie s'était remise à tomber avec l'implacabilité fastidieuse d'une averse partie pour durer. Des étudiants passaient, tête baissée sous le capuchon de leur imper ou de leur sweat-shirt.

Morelli jeta un coup d'œil au parking de la librairie. Bourré à bloc à l'exception de quelques places à l'autre extrémité. Sans hésitation, il se gara le long du trottoir sous une interdiction de stationner.

— Cas d'urgence pour la police ? demandai-je.

— Tu l'as dit, bouffie, me rétorqua-t-il.

Julia était à la caisse, mais comme personne n'achetait, elle se tenait debout, la hanche contre le tiroir-caisse, occupée à se vernir les ongles. Elle fronça légèrement les sourcils en nous voyant entrer.

— Ça m'a tout l'air d'être une journée tranquille, lui dit Morelli.

Julia acquiesça.

— C'est à cause de la pluie.

— Des nouvelles de Kenny ?

Le rouge monta aux joues de Julia.

— En fait, je l'ai vaguement vu hier soir. Il est passé juste après votre départ. Je lui ai dit que vous vouliez lui parler. Je lui ai dit qu'il devait vous appeler. Je lui ai donné votre carte avec le numéro de votre portable et tout…

— Tu crois qu'il va repasser ce soir ?

— Non.

Elle secoua la tête pour confirmer ses dires.

— Il m'a dit qu'il ne repasserait pas. Qu'il devait garder un profil bas parce qu'il était recherché.

— Par la police ?

— Je pense qu'il parlait de quelqu'un d'autre, mais je ne sais pas de qui.

Morelli lui donna une autre carte avec pour instruction de l'appeler à n'importe quelle heure du jour ou de la nuit si elle avait des nouvelles de Kenny.

Elle resta sur la réserve, et je me dis que nous ne devions pas trop compter sur l'aide de Julia.

On ressortit sous la pluie et on courut jusqu'à la voiture. En dehors de Morelli, le seul matériel de police à se trouver dans la Fairlane était un émetteur-récepteur radio de récupération. Il était réglé sur la longueur d'onde de la police et un standardiste relayait les appels entre deux vagues de parasites. J'avais une radio similaire dans ma Jeep, et je m'efforçais d'apprendre les codes du langage policier. Comme les autres flics que je connaissais, Morelli écoutait d'une oreille, comprenant miraculeusement ces informations brouillées et embrouillées.

Il sortit du campus et je lui posai l'inévitable question :

— Bon, qu'est-ce qu'on fait maintenant ?

— C'est toi qui as de l'intuition, alors je t'écoute.

— Mon intuition ne m'est pas d'un grand secours ce matin.

— Bon. Alors, voyons ce qu'on a. Que sait-on sur Kenny ?

Depuis la veille au soir, nous savions qu'il était un éjaculateur précoce, mais ce n'était sans doute pas là ce qui intéressait Morelli.

— Un gars du coin. A eu son bac. A devancé l'appel. Démobilisé il y a quatre mois. Toujours sans emploi, mais apparemment ne court pas après l'argent. Pour des raisons inconnues, il a décidé de tirer une balle dans le genou de son copain Moogey Bues. Pris sur le fait par un policier qui n'était pas en service. Pas d'antécédents. Libéré sous caution. N'a pas respecté les clauses de sa caution et a volé une voiture.

— Faux. Il a emprunté une voiture. Il n'est toujours pas revenu la rendre, nuance.

— Tu penses que c'est significatif ?

Morelli s'arrêta à un feu.

— Il lui est peut-être arrivé quelque chose qui l'a obligé à changer ses plans.

— Comme zigouiller le vieux Moogey.

— Julia nous a dit qu'il avait peur d'être recherché.

— Par le père de Léo ?

— Tu ne prends pas cette affaire au sérieux, me dit Morelli.

— Au contraire. Très au sérieux. Mais je n'ai pas beaucoup d'éléments et je remarque que tu ne me dis pas tout ce que tu penses. Qui, selon toi, rechercherait Kenny, par exemple ?

— Quand on a interrogé Kenny et Moogey à propos du coup de feu, ils ont tous les deux déclaré qu'il s'agissait d'un problème personnel et n'ont pas voulu donner d'autres précisions. Peut-être qu'ils étaient tous les deux sur une affaire louche ?

— Et ?

— Et voilà. C'est ce que je pense.

Je le dévisageai un petit moment, essayant de déterminer s'il ne me disait pas tout. Sans doute que non, mais je n'avais aucun moyen d'en être sûre.

— Bon, dis-je en soupirant. J'ai la liste des amis de Kenny. Je vais l'éplucher.

— Comment l'as-tu obtenue ?

— Renseignements confidentiels.

Morelli prit un air peiné.

— Tu es entrée chez lui par effraction et tu as volé son petit livre noir.

— Je ne l'ai pas volé, je l'ai recopié.

— Ne m'en dis pas plus.

Il jeta un coup d'œil à mon sac.

— Ne me dis pas que tu trimbales une arme sans autorisation ?

— Qui, moi ?

— Oh, merde, fit Morelli. Je dois être tombé sur la tête pour faire équipe avec toi.

— C'était ton idée !

— Tu veux que je te donne un coup de main pour cette liste ?

— Non.

Je me disais que ce serait comme donner un billet de Loto à son voisin de palier et lui faire gagner la super-cagnotte.

Morelli se gara derrière ma Jeep.

— Il y a une chose qu'il faut que je te dise avant que tu partes, fit-il.

— Laquelle ?

— J'ai horreur de tes pompes.

— Autre chose ?

— Je suis désolé pour ton pneu hier soir.

Ouais, tu parles.

Vers cinq heures, j'étais transie de froid, mais j'avais interrogé toutes les personnes figurant sur la liste soit par téléphone soit en face à face, pour ne récolter que très peu d'informations. La plupart de ces gens étaient du Bourg et avaient toujours connu

Kenny. Tous m'affirmèrent n'avoir plus eu de contact avec lui depuis son arrestation, et je n'avais aucune raison de les soupçonner de mentir. Personne n'avait jamais entendu parler de quelconques affaires commerciales ou de problèmes personnels entre Kenny et Moogey. Certains témoignèrent du caractère versatile et de la mentalité d'affairiste de Kenny. Tous ces commentaires étaient fort intéressants, mais bien trop vagues pour être d'une quelconque utilité. Certaines de ces conversations furent émaillées de silences longs et pesants qui me mirent mal à l'aise : je me demandais ce qu'ils sous-entendaient.

Comme dernier effort de la journée, je décidai de retourner jeter un coup d'œil à l'appartement de Kenny. Le gardien, momentanément troublé par mon affiliation à la justice, m'avait autorisée à y entrer l'avant-veille. Mine de rien, tout en faisant semblant d'admirer la cuisine, j'avais barboté un double de clef, et maintenant je pouvais jouer les rats d'hôtel quand bon me semblait. La légalité de tout ceci était un peu limite, mais ce ne serait gênant que si je me faisais pincer.

Kenny habitait non loin de la Route 1, dans une vaste résidence du nom de La Colline aux Chênes. Étant donné qu'il n'y avait ni colline ni chênes visibles, je supposais qu'ils avaient été rasés pour faire de la place aux bunkers de deux étages en brique qui, dixit la publicité, étaient des logements de luxe très abordables.

Je me garai sur une des places du parking et plissai les yeux pour mieux voir le hall d'entrée éclairé, à travers la nuit et la pluie. J'attendis qu'un couple, courant depuis sa voiture, soit entré dans l'immeuble. Je fis passer les clefs de Kenny et ma bombe d'autodéfense de mon sac à la poche de mon blouson, mis ma capuche sur mes cheveux mouillés, et fonçai hors de la Jeep. La température était tombée depuis le début de la journée, et la fraîcheur transperçait mon jean mouillé. Vous parlez d'un été indien.

Je traversai le hall tête baissée sous mon capuchon, et j'eus l'heureuse surprise de trouver l'ascenseur vide. Je le pris jusqu'au deuxième étage et longeai le couloir à pas pressés jusqu'à la porte 202. J'écoutai un petit moment et n'entendis rien. Je frappai. Pas de réponse. Je frappai de nouveau. Toujours pas de réponse. Je glissai la clef dans la serrure et, le cœur battant, me faufilai à l'intérieur, allumant tout de suite la lumière. Apparemment, il n'y avait personne. Je passai d'une pièce à l'autre pour faire un état des lieux hâtif et en conclus que Kenny n'avait pas dû repasser depuis ma dernière visite. J'allai voir son répondeur. Pas de message.

Une fois encore, j'écoutai à la porte. Aucun bruit de l'autre côté. J'éteignis la lumière, pris une profonde inspiration et me propulsai dans le couloir, poussant un soupir de soulagement d'en avoir fini sans m'être fait surprendre.

Une fois redescendue dans le hall, je fonçai droit sur les boîtes aux lettres et regardai dans celle de Kenny. Elle était pleine. Des lettres qui, peut-être, pourraient me permettre de remonter jusqu'à lui. Malheureusement, détourner le courrier est un délit fédéral. Le voler est rigoureusement interdit. Ce serait mal, me dis-je. Le courrier, c'est sacré. Oui, mais attends une minute. J'ai la clef de la boîte ! Est-ce que cela ne me donnait pas certains droits ? Là encore, c'était sujet à caution étant donné que j'avais volé ladite clef. Je collai mon nez contre la partie grillagée de la boîte et regardai à l'intérieur. Une facture de téléphone. Voilà qui pourrait me donner des indices. Mes doigts me picotaient, tant ils avaient envie de s'emparer de cette facture de téléphone. La tentation me faisait tourner la tête. Démence passagère, songeai-je. J'étais la proie d'une crise de démence passagère. Qu'à cela ne tienne !

Je retins mon souffle, enfonçai la petite clef dans le minuscule trou de serrure, ouvris la boîte aux lettres, et versai tout le courrier dans mon grand sac noir. Je repoussai la petite porte qui cliqueta en se refermant et partis le front moite, espérant avoir regagné la sécurité de ma voiture avant d'avoir retrouvé la raison et réfuté mon argumentation.

2

Je me recroquevillai derrière le volant, bloquai les portières, et lançai des regards furtifs alentour pour être sûre que personne ne m'avait prise en flagrant délit de crime fédéral. Je serrai mon sac contre moi ; des papillons noirs dansaient devant mes yeux. D'accord, je n'étais pas la chasseuse de primes la plus froide et la plus hargneuse qui soit, et alors ? L'important, c'était de coincer l'autre zozo, non ?

Je démarrai et sortis du parking. Je flanquai Aerosmith dans le lecteur de l'autoradio et réglai le volume à fond en arrivant sur la Route 1. Il faisait nuit, il pleuvait, la visibilité était nulle, mais dans le New Jersey, il nous en faut plus pour lever le pied. Des feux de stop luirent devant moi et je m'arrêtai en dérapant. Le feu passa au vert et on redémarra tous, pleins gaz. Je dus couper deux files pour pouvoir tourner, faisant une queue de poisson à une BMW. Le chauffeur me traita de tous les noms et joua de son klaxon.

Je lui répondis par une série de gestes moqueurs agrémentés d'un commentaire bien senti sur sa mère. Être née à Trenton imposait certaines obligations en de telles situations.

Les voitures avançaient comme des tortues le long des rues de la ville, et ce fut avec soulagement que je finis par traverser la voie ferrée et sentis le Bourg se rapprocher, m'aspirer. J'atteignis Hamilton Avenue, et ma voiture se retrouva emportée dans le vortex de la culpabilité familiale.

Au moment où je me garai le long du trottoir, j'aperçus ma mère qui surveillait la rue de derrière la porte-moustiquaire.

— Tu es en retard, me dit-elle.

— De deux minutes !

— J'ai entendu des sirènes. Tu n'as pas eu un accident au moins ?

— Mais non, je n'ai pas eu d'accident, je travaillais.

— Tu devrais te trouver un vrai métier. Quelque chose de sûr avec des horaires réguliers. Ta cousine Marjorie a décroché une bonne place de secrétaire chez J & J. Il paraît qu'elle gagne bien.

Mamie Mazur était dans l'entrée. Elle habitait chez mes parents depuis que papi Mazur se faisait servir ses deux œufs au bacon quotidiens dans l'autre monde.

— On a intérêt à se dépêcher de dîner si on ne veut pas rater l'expo, dit mamie Mazur. Vous savez que j'aime arriver tôt pour être sûre d'avoir une bonne place. Et comme les Chevaliers de Colomb[1] vont jouer ce soir, il y aura foule.

Elle lissa le devant de sa robe.

— Comment tu la trouves ? demanda-t-elle. Trop voyante ?

1. Knights of Columbus : association catholique fondée aux USA en 1882 réunissant des laïcs dans un but philanthropique. *(N.d.T.)*

Mamie Mazur, soixante-douze ans, en faisait quatre-vingt-dix maxi. Je l'aimais tendrement, mais en petite culotte, elle faisait penser à un poulet déplumé. Sa tenue de ce soir était une robe chemisier rouge camion de pompier aux boutons dorés étincelants.

— Elle est parfaite, lui dis-je. Surtout pour le salon funéraire qui sera le palais de la cataracte ce soir.

Ma mère posa la purée sur la table.

— Venez manger avant que ça refroidisse, dit-elle.

— Alors, qu'est-ce que tu as fait aujourd'hui ? me demanda mamie Mazur. Tu as passé quelqu'un à tabac ?

— J'ai traqué Kenny Mancuso toute la journée, mais la chance ne m'a pas souri.

— Kenny Mancuso est un bon à rien, dit ma mère. Tous ces garçons Morelli et Mancuso sont de la mauvaise graine. Tous indignes de confiance.

Je me tournai vers elle.

— Tu as appris quelque chose sur Kenny ? Du nouveau par radio-potins ?

— Non, à part que c'est un bon à rien. Ça ne te suffit pas ?

Au Bourg, il est possible d'être un bon à rien congénital. Chez les Morelli et Mancuso, les femmes étaient irréprochables, mais les hommes étaient des nuls. Ils buvaient, juraient, battaient leurs gosses et trompaient leur femme ou leurs copines à tour de bras.

— Sergie Morelli sera là ce soir, dit mamie Mazur. Je peux le cuisiner sur la question. Je sais y faire moi aussi. Au cas où tu ne le saurais pas, il a toujours eu un faible pour moi.

Sergie Morelli avait quatre-vingt-un ans, et les touffes de poils gris qui lui sortaient des oreilles étaient presque aussi grosses que son visage ratatiné. Je ne m'attendais pas à ce que Sergie sache où Kenny se cachait, mais parfois des bribes d'informations pouvaient se révéler utiles.

— Et si je venais avec toi ? demandai-je à mamie Mazur. On cuisinerait Sergie à deux ?

— Je n'y vois pas d'inconvénient. À condition que tu ne me casses pas la baraque.

Mon père leva les yeux au ciel et planta sa fourchette dans son morceau de poulet.

— Tu crois que je devrais être armée ? demanda mamie Mazur.

— Si ça dégénère ?

— Bon Dieu de bon Dieu ! fit mon père.

On eut de la tarte aux pommes maison chaude comme dessert. Les pommes étaient acides et à la cannelle ; la pâte feuilletée et croustillante ; le tout saupoudré de sucre. J'en mangeai deux parts qui faillirent me donner un orgasme.

— Tu devrais ouvrir une pâtisserie, suggérai-je à ma mère. Tu ferais fortune avec tes tartes.

Elle débarrassait la table.

— J'ai assez à m'occuper avec la maison et ton père. Et puis, si je devais me mettre à travailler, je voudrais être infirmière. J'ai toujours pensé que je ferais une excellente infirmière.

On la regarda tous bouche bée. Aucun de nous ne l'avait jamais entendue formuler un tel désir. En fait, on ne l'avait jamais entendue formuler *aucun* désir outre ceux concernant ses housses ou ses doubles rideaux.

— Tu devrais peut-être envisager de reprendre des études, lui dis-je. En cours du soir. Suivre une formation d'infirmière.

— Moi, infirmière, ça ne me dirait rien, intervint mamie Mazur. On vous oblige à porter ces saletés de chaussures blanches caoutchoutées, et on passe ses journées à vider des pots de chambre. Moi, si je devais travailler, je voudrais être vedette de cinéma.

Le Bourg compte cinq entreprises de pompes funèbres. Danny Gunzer, le beau-frère de Betty Szajack, était exposé chez Stiva.

— Quand je mourrai, assure-toi qu'on m'emmène chez Stiva, me dit mamie Mazur en chemin. Je refuse que ma dépouille passe entre les mains de Mosel. Il n'a aucun talent. Il n'y connaît rien en maquillage. Il met trop de rouge. Avec lui, personne n'a l'air naturel. Quant à Sokolowsky, je ne veux pas qu'il me voie nue. On m'a raconté des choses bizarres à son sujet. Stiva, c'est le nec plus ultra. Tout mort qui se respecte va chez Stiva.

Stiva se trouvait dans Hamilton Avenue, pas très loin de l'hôpital St. Francis, dans un immeuble de style victorien doté d'une véranda sur tout le tour de la façade. Les murs étaient peints en blanc, les volets en noir et, par respect pour la vue basse du titubant troisième âge, Stiva avait recouvert le perron et l'escalier qui partait du trottoir d'une moquette extérieure vert pomme. Une allée menait à l'arrière du bâtiment où un garage pour quatre voitures abritait les véhicules de fonction. Une annexe en brique avait été ajoutée du côté opposé. Elle abritait deux salons d'exposition. Je n'avais jamais fait le tour complet du propriétaire, mais je supposai que tout le matériel d'embaumement s'y trouvait aussi.

Je me garai dans la rue et contournai la Jeep au pas de course pour aider mamie Mazur à en descendre.

Elle avait décrété qu'elle ne pourrait pas tirer les vers du nez de Sergie Morelli avec ses tennis et marchait en équilibre précaire dans des chaussures noires à talons, en cuir véritable, que, disait-elle, toutes les petites pépées portaient aux pieds.

Je la pris fermement par le coude et lui fis gravir l'escalier jusqu'au hall d'entrée où les Chevaliers de Colomb se rassemblaient en chapeaux et écharpes de cérémonie. On y parlait à voix basse et les bruits de pas étaient étouffés par la nouvelle moquette. Le parfum entêtant des fleurs fraîchement coupées se mêlait aux relents de pastilles Valda qui ne pouvaient pas faire grand-chose pour cacher le fait que les Chevaliers de Colomb s'étaient donné du cœur au ventre à grandes lampées de bourbon.

Constantin Stiva, depuis trente ans qu'il avait ouvert boutique, régnait chaque jour que Dieu faisait sur de telles assemblées d'endeuillés. Stiva était la quintessence du croque-mort : la bouche éternellement en accord avec la muzak d'ambiance, le front haut et pâle aussi consolant qu'un flan à la vanille, le geste toujours discret et silencieux. Constantin Stiva… l'embaumeur subreptice.

Depuis peu, Spiro, son beau-fils, se donnait des airs d'ordonnateur de pompes funèbres, tournoyant autour de Constantin durant les expositions des corps le soir et l'assistant pour les enterrements le matin. Autant il était évident que la mort était la vie de Constantin Stiva, autant Spiro restait sur la touche. Il exprimait ses condoléances du bout des lèvres et des dents, et le regard dans le vide. Si je devais extrapoler quant au plaisir qu'il tirait de ce négoce, je miserais sur l'aspect « panoplie du petit chimiste »

– tables rabattables et autres harpons pancréatiques. La petite sœur de Mary Lou Molnar, qui était en primaire avec Spiro, lui a raconté que ce dernier conservait ses bouts d'ongles dans un bocal.

Spiro était un petit brun. Phalanges poilues. Nez proéminent. Front fuyant. La vérité toute crue était qu'il avait une tête de rat sous anabolisant, et ce bruit qui courait à propos de ses rognures d'ongles n'était pas fait pour redorer son blason à mes yeux.

C'était un ami de Moogey Bues, mais l'histoire du coup de feu ne semblait pas l'avoir ému outre mesure. Je lui avais parlé brièvement quand j'avais épluché le petit livre noir de Kenny. Il m'avait répondu en restant sur une réserve polie. Oui, Moogey, Kenny et lui étaient potes depuis le lycée et l'étaient restés. Non, il ne voyait pas quel pouvait être le mobile de ces deux coups de feu. Non, non, il n'avait pas revu Kenny depuis son arrestation et n'avait pas la plus petite idée de l'endroit où il se trouvait.

Pas de Constantin dans le hall d'entrée, mais Spiro était là, faisant la circulation en costume noir et chemise blanche de rigueur.

Mamie le lorgna comme on le ferait d'une pâle imitation d'un bijou de prix.

— Où est Tintin ? demanda-t-elle.

— À l'hôpital. Hernie discale. C'est arrivé la semaine dernière.

— Oh, non ! fit mamie, le souffle coupé. Et qui tient la boutique ?

— Moi. Je m'en occupe déjà beaucoup en temps ordinaire. Et puis, Louie m'aide, bien sûr.

— Louie ? Qui c'est ?

— Louie Moon. Vous ne le connaissez sans doute pas parce qu'il travaille surtout le matin, et il fait office de chauffeur. Il est chez nous depuis bientôt six mois.

Une jeune femme franchit la porte d'entrée et s'immobilisa au milieu du hall. Elle fouilla la pièce des yeux tout en déboutonnant son manteau. Son regard croisa celui de Spiro qui la salua de son petit signe de tête de croque-mort professionnel. La jeune femme lui rendit son salut.

— On dirait bien que vous avez fait une touche, lui dit ma grand-mère.

Spiro sourit, dévoilant de proéminentes incisives et des dents du bas assez biseautées pour faire faire des rêves humides à une orthodontiste.

— Je plais à pas mal de femmes. Je suis un assez bon parti.

Il écarta les bras.

— Un jour, tout cela m'appartiendra.

— Disons que je ne vous avais jamais envisagé sous cet angle, lui dit mamie Mazur. Je suppose que vous pourriez entretenir une femme sur un grand pied.

— Je compte m'agrandir, dit-il. Mettre le nom en franchise.

— Tu entends ça ? me dit mamie Mazur. C'est-y pas beau de voir un jeune homme avec de l'ambition ?

Si cet échange devait s'éterniser, j'allais dégobiller sur le costume de Spiro.

— Nous sommes venues pour voir Danny Gunzer, lui dis-je. Ravie de vous avoir parlé, mais il faut qu'on y aille avant que les Chevaliers de Colomb aient colonisé toutes les bonnes places.

— Je comprends parfaitement. Mr. Gunzer est dans le salon vert.

Le salon vert aurait pu être une des plus belles pièces, mais Stiva l'avait repeint en un vert bilieux et y avait installé des plafonniers assez puissants pour éclairer un terrain de football.

— Je hais ce vert, dit mamie Mazur, me talonnant. Avec cet éclairage, on voit la moindre ride. Voilà où on en arrive quand on laisse Walter Dumbowski s'occuper de l'installation électrique. Ces frères Dumbowski ne connaissent rien à rien. Laisse-moi te dire que si Stiva veut m'exposer dans ce salon vert, tu me ramènes à la maison illico. Je préfère encore être laissée sur le bord du trottoir et ramassée par le camion poubelles. Si on n'est pas un rien du tout, on a droit à un des nouveaux salons du fond, avec les boiseries. Tout le monde sait ça.

Betty Szajack et sa sœur étaient à côté du cercueil ouvert. Mrs. Goodman, Mrs. Gennaro, la vieille Mrs. Ciak et sa fille étaient déjà assises. Mamie Mazur fonça droit devant et posa son sac à main sur une chaise pliante du deuxième rang. Une fois qu'elle eut réservé sa place, elle s'avança à pas chancelants vers Betty Szajack et lui présenta ses condoléances pendant que je quadrillais le fond de la pièce. J'appris que Gail Lazar était enceinte, que l'épicerie fine de Barkalowski était citée par le Service d'hygiène et que Biggy Zaremba avait été arrêté pour attentat à la pudeur, mais je n'appris rien de nouveau sur Kenny Mancuso.

Je zigzaguai dans la foule, transpirant à grosses gouttes sous mon chemisier en flanelle et mon pull à col cheminée, accompagnée de visions de mes cheveux moites frisant au maximum et dégageant des volutes de vapeur. Quand j'arrivai auprès de mamie Mazur, debout à côté du cercueil, je soufflais comme une vache.

— Non mais regarde-moi cette cravate, me dit-elle, les yeux rivés sur Gunzer. Avec des têtes de petits chevaux imprimées dessus, je n'avais jamais vu ! Ça me donnerait presque envie d'être un homme pour pouvoir être exposée avec une cravate pareille.

Des bruits de pas traînants se firent entendre au fond de la salle, et les conversations cessèrent tandis que les Chevaliers de Colomb faisaient leur entrée, avançant deux par deux. Mamie Mazur se mit sur la pointe des pieds et pivota sur ses hauts talons pour mieux les voir. Un de ses talons se prit dans la moquette et ma grand-mère partit à la renverse, raide comme un piquet.

Elle atterrit sur le cercueil avant que j'aie eu le temps de la retenir, battant l'air de ses bras en quête d'un appui qu'elle finit par trouver sous la forme d'un guéridon en fer forgé sur lequel était posé un bouquet de glaïeuls dans un énorme vase en pâte de verre. Le guéridon tint bon mais le vase tomba et alla s'écraser sur Danny Gunzer, lui éclatant le front. De l'eau se répandit dans ses oreilles et lui dégoulina sur le menton. Les glaïeuls atterrirent sur son costume anthracite en un désordre bariolé. L'assistance en fut glacée d'horreur, s'attendant à moitié à ce que Gunzer se redresse en poussant un grand cri. Ce dont il s'abstint.

Mamie Mazur fut la seule à ne pas se démonter. Elle se redressa, rajusta sa robe, et lança à la cantonade :

— Eh bien, c'est encore une chance qu'il soit mort. Au moins, il n'y a pas de mal.

— Pas de mal ? Pas de *mal* ? glapit sa veuve, les yeux hagards. Regarde sa chemise ! Sa cravate est fichue ! Je te signale que j'ai dû payer un supplément pour cette cravate !

Je bredouillai des excuses à Mrs. Gunzer et lui promis de la dédommager pour la cravate. Mais Mrs. Gunzer piquait sa crise et ne voulait rien entendre.

Elle brandit son poing en direction de ma grand-mère.

— On devrait vous enfermer, toi et ta maboule de petite-fille ! Chasseuse de primes ! Et puis quoi encore ?

— Je vous demande pardon ? dis-je, plissant les yeux, les poings sur les hanches.

Mrs. Gunzer fit un pas en arrière (craignant sans doute que je lui tire dessus) et j'en profitai pour battre en retraite. Je tirai mamie Mazur par le coude et la guidai vers la porte, manquant, dans ma hâte, de renverser Spiro.

— C'est un accident, lui dit ma grand-mère. Je me suis pris le talon dans votre moquette. Ça aurait pu arriver à n'importe qui.

— Bien entendu, lui répondit Spiro. Je suis certain que Mrs. Gunzer s'en rend compte.

— Pas vraiment, cria celle-ci. Cette femme est un danger public.

Spiro nous escorta jusqu'au hall d'entrée.

— J'ose espérer que cet incident ne vous empêchera pas de revenir nous voir, dit-il. Nous apprécions toujours la visite de jolies femmes.

Il approcha ses lèvres de mon oreille et chuchota sur un ton de conspirateur :

— J'aimerais vous parler en privé au sujet d'une affaire personnelle.

— Quel genre d'affaire ?

— Quelque chose qu'il faut retrouver, et l'on m'a dit que vous étiez très douée pour ça. Je me suis renseigné sur vous après que vous m'avez posé des questions sur Kenny.

— Pour tout vous dire, je suis assez prise en ce moment. Et je ne suis pas détective privé. Je n'ai pas de licence.

— Mille dollars, me chuchota Spiro. Net.

Le temps s'arrêta tandis que je me livrais mentalement à une orgie de dépenses.

— Bien entendu, dis-je, si tout cela reste entre nous, je ne vois aucun mal à aider un ami.

Je baissai d'un ton.

— Qu'est-ce que nous cherchons ?

— Des cercueils, me souffla Spiro. Vingt-quatre.

En arrivant chez moi, je trouvai Morelli qui m'y attendait, adossé contre le mur, mains dans les poches, jambes croisées aux chevilles. Il leva vers moi un regard interrogateur tandis que je sortais de l'ascenseur et sourit en voyant le sachet de provisions que je portais.

— Laisse-moi deviner, dit-il. Des restes.

— Maintenant je comprends pourquoi tu es détective.

— Je peux faire mieux.

Il huma l'air ambiant.

— Du poulet, dit-il.

Il me tint le sachet pendant que j'ouvrais ma porte.

— Dure journée ? me demanda-t-il.

— Surtout depuis cinq heures. Si je ne retire pas ces vêtements tout de suite, je vais être bouffée par la rouille.

Morelli passa dans la cuisine et sortit du sachet un morceau de poulet protégé par de l'aluminium, ainsi qu'un Tupperware de farce, un de sauce, et un de purée. Il mit la sauce et la purée au four à micro-ondes qu'il régla sur trois minutes.

— Et la liste ? Tu en as tiré quelque chose d'intéressant ?

Je lui tendis une assiette, des couverts et sortis une bière du réfrigérateur.

— Rien avec un grand R. Personne ne l'a vu.

— Tu as une idée précise de notre prochaine étape ?

— Pas la moindre.

Mais si ! Son courrier ! J'avais complètement oublié que je l'avais dans mon sac. Je le sortis et l'étalai sur le comptoir de la cuisine – facture de téléphone, relevés de carte bancaire, un tas de prospectus, et un rappel par écrit que Kenny était attendu chez son dentiste pour un check-up.

Morelli balaya le tas de paperasses du regard tout en étalant de la sauce sur le poulet farci et la purée.

— C'est son courrier ?

— Tu n'as rien vu.

— Bon sang, rien n'est donc sacré pour toi ?

— Si : la tarte aux pommes de ma mère. Qu'est-ce que je dois faire ? Décacheter ces enveloppes à la vapeur ?

Morelli les jeta par terre et les piétina. Je les ramassai et les examinai. Elles étaient froissées et sales.

— Reçues en mauvais état, dit Morelli. Commence par la note de téléphone.

Je la parcourus et fus étonnée d'y trouver quatre appels à l'étranger.

— Qu'est-ce que tu en dis ? demandai-je à Morelli. Tu connais ces indicatifs ?

— Les deux premiers sont ceux du Mexique.

— Tu peux trouver le nom des abonnés ?

Morelli posa son assiette sur le comptoir, tira l'antenne de mon téléphone portable, et composa un numéro.

— Salut Murphy, dit-il. J'ai besoin de tes services. Il faudrait que tu me trouves des noms et des adresses à partir de numéros de téléphone.

Il les lui donna et patienta en mangeant. Quelques minutes plus tard, Murphy reprenait la ligne et Morelli écouta les informations qu'il lui donnait. Il raccrocha, avec ce visage impassible que j'en étais venue à considérer comme sa tête de flic.

— Les deux derniers numéros sont au Salvador. Murphy ne pouvait pas être plus précis.

Je lui chipai un morceau de poulet et commençai à le grignoter.

— Reste à savoir pourquoi Kenny téléphone au Mexique et au Salvador, dis-je.

— Il projette peut-être d'y partir en vacances.

Je ne croyais pas Morelli quand il avait ce regard vide. Habituellement, on lisait sur son visage à livre ouvert.

Il ouvrit le relevé MasterCard.

— Kenny n'y a pas été de main morte, dit-il. Il a dépensé près de deux mille dollars le mois dernier.

— En billets d'avion ?

— Non.

Il me tendit le relevé.

— Regarde par toi-même.

— Surtout des vêtements. Des boutiques du coin.

Je posai le relevé sur le comptoir.

— Au sujet de ces numéros de téléphone…

Morelli avait la tête plongée dans le sac à provisions.

— N'est-ce pas la tarte aux pommes que je vois là ? dit-il.

— Si tu y touches, tu es un homme mort.

Morelli me prit par le menton.

— J'adore quand tu joues les dures. J'aimerais bien rester pour en profiter davantage, mais il faut que je file.

Il sortit, longea le couloir et fut happé par l'ascenseur. C'est en entendant le bruit métallique de la porte qui se refermait que je me rendis compte qu'il avait emporté la facture de téléphone de Kenny. Je me frappai le front.

— Han !

Je réintégrai mon appartement, tournai les verrous, me déshabillai sur le chemin de la salle de bains, et me glissai sous le jet fumant de la douche. Ensuite, je dénichai une chemise de nuit en flanelle, me séchai les cheveux avec une serviette et trottinai pieds nus jusqu'à la cuisine.

Je mangeai deux parts de tarte aux pommes, en donnai quelques miettes à Rex, puis allai me coucher, songeant aux cercueils de Spiro. Il ne m'avait rien raconté outre le fait que ces cercueils avaient disparu et qu'il fallait les retrouver. Je m'étonnai que quelqu'un puisse égarer vingt-quatre cercueils, mais je suppose que rien n'est impossible. Je lui avais promis de revenir sans mamie Mazur pour que nous puissions discuter des détails de l'affaire en toute tranquillité.

Je me tirai du lit à sept heures et jetai un coup d'œil par la fenêtre. Il ne pleuvait plus mais le ciel était encore assez couvert et assez sombre pour évoquer la fin du monde. J'enfilai un short, un sweat-shirt et laçai mes chaussures de course. Le tout avec autant d'enthousiasme que si je me préparais à m'immoler par le feu. Je me forçais à faire un jogging au moins trois fois par semaine, et il ne m'était jamais venu à l'idée que j'aurais pu y trouver du plaisir. Je courais pour brûler les quelques bières que je buvais et parce que ça pouvait toujours servir pour rattraper les voyous.

Je fis un parcours de cinq kilomètres, arrivai chancelante dans le hall d'entrée et remontai chez moi par l'ascenseur. Pas la peine d'en rajouter côté remise en forme.

Je mis la machine à café en route et passai en coup de vent sous ma douche. J'enfilai un jean et une chemise en jean, ingurgitai une tasse de café et convins avec Ranger de le retrouver pour le petit déjeuner une demi-heure plus tard. J'avais mes entrées dans les bas-fonds du Bourg, mais Ranger avait ses entrées dans les bas-fonds des bas-fonds. Il connaissait les dealers, les macs et les trafiquants d'armes. Cette affaire Kenny Mancuso commençait à sentir le roussi, et je voulais savoir pourquoi. Non que cela entre dans mes prérogatives. Mon rôle était simple : retrouver Kenny et l'arrêter. Le problème venait de Morelli. Je ne lui faisais pas confiance et je ne supportais pas l'idée qu'il puisse en savoir plus long que moi.

En arrivant au coffee-shop, je trouvai Ranger déjà installé à une table. Il portait un jean noir, des bottes de cow-boy noires hyper brillantes en serpent repoussé main, et un tee-shirt qui lui moulait avantageusement les pectoraux et les biceps. Un blouson en cuir noir était suspendu de guingois au dossier de sa chaise, alourdi d'un côté par un renflement de mauvais augure.

Je commandai un chocolat chaud et des crêpes à la myrtille avec un supplément de sirop.

Ranger prit un café et un demi-pamplemousse.

— Que se passe-t-il ? me demanda-t-il.

— Tu as entendu parler des coups de feu tirés à la station-service de Hamilton Avenue ?

Il fit oui de la tête.

— Moogey Bues s'est fait buter.

— Tu sais par qui ?

— Pas le plus petit suspect en vue.

Le chocolat chaud et le café arrivèrent. J'attendis que la serveuse se fût éloignée pour poser ma question suivante.

— Qu'est-ce que tu as ?

— Un très mauvais pressentiment.

Je bus une gorgée de chocolat chaud.

— Oui, moi aussi. Morelli dit qu'il recherche Kenny pour rendre service à sa mère. Je crois qu'il y a autre chose.

— Oh, oh, fit Ranger. Tu as encore lu une aventure d'Alice ?

— Quel est ton avis ? Tu as entendu quelque chose de bizarre sur Mancuso ? Tu penses que c'est lui qui a tiré sur Moogey Bues ?

— Je pense que ce n'est pas ton problème. Tout ce que tu dois faire, c'est trouver Kenny et le ramener.

— Malheureusement, je n'ai plus de miettes de pain à suivre pour retrouver mon chemin.

La serveuse apporta mes crêpes et le demi-pamplemousse de Ranger.

— Miam-miam, il a l'air bon, dis-je, lorgnant le

pamplemousse tout en arrosant mes crêpes de sirop. La prochaine fois, j'en prendrai peut-être un.

— Sois prudente, me dit Ranger. Rien n'est plus affreux qu'une grosse vieille Blanche.

— Tu ne m'aides pas beaucoup sur cette affaire.

— Que sais-tu sur Moogey Bues ?

— Qu'il est mort.

Il mangea un quartier de pamplemousse.

— Tu devrais chercher de ce côté-là.

— Et pendant ce temps, tu pourrais coller ton oreille par terre pour entendre qui approche.

— Mancuso et Moogey ne zonent pas forcément dans mon secteur.

— Tu peux toujours essayer.

— Exact. Je peux toujours essayer.

Je terminai mon chocolat et mes crêpes, et regrettai de ne pas avoir mis de pull car cela m'aurait permis de dégrafer le premier bouton-pression de mon jean. J'étouffai un renvoi et réglai l'addition.

Je retournai sur le lieu du crime et me présentai à Cubby Delio, le propriétaire de la station-service.

— J'y comprends rien, me dit-il. Ça fait vingt-deux ans que j'ai cette station-service et j'avais jamais eu le moindre problème.

— Moogey travaillait pour vous depuis combien de temps ?

— Six ans. Il a commencé, il était encore au lycée. Il va me manquer. Il était très attachant, et on pouvait compter sur lui. C'était toujours lui qui faisait l'ouverture, le matin. Je ne devais jamais m'inquiéter de rien.

— Il vous avait parlé de Kenny Mancuso ? Est-ce que vous connaissez le motif de leur dispute ?

Il fit non de la tête.

— Et sa vie privée ?

— J'en savais pas grand-chose. Il n'était pas marié. D'après ce que je sais, il avait des petites amies. Il vivait seul.

Il farfouilla dans des papiers qui se trouvaient sur son bureau, et en extirpa une liste du personnel écornée et maculée de traînées noirâtres.

— Tenez, son adresse, dit-il. Mercerville. Pas loin du lycée. Il venait de s'y installer. Dans une maison qu'il louait.

Je la recopiai, le remerciai de m'avoir reçue et retournai à ma Jeep. Je pris Hamilton Avenue jusqu'à Klockner Street, passai devant le lycée Stienert, et pris sur la gauche pour me retrouver dans un quartier de maisons individuelles aux jardins bien entretenus et clôturés pour la sécurité des petits enfants et des chiens. Toutes les façades étaient blanches et les éléments d'ornementation de couleurs discrètes. Peu de voitures garées dans les allées. C'était un quartier de familles à doubles revenus. Tout le monde était au travail à gagner l'argent nécessaire pour payer l'entretien des pelouses, les gages de Mademoiselle Labonne, et les frais de crèche ou de garderie de leur progéniture.

Lisant les numéros, j'arrivai à la maison de Moogey. Elle était identique aux autres et ne présentait aucun signe du drame qui venait de se dérouler.

Je me garai, traversai la pelouse jusqu'à la porte d'entrée et frappai. Pas de réponse. Je m'y attendais. Je regardai par une petite fenêtre à côté de la porte mais ne vis pas grand-chose : un hall d'entrée parqueté, le départ d'un escalier moquetté, un couloir menant à une cuisine. Tout semblait en ordre.

Je marchai jusqu'à l'entrée du garage, jetai un coup

d'œil à l'intérieur. Il s'y trouvait une voiture. Celle de Moogey, supposai-je. Une BMW rouge. Je me dis qu'elle faisait un peu luxueuse pour un pompiste, mais allez savoir. Je notai le numéro d'immatriculation et regagnai ma Jeep.

J'étais assise au volant, en train de me demander « et maintenant ? », quand mon téléphone cellulaire sonna.

C'était Connie, la secrétaire de l'agence de cautionnement.

— J'ai une affaire fastoche pour toi, me dit-elle. Passe au bureau quand tu peux, je te refilerai la paperasse.

— Qu'est-ce que tu entends par « fastoche » ?

— Une clocharde. Une vieille qui traîne toujours devant la gare. Elle pense à soulever ses jupes mais elle oublie ses rendez-vous au tribunal. Il suffit que tu la ramasses et que tu l'amènes devant le juge.

— Qui a voulu se porter garant si elle est sans domicile fixe ?

— Une association religieuse dont elle fait plus ou moins partie.

— J'arrive.

Vinnie avait un bureau sur rue dans Hamilton Avenue. « Vincent Plum/Agence de Cautionnement Judiciaire. » En dehors de ses tendances sexuelles particulières, Vinnie avait bonne réputation. La plupart du temps, il évitait aux brebis galeuses de familles de la classe besogneuse de Trenton de devoir remplir des fiches dans les locaux de la police. De temps en temps, il héritait d'une vraie crapule, mais ces cas-là me retombaient rarement sur les bras.

Mamie Mazur avait une conception très Far West des chasseurs de primes. Elle les imaginait enfonçant des portes en vidant le chargeur de leur revolver à six coups. Dans la réalité, mon travail consistait essentiellement à contraindre des abrutis à monter dans ma voiture et à leur servir de chauffeur jusqu'au poste de police où ils étaient reconvoqués et relibérés. J'héritais de beaucoup de cas de conduite en état d'ivresse et de trouble de l'ordre public, et, à l'occasion, j'avais droit à un voleur à l'étalage ou de camping-cars. Vinnie m'avait confié Kenny Mancuso car, au début, l'affaire paraissait limpide. Kenny n'était pas un récidiviste et venait d'une bonne famille du Bourg. Et de plus, Vinnie savait que Ranger m'épaulerait pour l'arrestation.

Je garai la Jeep devant l'épicerie fine de Fiorello. Je lui demandai de me faire un sandwich au thon et passai à côté, chez Vinnie.

À mon entrée, Connie, assise à son bureau qui trônait tel un poste de garde barrant l'accès au bureau de Vinnie, releva la tête. Ses cheveux, crêpés sur quinze bons centimètres, encadraient son visage tel un nid de souris de boucles brunes. Elle avait deux ou trois ans de plus que moi, mesurait six ou sept centimètres de moins et pesait quinze kilos de plus et, tout comme moi, elle avait repris son nom de jeune fille suite à un divorce démoralisant. Dans son cas, ce nom était Rosolli – un nom qu'il ne faisait pas bon prononcer dans le Bourg depuis que son oncle Jimmy l'y avait répandu à tire-larigot. À quatre-vingt-douze ans maintenant, Jimmy serait infoutu de localiser sa bite dans le noir même si elle était fluorescente, mais qu'importe, ce qui était fait n'était plus à faire.

— Salut, dit Connie. Comment va ?

— C'est une question assez compliquée en ce moment. Tu as le dossier de la clocharde ?

Connie me tendit plusieurs fiches agrafées ensemble.

— Eula Rothridge. Tu la trouveras à la gare.

Je consultai les fiches.

— Pas de photo ?

— Tu n'en as pas besoin. Elle sera assise sur le banc le plus proche du parking, à prendre le soleil.

— Des suggestions ?

— Tâche de ne pas marcher contre le vent.

Je grimaçai et partis.

Par son emplacement, sur les rives de la Delaware, Trenton était un site de prédilection pour l'industrie et le commerce. Au fil des années, la navigabilité de la Delaware et l'importance de Trenton décrurent et la ville en arriva peu à peu à son statut actuel, à savoir n'être qu'une grosse fondrière de plus dans le réseau routier de l'État. Récemment, cela dit, nous avons eu une équipe de base-ball en ligue mineure, alors la gloire et la fortune ne sauraient être loin, n'est-ce pas ?

Le ghetto a peu à peu envahi les abords de la gare, tant et si bien qu'il est pratiquement impossible de s'y rendre sans passer par des rues où se succèdent de déprimantes petites maisons attenantes sans jardin emplies de gens atteints de déprime chronique. L'été, le quartier baigne dans la sueur et l'agression généralisée. Quand la température retombe, l'ambiance devient sinistre et l'animosité s'installe derrière les murs insonorisés.

Je parcourus ces rues, portières verrouillées et vitres remontées, plus par habitude que pour des raisons de sécurité car le premier venu armé d'un couteau à éplucher pouvait éventrer ma capote.

La gare de Trenton est petite et n'a rien de mémorable. Une voie d'accès en courbe passe devant l'entrée où quelques taxis attendent et où un flic en uniforme assure la surveillance. Plusieurs bancs municipaux s'y échelonnent à intervalles réguliers.

Eula était assise sur le banc le plus éloigné. Elle portait plusieurs manteaux d'hiver, un bonnet de laine violet et des baskets. Elle avait un visage ridé, le teint terreux ; ses cheveux gris acier coupés très courts jaillissaient en épis de son bonnet. Ses jambes grosses comme des poteaux étaient engoncées dans ses chaussures et suffisamment écartées pour donner au monde le loisir de voir des choses qu'il eût mieux valu garder secrètes.

Je me garai devant elle où il était interdit de stationner, et le flic me gratifia d'un regard noir en guise d'avertissement.

J'agitai les papiers de l'agence dans sa direction.

— Je n'en ai que pour une minute, lui criai-je. Je suis venu chercher Eula pour l'emmener au tribunal.

Il me gratifia d'un regard *ah oui, je vois, bonne chance*, et se remit à regarder dans le vide.

— J'vais pas au tribunal, me crachota Eula au visage.

— Pourquoi ?

— Il fait soleil. Faut que j'aie ma dose de vitamine D.

— Je vais t'acheter un litre de lait. Vitamine D.

— Et quoi d'autre ? Tu m'achèteras un sandwich ?

Je sortis le sandwich au thon de mon sac.

— Je comptais en faire mon déjeuner, mais je te l'offre, lui dis-je.

— Il est à quoi ?

— Au thon. Il vient de chez Fiorello.

— Il fait de bons sandwiches celui-là. T'as demandé des cornichons ?

— Oui.

— J'sais pas trop… Et qu'est-ce que je vais faire de tout ça ?

Un caddie de supermarché se trouvait derrière elle, contenant deux gros sacs-poubelle en plastique remplis de Dieu sait quoi.

— J'ai une idée, dis-je. On va déposer tes affaires à la consigne de la gare.

— Qui va payer ? J'ai un petit revenu, tu sais.

— Je banquerai.

— Va falloir que tu portes mes affaires. Je boite d'une jambe.

Je jetai un coup d'œil en direction du flic qui regardait par terre, un sourire aux lèvres.

— Tu veux prendre quelque chose dans ces sacs avant que je les mette sous clef ? demandai-je à Eula.

— Non. J'ai tout ce qu'il me faut.

— Et une fois que j'aurai mis tes biens temporels à la consigne, que je t'aurai acheté du lait et donné le sandwich, tu viens avec moi, d'accord ?

— Ouais, ouais.

Je tirai les sacs jusqu'en haut des marches puis le long du couloir, et donnai à un porteur un dollar dé pourboire pour qu'il m'aide à fourrer ce satané fourbi dans des casiers de consigne. Un sac par casier. Je jetai une poignée de pièces de vingt-cinq cents dans les fentes des casiers, pris les clefs et m'adossai au mur pour reprendre mon souffle, en me disant que je devais absolument trouver le temps d'aller à la salle de sport. Je courus au petit trot jusque devant le bâtiment, poussai la porte du McDonald's et achetai du lait écrémé. Je retournai dare-dare devant l'entrée principale de la gare et cherchai Eula des yeux. Elle avait disparu. Le flic aussi. Et j'avais un papillon sur mon pare-brise.

Je m'approchai du premier taxi de la file qui attendait à la station et tapotai contre sa vitre.

— Où est allée Eula ? lui demandai-je.

— 'Sais rien. Faut demander au taxi qu'elle a pris.

— Elle a assez d'argent pour prendre un taxi ?

— Bien sûr. Ça marche bien pour elle ici.

— Vous savez où elle habite ?

— Sur ce banc. Le dernier sur votre droite.

Formidable. Je remontai en voiture, fis un demi-tour et entrai dans le mini-parking. J'attendis que quelqu'un en sorte, pris sa place, mangeai mon sandwich, bus le lait et attendis, bras croisés.

Deux heures plus tard, un taxi déposa Eula. Elle se dandina jusqu'à son banc et s'y assit avec un sens manifeste de la propriété. Je démarrai, sortis du parking et m'arrêtai le long du trottoir devant elle. Je lui souris.

Elle me rendit mon sourire.

Je descendis de voiture et m'approchai d'elle.

— Tu me reconnais ?

— Ouais. C'est toi qui as pris mes affaires.

— Je te les ai mises à la consigne.

— Il t'en a fallu du temps.

Je suis une prématurée d'un mois et on n'a jamais pu m'inculquer les vertus de la patience.

— Tu vois ces deux clefs ? lui dis-je. Tes affaires sont enfermées dans des casiers qui ne peuvent être ouverts qu'avec ces clefs. Soit tu montes dans ma bagnole, soit je jette ces clefs dans des chiottes et je tire la chasse !

— Ce serait méchant de faire ça à une pauvre vieille.

C'était ça ou lui tordre le cou.

— D'accord, dit-elle, se levant avec peine. Autant que je te suive. Il fait plus beau de toute façon.

Le commissariat de police de Trenton a élu domicile dans un immeuble en brique de deux étages. Un bâtiment attenant, de plain-pied avec la rue, fournit l'espace nécessaire pour les services juridiques. Le ghetto s'étend de part et d'autre des locaux, ce qui est très pratique car ainsi la police ne doit jamais sortir très loin pour aller à la rencontre de la criminalité.

Je me garai au parking du commissariat et escortai Eula à l'intérieur jusqu'à l'accueil. En dehors des heures ouvrables ou bien si j'avais eu un fugitif turbulent sur les bras, j'aurais demandé par interphone à entrer par la porte de derrière pour accéder directement au policier tenant le registre des jugements rendus. Rien de tout cela n'était nécessaire avec Eula, aussi je la fis asseoir pendant que j'essayais de déterminer si le juge qui avait fixé le montant de sa caution était sur les lieux. Il se trouva que non, aussi je n'eus d'autres choix que de confier Eula aux bons soins du commissariat.

Je lui donnai les clefs des casiers de consigne, pris mon reçu et sortis par la porte de derrière.

Morelli m'attendait dans le parking, adossé à ma voiture, mains dans les poches, faisant son imitation d'un voyou des rues – ou peut-être n'était-ce pas une imitation.

— Quoi de neuf ? me demanda-t-il.

— Pas grand-chose. Et de ton côté ?

Il haussa les épaules.

— Ça n'avance pas vite.

— Hm, hm.

— Une piste pour Kenny ? me demanda-t-il.

— À toi de me le dire. Tu as piqué sa facture de téléphone hier soir.

— Je ne l'ai pas « piquée ». J'avais oublié que je l'avais dans les mains.

— Ha ha ! Alors pourquoi ne me dis-tu pas ce que tu as appris sur les numéros au Mexique ?

— Parce que je n'ai rien appris.

— Je n'en crois pas un mot. Et je ne crois pas non plus que tu déploies tous ces efforts pour retrouver Kenny simplement par devoir familial.

— Quelle est ta raison d'en douter ?

— La sensation nauséeuse que j'ai à l'estomac.

Morelli eut un large sourire.

— Va en parler à ton banquier.

Bon. Changement de tactique.

— Je croyais qu'on était associés ? lui dis-je.

— Il y a toutes sortes d'associés. Certains sont plus indépendants que d'autres.

J'eus l'impression que mes yeux faisaient un tour complet dans leurs orbites.

— Mettons les points sur les i, lui dis-je. Si je comprends bien, tu voudrais que je te donne tous les renseignements que j'ai et toi aucun. Puis quand nous retrouverons Kenny, tu me le faucherais sous le nez pour des raisons encore inconnues de moi et tu me volerais mon arrestation.

— Mais non. Tu fantasmes.

Tu parles ! J'avais raison, et il le savait aussi bien que moi.

3

Morelli et moi avions déjà mené pas mal de batailles l'un contre l'autre sans que jamais aucun de nous ne gagne la guerre. Quelque chose me disait que nous allions repartir au combat. Et qu'il allait falloir que j'apprenne à tempérer. Si j'attaquais Morelli de front, il pouvait faire de ma vie de chasseuse de primes – déjà si difficile – un véritable enfer.

Si ce n'est me réduire à l'état de carpette. Or, ce qu'il fallait, c'était *avoir l'air* d'une carpette au moment opportun. Je décidai que ce n'en était pas un et que je devais réagir par la colère devant un tel affront. Facile, puisque j'en ressentais. Je pris le large, sortant du parking en faisant celle qui savait où elle allait alors que je n'en avais pas la moindre idée. Il était bientôt quatre heures et je n'avais plus aucune pierre à retourner pour voir si Mancuso ne se cacherait pas dessous, aussi pris-je la direction de chez moi, passant en pilotage automatique et faisant mentalement le point de l'enquête.

Je savais que je devais passer voir Spiro, mais cette perspective ne m'enchantait guère. Je ne partageais pas l'enthousiasme de ma grand-mère pour les salons funéraires. Pour tout dire, l'idée de la mort me donnait la chair de poule et Spiro me paraissait sortir tout droit d'une catacombe. Vu que je n'étais déjà pas d'excellente humeur, je jugeai préférable de remettre cette visite au lendemain.

Je me garai derrière mon immeuble et, mon Levi's étant toujours trop serré sur les crêpes aux myrtilles du matin, je dédaignai l'ascenseur au profit de l'escalier. En entrant chez moi, je faillis marcher sur une enveloppe qui avait été glissée sous ma porte. Blanche. Grand format. Mon nom y figurait en lettres adhésives argentées. Je l'ouvris et lus le message qui tenait en deux phrases, elles aussi en collage.

« Pars en vacances. Ça vaudra mieux pour ta santé. »

Ne voyant aucun dépliant touristique à l'intérieur, j'en déduisis que ce n'était pas un envoi publicitaire d'une agence de voyages.

J'envisageai l'autre possibilité. Une lettre de menace. Évidemment, si elle émanait de Kenny, cela voulait dire qu'il était toujours à Trenton. Mieux : elle signifiait que j'avais fait quelque chose qui lui causait du souci. Outre Kenny, je ne voyais vraiment pas qui pourrait me vouloir du mal. Un copain à lui ? Morelli ? Ma mère ?

Je fis coucou à Rex, jetai mon sac et l'enveloppe sur le comptoir de la cuisine et écoutai mes messages.

Ma cousine Kitty, qui travaillait à la banque, m'avait appelée pour me dire qu'elle surveillait le compte de Mancuso comme je le lui avais demandé, mais qu'aucune opération n'avait eu lieu ces derniers temps.

Mary Lou Molnar, ma meilleure amie de toujours, devenue Mary Lou Stankovic, me demandait si j'avais disparu de la surface de la Terre vu qu'elle n'avait plus aucune nouvelle de moi depuis Dieu savait quand.

Et le dernier message était de mamie Mazur.

« J'ai horreur de ces machines à la noix, commençait-elle. J'ai toujours l'impression d'être une débile profonde qui parle dans le vide. J'ai lu dans le journal que ton pompiste était exposé ce soir, et si tu pouvais m'accompagner, je ne dirais pas non. Elsie Farnsworth m'a bien dit qu'elle m'emmènerait, mais je déteste monter en voiture avec elle car elle a de l'arthrite aux genoux et il arrive que son pied reste coincé sur l'accélérateur. »

L'exposition de Moogey Bues. Ça valait le déplacement. J'allai frapper chez Mr. Wolesky, en face, pour lui emprunter le journal. Mr. Wolesky laissait sa télévision allumée jour et nuit, aussi devait-on toujours tambouriner contre sa porte. Alors il venait vous ouvrir et vous disait d'arrêter de faire tout ce boucan. Quand il avait eu une attaque, quatre ans plus tôt, il avait appelé une ambulance mais n'avait accepté de prendre place sur le fauteuil roulant qu'à la fin de « Jeopardy ».

Mr. Wolesky m'ouvrit et me fusilla du regard.

— Pas la peine de faire autant de boucan. Je ne suis pas sourd.

— Vous pourriez me prêter votre journal ?

— Il s'appelle « reviens ». J'ai besoin du programme télé.

— Je veux juste vérifier un truc.

J'ouvris le journal à la rubrique nécrologique. Moogey Bues était bien exposé chez Stiva. À sept heures.

Je remerciai Mr. Wolesky et lui rendis son journal.

Je téléphonai à ma grand-mère pour lui confirmer

que je passerais la prendre. Ma mère me proposa de rester dîner. Je déclinai son invitation, lui promis de ne pas aller au salon funéraire en jean, raccrochai et, pour limiter les dégâts de la pâte à crêpe, j'allai fouiller dans mon réfrigérateur en quête d'aliments à zéro pour cent de matières grasses.

Je venais à peine à bout d'une salade quand le téléphone sonna.

— Salut, fit Ranger. Je parie que tu dînes d'une salade.

Je tirai la langue et louchai en direction du combiné.

— Du nouveau sur Mancuso ?

— Il n'habite pas ici. Il ne passe jamais ici. Il ne travaille pas ici.

— Simple curiosité morbide, si tu devais chercher vingt-quatre cercueils qui ont disparu dans la nature, tu commencerais par où ?

— Libres ou occupés ?

Zut, j'avais oublié de demander. Je levai les yeux au ciel. Mon Dieu, faites qu'ils soient vides !

Je raccrochai et téléphonai à Eddie Gazarra.

— Que me vaut l'honneur ? fit-il.

— Je veux savoir sur quoi travaille Joe Morelli.

— Bonne chance. La moitié du temps, son chef lui-même ne le sait pas.

— Oui, mais tout finit toujours par se savoir.

Gros soupir de la part de Gazarra.

— Je vais voir ce que je peux déterrer.

Morelli, qui faisait partie de la brigade des mœurs, ne travaillait ni dans les mêmes locaux ni dans le même quartier qu'Eddie. Et la brigade des mœurs, qui collaborait étroitement avec la DEA et l'administration des douanes, gardait bouche cousue sur les affaires en cours. Compte non tenu des propos de bar, des ragots de bureau et des confidences sur l'oreiller.

Je troquai mon Levi's contre le look tailleur strict et chic. Je chaussai des hauts talons, donnai du volume à mes cheveux à grand renfort de gel et de laque, allongeai mes cils au mascara. Je me reculai pour juger de l'effet obtenu. Pas mal, mais aucun risque que Sharon Stone se jette par dépit du haut d'un pont.

— Non, mais regardez-moi cette tenue, dit ma mère en m'ouvrant la porte. Et après, on s'étonne de se faire violer au coin de la rue avec des jupes aussi courtes. Comment tu fais quand tu t'assoies ? On te voit tout.

— Cinq centimètres au-dessus du genou. Ce n'est pas si mini que ça !

— On ne va pas parler chiffons toute la soirée, intervint mamie Mazur. J'ai une visite funéraire à faire, moi. Je veux voir comment ils l'ont préparé. J'espère qu'on voit encore les traces des balles.

— Ne rêve pas trop, lui dis-je. Je pense que le cercueil sera fermé.

Non seulement Moogey avait été abattu, mais il avait subi une autopsie. Je me disais que même si tous les embaumeurs du monde se donnaient la main, ça ne suffirait pas à recoller les morceaux de Moogey Bues.

— Un cercueil fermé ! se récria ma grand-mère. Il ne manquerait plus que ça ! Si jamais le bruit circule que Stiva expose à cercueil fermé, il n'y a plus un chat dans la salle.

Elle boutonna son cardigan sur sa robe et coinça son sac sous son bras.

— Dans le journal, en tout cas, il n'était pas question de ça.

— Repasse après, me dit ma mère. J'ai fait un pudding au chocolat.

— Tu es sûre que tu ne veux pas venir ? demanda mamie Mazur à ma mère.

— Je ne connaissais pas ce Moogey Bues. J'ai mieux à faire que d'aller regarder le cadavre d'un inconnu.

— Moi, c'est pareil, dit mamie Mazur, mais il se trouve que j'aide Stéphanie dans sa chasse à l'homme. Si ça se trouve, Kenny Mancuso va se pointer et Stéphanie aura besoin de renfort musclé. J'ai vu à la télé comment on coupe les pattes à quelqu'un en lui enfonçant les doigts dans les yeux.

— C'est à tes risques et périls, me dit ma mère. Si jamais elle enfonce ses doigts là où il ne faut pas, c'est sous ton entière responsabilité.

La porte à double battant du salon funéraire était grande ouverte pour le confort de tous ceux qui étaient venus dire un dernier adieu à Moogey Bues. Mamie Mazur joua tout de suite des coudes pour atteindre le premier rang, moi à la remorque.

— Alors, ça, c'est le bouquet, s'exclama-t-elle quand elle arriva à hauteur du cercueil. Tu avais raison. Ils ont foutu le couvercle.

Elle prit un air finaud.

— Comment savoir que c'est vraiment Moogey qui est à l'intérieur ?

— Je suis sûre qu'on a dû vérifier.

— Comment en être sûr ?

Je la foudroyai du regard.

— On devrait peut-être jeter un coup d'œil par nous-mêmes ? dit-elle.

— NON !

Les conversations cessèrent et tous les visages se tournèrent vers nous. Je fis un sourire d'excuse et nouai un bras autour de la taille de ma grand-mère. Je baissai d'un ton et la sermonnai.

— On ne doit pas regarder dans un cercueil fermé, ça ne se fait pas. Ce n'est pas notre affaire et quelle importance pour nous que ce soit Moogey Bues ou pas qui soit dans ce cercueil ? S'il a disparu, c'est du ressort de la police.

— Ça pourrait avoir son importance pour ton enquête, dit-elle. Ça a peut-être un rapport avec Kenny Mancuso.

— C'est de la curiosité mal placée. Tu as juste envie de voir les impacts des balles.

— Pas seulement, se récria-t-elle.

Je remarquai que Ranger était venu lui aussi. Je ne l'avais jamais vu vêtu que de deux couleurs : kaki militaire et noir mauvais garçon. Ce soir, il était en noir, l'unicité n'étant rompue que par les deux diamants qu'il portait à l'oreille et qui étincelaient sous l'éclairage. Comme d'habitude, il avait noué ses cheveux avec un catogan. Cette fois, il portait un blouson de cuir noir. On ne pouvait que supposer ce qu'il y avait de caché dessous. Sans doute une puissance de feu suffisante pour rayer de la carte un petit pays d'Europe. Il s'adossa au mur du fond, bras croisés, dans une attitude décontractée, aux aguets.

Joe Morelli se tenait face à lui dans une posture similaire.

Je remarquai un homme qui contourna un groupe de gens agglutinés près de la porte. Il fouilla rapidement la pièce du regard, et salua Ranger d'un signe de tête.

Celui que lui adressa Ranger en retour fut imperceptible sauf pour les initiés.

Je le regardai d'un air interrogateur, et il articula silencieusement : « Sandman. » Ce nom ne me disait rien.

Sandman s'approcha du cercueil et en examina le bois ciré, avec l'air de quelqu'un qui avait tout vu et ne pouvait s'étonner de rien. Des pattes-d'oie marquaient le coin de ses yeux sombres et enfoncés. Je me dis que ces rides devaient être dues à la débauche plutôt qu'au soleil ou au rire. Ses cheveux bruns étaient coiffés en arrière, plaqués par du gel.

Il surprit mon regard et le soutint un moment avant de détourner les yeux.

— Il faut que j'aille parler à Ranger, dis-je à mamie Mazur. Si je te laisse seule un moment, tu me jures que tu ne feras pas de bêtise ?

Ma grand-mère le prit de haut.

— Tu m'insultes maintenant ? dit-elle. À mon âge, je sais me tenir, figure-toi !

— Tu ne tournicoteras pas autour du cercueil pour voir ce qu'il y a à l'intérieur ?

— Mmmais non.

— Qui est ce type qui vient de présenter ses condoléances ? demandai-je à Ranger.

— Il s'appelle Perry Sandeman. On lui a donné ce surnom à cause du fait que si tu l'énerves, il te fait dormir pour un très long moment[1].

— Tu le connais bien ?

— Il zone. Il achète un peu de came aux Blacks.

1. Sandman signifiant « marchand de sable ». *(N.d.T.)*

— Qu'est-ce qu'il fait ici ?

— Il bosse au garage.

— Celui de Moogey ?

— Ouais. Il paraît qu'il était là quand Moogey s'est fait tirer dans le genou.

Un cri retentit vers les premiers rangs, et on entendit le bruit d'un objet lourd se refermer en claquant. Un objet lourd dans le genre couvercle de cercueil. Je sentis mes yeux se lever machinalement au ciel.

Spiro apparut dans l'encadrement de la porte non loin de moi. Deux petites rides s'étaient creusées entre ses sourcils. Il s'élança en avant, la foule s'écarta devant lui, et j'eus une vision très nette de la scène. Une vision de mamie Mazur.

— C'est ma manche, dit-elle à Spiro. Elle s'est coincée dans le couvercle par accident et ce satané machin s'est soulevé. Ça aurait pu arriver à tout le monde !

Ma grand-mère me lança un regard et leva ses deux pouces vers le ciel.

— C'est ta grand-mère ? me demanda Ranger.

— Ouais. Elle voulait vérifier que c'était bien Moogey qui était dans le cercueil.

— T'as un sacré patrimoine génétique, baby.

Spiro vérifia que le couvercle était bien refermé et replaça la couronne qui était tombée par terre.

Je me rapprochai en hâte, prête à étayer la théorie manche-coincée-dans-couvercle, mais ce ne fut pas nécessaire. Spiro tenait manifestement à étouffer l'affaire. Il murmura quelques formules de réconfort aux proches du défunt et s'efforça d'effacer les empreintes digitales laissées par ma grand-mère sur le bois vernis.

— Quand le couvercle s'est soulevé, je n'ai pas

pu m'empêcher de voir que vous aviez fait du beau travail, dit ma grand-mère à Spiro. Les traces des balles sont presque invisibles, sauf là où votre mastic s'est un peu enfoncé dans les trous.

Spiro acquiesça, l'air solennel, et du bout d'un doigt qu'il posa sur le dos de ma grand-mère, il l'éloigna adroitement du cercueil.

— Nous prenons le thé dans le hall, lui dit-il. Une tasse vous ferait peut-être plaisir après ce malheureux incident ?

— Je ne dirais pas non, lui répondit ma grand-mère. Je n'ai plus rien à faire ici de toute façon.

J'accompagnai ma grand-mère dans le hall et attendis d'être sûre qu'elle comptait bien boire du thé. Une fois qu'elle eut pris une chaise, une tasse et des biscuits, je partis retrouver Spiro. Il était dehors, derrière la porte de service, dans un halo de lumière artificielle, en train de fumer en cachette.

Le temps s'était rafraîchi, mais Spiro ne semblait pas s'en soucier. Il tirait de grosses bouffées et soufflait la fumée lentement. Je me dis qu'il s'efforçait d'absorber le plus de goudron possible pour en terminer au plus vite avec sa misérable existence.

Je cognai légèrement à la porte vitrée pour attirer son attention.

— Voulez-vous que nous discutions des… hum… des vous savez quoi, maintenant ?

Il me fit un signe de tête affirmatif, et tira une dernière bouffée sur sa cigarette qu'il jeta par terre dans l'allée.

— J'ai failli vous téléphoner cet après-midi, me dit-il, puis j'ai pensé que vous viendriez voir Bues ce soir. Il aurait déjà fallu que je les retrouve hier, ces machins.

Il balaya le parking du regard pour être sûr que nous étions seuls.

— Les cercueils, c'est comme le reste, me dit-il. Les fabricants ont des surplus, des articles de second choix, ils soldent. Parfois, il est possible d'acheter des lots au rabais. Il y a cinq ou six mois, j'ai passé une commande de vingt-quatre cercueils et j'ai eu une remise. Mais comme nous n'avons pas suffisamment d'espace de stockage ici, je les ai mis dans un entrepôt, dans un hangar fermé à clef.

Spiro sortit une enveloppe de la poche de sa veste. À l'intérieur se trouvait une clef qu'il brandit sous mes yeux.

— Voici la clef du hangar. L'adresse est dans cette enveloppe. Les cercueils étaient protégés par du plastique pour le transport et empilés dans des caisses. Je vous ai joint la photo d'un de ces cercueils. Ils étaient tous identiques. Le modèle de base.

— Vous avez prévenu la police ?

— Je n'ai signalé ce vol à personne. Mon souci est de récupérer ces cercueils en faisant le moins de remous possible.

— Cela ne relève pas de ma compétence.

— Mille dollars.

— Mon Dieu, Spiro, il s'agit de cercueils ! Qui irait voler des cercueils ? Et où voulez-vous que je les cherche ? Vous avez des indices ? Des soupçons ?

— J'ai la clef d'un hangar vide.

— Vous feriez peut-être mieux de limiter vos pertes en faisant jouer votre assurance.

— Pour demander un dédommagement, il faut que j'aie un rapport de police et je ne veux pas la faire intervenir.

Mille dollars, c'était tentant, mais le boulot était

bizarroïde. Je ne voyais vraiment pas par où commencer à chercher deux douzaines de cercueils envolés dans la nature.

— Supposons que je les localise, dis-je. Que se passe-t-il ? Comment comptez-vous faire pour les ramener ? Il me semble que si quelqu'un est assez abject pour voler des cercueils, il se battra comme un beau diable pour les garder.

— Ne mettons pas la charrue avant les bœufs, me dit Spiro. La prime que je vous offre ne comprend pas la récupération. Je m'en chargerai moi-même.

— Bon, je peux toujours aller poser des questions à droite et à gauche.

— Tout ceci doit rester confidentiel.

Pas de danger. Comme si j'avais envie que les gens sachent que j'étais à la recherche de cercueils. Reviens sur terre, Spiro.

— Ma bouche est scellée.

Je pris l'enveloppe et la fourrai dans mon sac.

— Autre chose, dis-je. Ces cercueils sont vides, c'est ça ?

— C'est ça.

Je retournai voir où en était ma grand-mère en me disant que ce n'était peut-être pas une mauvaise affaire, après tout. Spiro avait égaré un lot de cercueils. Ils ne devaient pas être très faciles à cacher. Ce n'était pas comme si on pouvait les entasser dans le coffre de sa voiture et filer. On avait dû venir en camionnette ou en semi-remorque pour les prendre. C'était peut-être une arnaque de l'entrepôt ? Mais dans quel but ? Le recyclage de cercueils était assez limité. Difficile d'en faire des jardinières ou des pieds de lampe. Il fallait les écouler auprès d'autres pompes funèbres. Ces voleurs devaient être sur le fil du rasoir du crime pour faire du trafic de cercueils.

Je trouvai ma grand-mère en train de boire le thé en compagnie de Joe Morelli. Je n'avais jamais vu Morelli avec une tasse de thé à la main, et cette vision était déconcertante, presque anachronique. Morelli avait été un adolescent difficile. Deux ans passés dans la marine et douze dans la police lui avaient appris à maîtriser ses instincts, mais j'étais convaincue que seule une castration en bonne et due forme serait en mesure de le domestiquer. Il avait toujours en lui une part de barbarie qui bruissait sous la surface… et qui m'attirait irrésistiblement tout en me fichant une trouille bleue.

— Ah, la voilà, dit ma grand-mère en m'apercevant. Quand on parle du loup…

— C'est-à-dire de toi, dit Morelli, tout sourire.

— Tiens donc.

— J'ai appris que tu avais un rendez-vous secret avec Spiro.

— Un rendez-vous d'affaires, précisai-je.

— Ces affaires ont-elle à voir avec le fait que Spiro, Kenny et Moogey étaient copains de lycée ?

Je le regardai avec surprise.

— Ah bon ? Ils étaient copains de lycée ?

— Unis comme les cinq doigts de la main, dit Morelli, joignant le geste à la parole.

— Hmm, fis-je.

Son sourire s'élargit.

— Je suppose que tu es toujours sur le pied de guerre ? dit-il.

— C'est moi qui te fais rire ?

— Rire n'est pas le mot.

— C'est quoi le mot alors ?

Il se balança sur ses talons, mains enfoncées dans les poches.

— Je te trouve adorable.

— Pitié !

— Dommage qu'on ne travaille pas ensemble. Si on faisait équipe, je te dirais ce que j'ai appris sur la voiture de mon cousin.

— À savoir ?

— Qu'elle a été retrouvée cet après-midi. Abandonnée. Pas de cadavre dans le coffre. Pas de traces de sang. Pas de Kenny.

— Où ?

— Dans le parking du centre commercial.

— Kenny était peut-être en train de faire des courses ?

— Peu probable. Les vigiles du centre se souviennent que la voiture est restée au parking toute la nuit.

— Les portières étaient verrouillées ?

— Toutes, sauf celle côté chauffeur.

Je réfléchis quelques secondes.

— Si je devais abandonner la voiture de mon cousin, dis-je, je m'assurerais que toutes les portières soient fermées.

On se regarda un moment dans les yeux sans formuler l'idée qui nous passait par la tête. Kenny était peut-être mort. Rien de concret, en réalité, ne permettait d'en arriver à cette conclusion, mais ce pressentiment s'imposa à moi et je me demandai dans quelle mesure la lettre anonyme que je venais de recevoir était liée à la disparition de Kenny.

Morelli admit cette éventualité avec un sourire figé.

— Ouais, fit-il.

Stiva avait conçu un hall d'entrée en faisant abattre

la cloison de séparation entre l'entrée d'origine et l'ancienne salle à manger. Une moquette unifiait la pièce et étouffait les pas. Le thé était servi sur une table basse en érable installée juste à côté de la porte de la cuisine. Éclairage tamisé. Chaises et tables basses de style dix-huitième anglais regroupées pour faciliter la conversation. Arrangements floraux éparpillés ici et là. C'eût été une pièce fort agréable s'il n'y avait eu cette certitude que oncle Harry ou tatie Minnie ou Morty le facteur était nu dans un salon voisin, tout ce qu'il y a de plus mort, regonflé au formol.

— Tu veux un thé ? me demanda ma grand-mère.

Je secouai la tête. Le thé ne me disait rien. J'avais besoin d'air frais et de pudding au chocolat. Et de me débarrasser de mes collants.

— On y va ? dis-je à ma grand-mère.

Elle regarda autour d'elle.

— C'est encore un peu tôt, mais je crois que je n'ai plus personne à voir.

Elle posa sa tasse sur la table et coinça son sac sous son bras.

— Je ne dirais pas non à du pudding.

Elle se tourna vers Morelli.

— Nous avons du pudding au chocolat comme dessert ce soir, il en restera. On fait toujours une double fournée.

— Ça fait un bail que je n'ai pas mangé de pudding fait maison, dit Morelli, l'air de rien.

Ma grand-mère tomba les deux pieds dedans.

— Ah oui ? En ce cas, vous êtes le bienvenu. On en a à revendre.

Un petit son étranglé m'échappa du fond de la

gorge, et je lançai à Morelli un regard plein de *non, non, non*.

Morelli me gratifia d'un de ses regards méga-naïfs dans le genre *Mais qu'est-ce qu'il y a ?*

— Du pudding au chocolat, dit-il. Formidable ! Je suis partant !

— Alors, c'est décidé, décréta ma grand-mère. Vous connaissez le chemin ?

Morelli nous assura qu'il pourrait aller chez nous les yeux fermés, mais qu'étant donné qu'il faisait nuit et qu'il voulait être sûr qu'il ne nous arriverait rien, il nous suivrait.

— Alors, ça c'est le bouquet ! s'exclama ma grand-mère, une fois que nous fûmes seules dans la voiture. Joe Morelli qui se soucie de notre sécurité. Et on ne peut pas faire plus poli que lui ! Et quel beau garçon. Et policier, en plus. Je parie qu'il a un revolver sous sa veste.

Il allait en avoir bien besoin quand ma mère le verrait sur son seuil. Quand elle allait regarder à travers la porte-moustiquaire, ce n'est pas le Joe Morelli amateur de pudding au chocolat qu'elle verrait, ni le Joe Morelli bachelier qui s'était engagé dans la marine, ni le Joe Morelli représentant des forces de l'ordre, mais le Joe Morelli petit tripoteur de huit ans qui m'avait entraînée dans le garage de son père pour jouer au petit train quand j'avais six ans.

— Il serait un bon parti pour toi, me dit ma grand-mère, comme nous nous garions le long du trottoir. Un homme, ça ne te ferait pas de mal.

— Pas celui-là.

— Qu'est-ce qu'il a qui ne va pas ?

— Ce n'est pas mon type.

— Tu n'as aucun goût en matière d'hommes, me

dit ma grand-mère. Ton ex-mari était un chaud lapin. Ce n'était un secret pour personne, mais tu as voulu l'épouser quand même.

Morelli se gara derrière nous et sauta au bas de sa camionnette. Ma mère ouvrit la porte et même de loin, je vis sa bouche se pincer et son dos se raidir.

— On est revenus en force pour ton pudding, lui dit ma grand-mère, arrivant à sa hauteur. On a invité l'inspecteur Morelli compte tenu du fait qu'il n'a pas mangé de pudding fait maison depuis des lustres.

Ma mère pinça un peu plus les lèvres.

— J'espère que je ne vous dérange pas, dit Morelli. Je sais bien que vous n'attendiez pas de visite.

C'est le sésame qui ouvre toutes les portes du Bourg.

Aucune ménagère digne de son sel fin n'avouera jamais ne pouvoir recevoir des invités moins de vingt-quatre heures sur vingt-quatre. Un Jack l'Éventreur serait reçu à bras ouverts grâce à cette formule.

Ma mère le salua d'un signe de tête des plus secs et s'effaça, bon gré mal gré, pour nous laisser passer.

Par crainte que mon père ne fasse un scandale à l'époque, il n'avait pas été mis au courant de l'épisode du petit train. Il considérait donc Morelli avec ni plus ni moins de mépris et d'appréhension que n'importe quel autre prétendant rabattu par ma mère et ma grand-mère. Il le jaugea, échangea avec lui les quelques banalités d'usage et reporta son attention sur la télévision, mettant un point d'honneur à ignorer ma grand-mère pendant qu'elle distribuait les parts de pudding.

— Ils avaient bel et bien fermé le cercueil de

Moogey, dit ma grand-mère. J'ai quand même pu le voir grâce à l'accident.

Ma mère écarquilla les yeux, inquiète.

— Quel accident ?

— Mamie s'est pris une manche dans le couvercle, dis-je, en ôtant ma veste, qui s'est ouvert… accidentellement.

Ma mère leva les bras au ciel.

— Toute la journée, des gens m'ont appelée pour me parler des glaïeuls. Demain, ça va être pour le couvercle.

— Il n'avait pas l'air très frais, dit ma grand-mère. J'ai dit à Spiro qu'il avait fait du bon boulot, mais c'était du pipeau.

Morelli portait un blazer par-dessus un polo noir. Quand il s'assit, les pans de sa veste s'écartèrent, révélant son revolver à hauteur de la hanche.

— Joli morceau ! s'exclama ma grand-mère. C'est quoi ? Un .45 ?

— Un 9 mm.

— Je suppose que vous n'accepteriez pas de me le prêter, dit-elle. J'aimerais bien savoir ce que ça fait que de tenir un pareil revolver en main.

— NON ! cria-t-on d'une seule voix.

— J'ai tiré sans le vouloir sur un poulet pendant qu'on était à table, expliqua ma grand-mère à Morelli. C'était un accident.

— Et vous l'avez touché où ? lui demanda Morelli.

— En plein dans le croupion, lui répondit ma grand-mère. Pas de quartier !

Deux parts de pudding et trois bières plus tard, Morelli se décolla de devant l'écran de télévision. Je le raccompagnai dehors et on bavarda sur le trottoir. C'était une nuit sans lune et sans étoiles, et la plupart des maisons étaient plongées dans l'obscurité. Il n'y avait pas de circulation dans la rue. D'autres quartiers de Trenton étaient peut-être dangereux à cette heure, mais dans le Bourg, la nuit était douce et sécurisante.

Morelli remonta le col de ma veste pour me protéger du froid. Ses doigts m'effleurèrent le cou et son regard s'attarda sur ma bouche.

— Sympa, ta famille, me dit-il.

Je plissai les yeux.

— Si tu m'embrasses, je hurle, et mon père sortira et te fera une tête au carré.

Et avant que tout ça n'arrive, probable que j'aurai mouillé ma petite culotte.

— Ton père ne me fait pas peur.

— Mais tu ne prendras pas le risque.

Morelli tenait toujours mon col dans ses mains.

— Non, je ne prendrai pas le risque.

— Redis-moi pour la voiture. Aucune trace de lutte ?

— Aucune. La clef était dans le contact et la portière passager était fermée mais pas verrouillée.

— Des traces de sang sur le trottoir ?

— Je ne suis pas allé sur les lieux, mais le labo n'a trouvé aucune preuve matérielle.

— Des empreintes ?

— Recherches en cours.

— Des affaires personnelles ?

— Aucune n'a été trouvée.

— Donc, Kenny n'a fait que passer dans cette voiture, en conclus-je.

— Tu fais des progrès en tant qu'agent d'appréhension, me dit Morelli. Tu poses toutes les bonnes questions.

— Je regarde beaucoup la télévision.
— Parlons un peu de Spiro.
— Il m'a engagée pour que je m'occupe d'un problème mortuaire.
Morelli éclata de rire.
— À savoir ?
— Je ne préfère pas en parler.
— Ça a un rapport avec Kenny ?
— Croix de bois croix de fer, si je te le dis je vais en enfer.
La fenêtre de l'étage s'ouvrit et le visage de ma mère apparut dans l'encadrement.
— Stéphanie, chuchota-t-elle, comme en aparté. Qu'est-ce que tu fabriques dehors ? Que vont penser les voisins ?
— Ne vous inquiétez pas, Mrs. Plum, lui cria Morelli. Je m'en allais…
En arrivant chez moi, je trouvai Rex qui sprintait dans sa roue. J'allumai la lumière et il se figea, ses petits yeux noirs écarquillés, ses moustaches frémissantes, indigné que la nuit ait disparu aussi soudainement.
J'ôtai mes chaussures sur le chemin de la cuisine, jetai mon sac sur le comptoir et enfonçai la touche « PLAY » de mon répondeur téléphonique.
Je n'avais qu'un seul message. De Gazarra. Il avait appelé à la fin de son service pour me dire que personne ne savait trop ce que fichait Morelli, à part qu'il travaillait sur un gros coup lié à l'enquête sur Mancuso-Bues.
Je coupai mon répondeur et téléphonai à Morelli.
Il décrocha, légèrement essoufflé, à la sixième sonnerie. Probable qu'il arrivait à peine chez lui.

J'estimai qu'on pouvait s'épargner les entrées en matière.

— Salaud, lui dis-je, lui entrant tout de suite dans le lard.

— Ah, je me demandais qui ça pouvait être.

— Tu m'as menti. J'en étais sûre, de toute façon. Je le savais depuis le début, minable !

Le silence s'étira en longueur, et je me rendis compte que mon accusation pouvait recouvrir un vaste domaine. Pour éviter tout malentendu, j'en réduisis la portée.

— Je veux tout savoir sur cette affaire top secrète sur laquelle tu travailles et je veux savoir en quoi elle est liée à Kenny Mancuso et Moogey Bues.

— Ah, fit Morelli, tu veux parler de ce mensonge-là ?

— Je t'écoute.

— Sur ce mensonge-là, je ne peux rien te dire.

4

Je n'avais pas arrêté de me tourner et de me retourner dans mon lit pendant la plus grande partie de la nuit en pensant à Kenny Mancuso et à Joe Morelli. À sept heures, je me forçai à me lever, de mauvaise humeur et au trente-sixième dessous. Je pris une douche, enfilai un jean et me fis du café.

Mon problème de base était le suivant : j'avais des tas d'idées sur Joe Morelli, pas une sur Kenny Mancuso.

Je me servis un bol de céréales, emplis ma tasse Daffy Duck de café et examinai le contenu de l'enveloppe que Spiro m'avait donnée. L'entrepôt était situé juste à la sortie de la Route 1 dans une zone de petites industries genre centres commerciaux. La photo d'un des cercueils manquants, découpée dans un tract publicitaire ou un catalogue, montrait un modèle manifestement situé au bas de la chaîne funéraire. C'était tout juste quatre planches de sapin sans les garnitures et les coins biseautés qu'on trouve habituellement sur les cercueils du Bourg. Je ne voyais vraiment pas pourquoi Spiro avait acheté vingt-quatre de ces caisses. Au Bourg, les gens dépensaient un fric fou pour les mariages et les enterrements. Être inhumé dans un cercueil comme celui-là serait pire que de se balader avec un col crasseux. Même Mrs. Markowitz, notre voisine, qui vivait de l'aide sociale et éteignait la lumière tous les soirs à neuf heures pour faire des économies d'électricité, avait mis de côté quelques milliers de dollars pour être enterrée dignement.

Je terminai mes céréales, lavai bol et cuiller, me servis une deuxième tasse de café et emplis le petit plat en céramique de Rex de croquettes et de myrtilles. Rex déboula de sa boîte de soupe, les moustaches frétillant de plaisir. Il fonça sur son plat, en fourra le contenu dans ses bajoues, et retourna dare-dare dans sa boîte où il s'accroupit, le derrière dehors, vibrant de bonheur devant sa bonne fortune. C'est ça qui est super avec les hamsters : un rien fait leur bonheur.

Je pris ma veste et mon grand sac en cuir noir qui contenait toute ma panoplie de chasseuse de primes, et me dirigeai vers l'escalier. La télévision de Mr. Wolesky bourdonnait de l'autre côté de sa porte close et une odeur de bacon grillé flottait dans l'air juste devant l'appartement de Mrs. Karwatt. Je sortis de l'immeuble en solitaire et m'arrêtai un moment pour jouir de la fraîcheur du matin. Quelques feuilles tenaces s'accrochaient encore aux arbres, mais la plupart des branches étaient nues et se découpaient telles des pattes d'araignées sur le ciel clair. Un chien aboya derrière mon immeuble et une portière de voiture claqua. Mr. Banlieuso partait au travail. Et Stéphanie Plum, chasseuse de primes hors pair, partait à la recherche de vingt-quatre cercueils bas de gamme.

À Trenton, le trafic paraissait dérisoire comparé

à la fréquentation du Holland Tunnel le vendredi après-midi, mais il était tout de même casse-pieds. Je décidai de préserver le peu de salubrité qui affleurait en ce début de matinée et d'éviter les embouteillages de Hamilton Avenue. Je m'engageai dans Linnert Street après moult fastidieux arrêts et redémarrages, et me faufilai dans les quartiers délabrés des alentours du centre-ville. Je contournai la gare, coupai par le centre, pris la Route 1 sur cinq cents mètres et sortis à Oatland Avenue.

Les Entrepôts R & J occupaient une dizaine d'ares sur Oatland Avenue. Dix années auparavant, Oatland Avenue était une misérable enclave de terrains laissés à l'abandon. La mauvaise herbe était jonchée de bris de verre, de capsules de bouteilles, de bouts filtres, de préservatifs et d'ordures diverses et variées. Récemment, l'industrie avait déniché Oatland et sur ce no man's land avaient fleuri l'Imprimerie Gant, les Accessoires de Plomberie Knoblock et les Entrepôts R & J. La mauvaise herbe avait cédé la place au macadam des parkings, mais les tessons de bouteilles, les capsules et l'assortiment de déchets urbains perduraient, se rassemblant dans des coins et des caniveaux non entretenus.

Un grillage aux maillons épais entourait les locaux des entrepôts et deux allées, indiquées ENTRÉE et SORTIE, menaient à un essaim de hangars de la taille de garages. Une petite pancarte accrochée à la clôture indiquait les heures d'ouverture : de 7 à 10 heures sept jours sur sept. Les grilles de l'entrée et de la sortie étaient ouvertes et un écriteau signalant « OUVERT » était accroché à la porte vitrée du bureau. Tous les bâtiments étaient peints en blanc, sauf les encadrements des portes et des fenêtres qui étaient d'un bleu vif. Un air dépouillé et efficace en diable. L'endroit idéal pour planquer quelques cercueils volés.

Je franchis l'entrée et roulai au pas, lisant les numéros jusqu'à ce que j'arrive au 16. Je me garai sur l'aire de stationnement face au hangar, insérai la clef dans la serrure, et appuyai sur le bouton qui commandait la porte hydraulique. Celle-ci bascula le long du plafond et, pas de doute, le hangar était vide. Pas un cercueil, pas un indice à l'horizon.

Je restai immobile un moment, imaginant ces caisses en sapin entassées jusqu'au plafond. Disparues du jour au lendemain. Je me détournai pour partir et faillis rentrer dans Morelli.

— Oh, mon Dieu ! m'écriai-je, la main sur le cœur, après avoir poussé un cri de surprise. J'ai horreur que tu arrives en catimini derrière moi, comme ça ! Qu'est-ce que tu fiches ici ?

— Je te suis.

— Je ne veux pas que tu me suives. Ça ne relève pas de la violation de mes droits, ça ? Du harcèlement policier ?

— La majorité des femmes seraient ravies que je les suive.

— Je ne suis pas la majorité.

— Raconte, me dit-il, désignant l'étendue déserte devant nous. Quel est le deal ?

— Je… je cherche des cercueils, si tu veux savoir.

Ce qui le fit sourire.

— Mais c'est vrai ! Spiro avait entreposé ici vingt-quatre cercueils et ils ont disparu.

— Disparu ? À savoir « été volés » ? Il a porté plainte ?

— Non. Il ne veut pas mêler la police à ça. Il ne

tient pas à ce que le bruit coure qu'il a acheté des cercueils en gros puis se les ait fait faucher.

— Je ne voudrais pas jouer les oiseaux de mauvais augure, mais j'ai l'impression que tout ça sent le roussi. En général, les gens qui perdent quelque chose de valeur préviennent la police au plus vite afin de pouvoir toucher l'argent de leur assurance.

Je refermai la porte et mis la clef dans ma poche.

— Spiro me paie mille dollars pour remettre la main sur des cercueils. Et, comme tu le sais, l'argent n'a pas d'odeur. Et je n'ai aucune raison de penser qu'il y a anguille sous roche.

— Et Kenny ? Je croyais que c'était lui que tu recherchais ?

— Impasse de ce côté-là pour l'instant.

— Tu laisses tomber ?

— Non, je laisse venir.

J'ouvris la portière de la Jeep, me glissai au volant et enfonçai la clef dans le contact. Le temps que je démarre, Morelli s'était assis sur le siège passager.

— On va où ? me demanda-t-il.

— Je vais au bureau pour interroger le directeur de cet établissement.

Morelli me souriait à nouveau.

— Tu es peut-être à l'aube d'une réorientation professionnelle. Si tu t'en tires bien sur ce coup, tu pourras te spécialiser dans les pilleurs de tombes et les profanateurs de cimetières.

— Très drôle. Descends de ma bagnole.

— Je croyais qu'on était associés.

Ouais, c'est ça. J'enclenchai la marche arrière et effectuai un demi-tour en règle. Je me garai devant la réception et m'élançai hors de la Jeep, talonnée par Morelli.

Je m'arrêtai net, fis volte-face et, posant une main sur son torse, tins Morelli à bout de bras.

— Stop. Ce n'est pas une visite guidée.

— Je pourrais t'être utile. En conférant autorité et crédibilité aux questions que tu vas poser.

— En quel honneur ?

— Parce que je suis un mec sympa.

Je sentis mes doigts se recourber contre la chemise de Morelli et dus faire un effort pour me relaxer.

— Convaincs-moi, lui dis-je.

— Kenny, Moogey et Spiro étaient inséparables au lycée. De vrais siamois. Moogey est mort. J'ai comme l'impression que Julia, la petite copine, n'a rien à voir là-dedans. Peut-être que Kenny s'est tourné vers Spiro.

— Et je travaille pour Spiro et tu ne sais pas si tu dois croire à cette histoire de cercueils.

— Je ne sais pas trop quoi en penser. Tu as d'autres renseignements sur ces sarcophages ? Où ils ont été achetés ? À quoi ils ressemblent ?

— À du bois. Dans les un mètre quatre-vingts de long…

— S'il y a une chose que je déteste, c'est une chasseuse de primes qui veut jouer au plus fin.

Je lui montrai la photo.

— Tu avais raison, dit-il. Ils sont en bois et ils font dans les un mètre quatre-vingts de long.

— Et ils sont moches.

— Ouais.

— Et très ordinaires.

— Ta grand-mère préférerait mourir plutôt que de devoir être enterrée dans un de ces cercueils, dit Morelli.

— Tout le monde n'a pas son discernement. Je

suis certaine que Stiva a une vaste gamme de cercueils sous le coude.

— Tu devrais me laisser interroger le responsable, dit Morelli. Je suis meilleur que toi à ce petit jeu.

— Le débat est clos. Va m'attendre dans la voiture.

En dépit de nos joutes perpétuelles, j'aimais bien Morelli. Mon bon sens me soufflait de ne pas frayer avec lui, mais je n'ai jamais été l'esclave de mon bon sens. J'aimais la façon dont il s'investissait dans le travail et dont il s'était sorti d'une adolescence difficile. De gosse des rues dégourdi à flic des rues dégourdi. Il était un peu macho, c'est vrai, mais ce n'était pas entièrement sa faute. Il était du New Jersey après tout, et surtout c'était un Morelli. L'un dans l'autre, il s'en sortait plutôt bien.

La réception consistait en une petite pièce coupée en deux par un large comptoir. Une femme en tee-shirt blanc sur lequel était imprimé le logo bleu des Entrepôts R & J se tenait derrière. Elle avait une cinquantaine d'années, un visage agréable, une silhouette d'une rondeur confortable. Elle me salua d'un signe de tête machinal avant de fixer son attention sur Morelli qui, nonobstant ma volonté, ne m'avait pas lâchée.

Morelli portait un jean délavé et moulant qui le dotait d'un paquet impressionnant et du plus beau cul de tout l'État. Son blouson de cuir marron ne dissimulait que son revolver. La dame de chez R & J déglutit et détacha ses yeux de l'entrejambe de Morelli.

Je lui dis que je travaillais dans la sécurité et que je venais m'enquérir de marchandises stockées ici par un ami à moi.

— Qui s'appelle ? me demanda-t-elle.

— Spiro Stiva.

— C'est pas pour dire, fit-elle, réprimant une grimace, mais il a rempli son hangar de cercueils. Il m'a dit qu'ils étaient vides, mais je m'en fous, je ne risque pas de m'en approcher. Et je ne pense pas que vous deviez vous inquiéter côté sécurité. Qui irait s'amuser à voler des cercueils ?

— Comment savez-vous qu'il a entreposé des cercueils ?

— Je les ai vus arriver. Il y en avait tant qu'ils ont dû les faire venir dans un semi-remorque et les décharger avec un chariot élévateur.

— Vous travaillez ici à plein temps ?

— Je travaille ici TOUT le temps. C'est mon mari et moi qui sommes les propriétaires. Je suis le R de R & J. R pour Roberta.

— D'autres poids lourds sont venus livrer ces deux ou trois derniers mois ?

— Quelques camionnettes de déménagement. Pourquoi ? Y a un problème ?

Spiro m'avait fait jurer de garder le secret, mais je ne voyais pas comment je pourrais recueillir des renseignements sans mettre Roberta dans la confidence. De plus, elle avait très certainement un passe et il ne faisait aucun doute qu'elle s'empresserait d'aller voir le hangar de Spiro après notre départ et découvrirait qu'il était vide.

— Les cercueils de Stiva ont disparu, lui dis-je. Le hangar est vide.

— C'est impossible ! Personne ne peut partir avec tout un hangar de cercueils ! Ça ferait beaucoup. Il était plein à craquer ! Il y a bien des camions qui arrivent et repartent toute la journée, mais s'ils avaient chargé des cercueils, je l'aurais vu !

— Le hangar numéro 16 est derrière, dis-je. On ne le voit pas d'ici. Et peut-être ne les ont-ils pas pris tous le même jour.

— Comment seraient-ils entrés ? fit-elle. Le verrou a été forcé ?

J'ignorais comment ils avaient pu accéder au hangar. La serrure n'avait pas été forcée, et Spiro était sûr et certain que la clef avait toujours été en sa possession. Évidemment, il pouvait mentir.

— J'aimerais voir la liste de vos autres clients, dis-je. Et cela serait très utile si vous vous souveniez de camions que vous auriez pu voir à proximité du hangar de Spiro. Des camions assez gros pour transporter des cercueils.

— Il est assuré, dit-elle. C'est obligatoire pour tous nos clients.

— Il ne peut toucher d'indemnité sans porter plainte auprès des services de police, et pour l'heure, Mr. Stiva ne tient pas à faire de remous.

— Pour tout vous dire, je ne tiens pas spécialement non plus à ce que cela se sache. Je ne voudrais pas que les gens s'imaginent que nos hangars ne sont pas sûrs.

Elle tapota sur le clavier de son ordinateur et imprima la liste de ses clients.

— Ce sont ceux qui sont dans nos registres en ce moment. Lorsque quelqu'un résilie son contrat, on ne garde son dossier sur informatique que pendant trois mois.

Morelli et moi épluchâmes la liste, mais sans reconnaître aucun nom.

— Vous leur demandez leur pièce d'identité ? s'enquit Morelli.

— Le permis de conduire, dit-elle. Et une photomaton pour la compagnie d'assurances.

Je pliai la liste, la mis dans mon sac et donnai ma carte à Roberta avec pour instruction de me téléphoner s'il y avait du nouveau. Après réflexion, je lui demandai d'utiliser ses passes et de vérifier le contenu de tous les hangars au cas peu probable où les cercueils seraient toujours sur le site.

De retour à la Jeep, Morelli et moi relûmes la liste et traçâmes un gros zéro sur la feuille.

Roberta sortit à pas pressés de son bureau, clefs en main et téléphone portable en poche.

— La chasse aux cercueils est ouverte, dit Morelli, la regardant tourner au bout de la première rangée de hangars.

Il s'affala sur son siège.

— Il y a quelque chose que je ne pige pas, dit-il. Pourquoi irait-on voler des cercueils ? C'est encombrant, c'est lourd, et les possibilités de revente sont pratiquement inexistantes. Je suis sûr qu'il y a toutes sortes de choses stockées ici qui doivent être bien plus faciles à refourguer. Pourquoi des cercueils ?

— Peut-être que le voleur en avait besoin. C'est peut-être un croque-mort malchanceux. Comme Mosel. Depuis que Stiva a ouvert ses nouveaux locaux, Mosel est sur une mauvaise pente. Peut-être qu'il savait que Spiro avait une réserve de cercueils ici, qu'il est venu sur la pointe des pieds par une nuit sans lune et qu'il les a subtilisés.

Morelli me regarda comme si j'étais la créature de Roswell.

— Mais c'est possible, lui dis-je. On a vu des

choses plus bizarres que ça. Je pense qu'on devrait faire la tournée des salons funéraires et voir si certains corps sont exposés dans un des cercueils de Spiro.

— Oh, c'est pas vrai !

Je rajustai mon sac à mon épaule.

— Il y avait un certain Sandeman chez Stiva l'autre soir. Tu le connais ?

— Je l'ai arrêté pour recel il y a deux ans. Au cours d'une descente.

— Ranger m'a dit que ce Sandeman travaillait au garage et qu'il aurait été présent le jour où on a tiré dans le genou de Moogey. Je me demandais si tu l'avais interrogé.

— Non. Pas encore. C'est Scully qui s'était chargé de l'enquête ce jour-là. Sandeman a fait une déposition, mais n'a rien appris d'intéressant. Le coup de feu a été tiré dans le bureau pendant qu'il était en train de réparer une voiture dans le garage à ce moment-là. Il avait un pistolet pneumatique qui tournait et il n'a rien entendu.

— Je pensais aller le trouver pour voir s'il avait une idée sur Kenny.

— Ne te frotte pas à ce Sandeman. C'est un abruti de première. Mauvais caractère. Mauvais numéro.

Morelli sortit ses clefs de voiture de sa poche.

— Un mécanicien formidable, dit-il.

— Je serai prudente.

Morelli me gratifia d'un regard de non-confiance absolue.

— Tu es sûre que tu ne veux pas que je t'accompagne ? Je suis doué pour broyer les pouces.

— Ce n'est pas vraiment ma méthode, mais merci quand même.

Sa Fairlaine était garée juste à côté de ma Jeep.

— Très jolie, la danseuse hawaïenne sur ta plage arrière, lui dis-je.

— C'est une idée de Costanza. Ça permet de cacher l'antenne.

Je regardai de plus près et, effectivement, je vis l'extrémité de l'antenne dépasser de la tête de la poupée. Je lançai un regard en coin à Morelli.

— Tu ne vas pas me suivre, dis ?

— Seulement si tu me le demandes gentiment.

— Jamais de la vie.

Morelli n'avait pas l'air convaincu.

Je traversai la ville et tournai sur la gauche dans Hamilton Avenue. Sept rues plus tard, je me garai prudemment sur une des places de parking qui flanquaient le garage. En début de matinée et de soirée, les pompes à essence fonctionnaient plein pot. À cette heure, c'était le calme plat. La porte du bureau était ouverte, mais sans personne à l'intérieur. Au fond, les rideaux de fer des ateliers de réparation étaient relevés. Une voiture était sur un pont dans le troisième atelier.

Sandeman, à côté, vérifiait la pression d'un pneu. Il portait un débardeur Harley d'un noir fané qui s'arrêtait cinq centimètres au-dessus d'un jean taille basse maculé de graisse. Ses bras et ses jambes étaient recouverts de tatouages représentant des serpents, gueule ouverte, langue fourchue jaillissant d'entre les crochets. Niché entre les reptiles se trouvait un cœur dans lequel on pouvait lire : « Jean, pour la vie. » La veinarde. Je me dis que, pour compléter le tableau, ce Sandeman devait forcément avoir deux rangées de dents pourries et quelques cicatrices purulentes au visage.

Il se redressa quand il me vit et s'essuya les mains sur son jean.

— Ouais ?

— Vous êtes Perry Sandeman ?

— Gagné.

— Je suis Stéphanie Plum, dis-je, passant outre la poignée de main traditionnelle. Je travaille pour l'agence qui a payé la caution de Kenny Mancuso. J'essaie de le retrouver.

— J'l'ai pas vu, dit Sandeman.

— J'ai cru comprendre que Moogey et lui étaient amis.

— I'paraît.

— Kenny venait souvent au garage ?

— Pas que je sache.

— Moogey vous parlait de Kenny ?

— Pas vraiment.

Est-ce que je perdais mon temps ? Plutôt.

— Vous étiez présent le jour où Moogey s'est fait tirer dessus, lui dis-je. Vous croyez que le coup de feu était accidentel ?

— J'étais au garage. J'suis au courant de rien. Fin du quiz. J'ai du boulot.

Je lui donnai ma carte en lui demandant de me contacter s'il repensait à quelque chose qui pourrait m'être utile.

Il la déchira en mille morceaux qu'il laissa tomber par terre.

N'importe quelle femme intelligente aurait fait une sortie empreinte de dignité, mais dans le New Jersey, la dignité occupe toujours une piètre deuxième place derrière le plaisir de rentrer dans le lard de quelqu'un.

Je redressai le menton, mis les mains sur les hanches.

— Vous avez un problème ? lui fis-je.

— J'aime pas les flics. Y compris les flics femelles.

— Je ne suis pas flic. Je suis agent de cautionnement judiciaire.

— Vous êtes une enfoirée de chasseuse de primes. Et j'ai rien à dire aux enfoirées de chasseuses de primes.

— Traitez-moi d'enfoirée encore une fois, et je vais vous montrer de quel bois je me chauffe.

— C'est censé me faire peur ?

J'avais une bombe lacrymo dans mon sac et l'envie me démangeait de lui en pulvériser une giclée en pleine poire. J'avais aussi un boîtier paralysant[1]. La dame qui tenait l'armurerie du coin m'avait convaincue de l'acheter, et je ne l'avais pas encore étrenné. Je me demandais si 50 000 volts dans son logo Harley lui remettraient les idées en place.

— Attention de ne pas me dissimuler des informations, Sandeman. Ou gare à votre liberté conditionnelle. Réfléchissez-y.

Il me flanqua un coup sur l'épaule qui me fit reculer d'un mètre.

— Que quelqu'un s'avise d'aller tirer la sonnette de mon agent de probation, et ce quelqu'un pourrait bien découvrir pourquoi on m'a surnommé le Marchand de Sable. Réfléchissez à ça, vous, de votre côté.

On y pensera.

1. *Stun gun* : boîtier électrique à effet paralysant long d'une quinzaine de centimètres et qui comprend deux électrodes provoquant une décharge de 50 000 volts. *(N.d.T.)*

5

Je partis du garage en début d'après-midi. Une des rares choses que m'avait apprises Sandeman était que je le détestais en bloc. En temps ordinaire, je n'aurais jamais imaginé que Kenny et lui puissent être amis, mais l'ordinaire ne l'était plus trop, et ce Sandeman dégageait quelque chose qui éveillait mes soupçons.

Fouiller dans son quotidien ne figurait pas en tête de la liste de mes loisirs préférés, mais je me dis qu'il serait sage d'y consacrer un peu de temps. Je devais au moins aller jeter un coup d'œil à son *home sweet home* et vérifier que Kenny n'était pas son colocataire.

Je descendis Hamilton Avenue et pus me garer à deux immeubles du bureau de Vinnie. Connie allait et venait, fermant d'un coup sec les tiroirs des classeurs et poussant un juron quand j'entrai.

— Ton cousin est une merde de chien ! me cria-t-elle. *Stronzo !*

— Qu'est-ce qu'il a encore fait ?

— Tu connais la fille qu'il vient d'embaucher ?

— Sally Quelque chose.

— Ouais : Sally Qui Connaissait l'Alphabet.

Mon regard fit le tour de la pièce.

— Elle manque à l'appel à ce qu'il semblerait.

— Et comment ! Ton cousin Vinnie l'a coincée à un angle de quarante-cinq degrés devant le tiroir des D et a essayé de jouer à cache-saucisse !

— Je crois comprendre que Sally n'a pas été d'accord.

— Elle est sortie d'ici en hurlant qu'on pouvait donner son salaire à une œuvre de charité. Et maintenant, plus personne pour faire le classement. Et devine qui doit se taper des heures sup' ?

Connie referma un tiroir d'un coup de pied.

— C'est la troisième employée en deux mois !

— Peut-être qu'on devrait intervenir et faire châtrer Vinnie.

Connie ouvrit le tiroir central de son bureau et en sortit un couteau à cran d'arrêt. Elle libéra la lame qui jaillit avec un claquement mortel.

— Peut-être qu'on devrait s'en charger nous-mêmes, dit-elle.

Le téléphone sonna et Connie remit prestement le couteau dans le tiroir. Pendant qu'elle parlait, je consultai le fichier en quête du dossier Sandeman. Aucun. Donc, soit il n'avait pas eu de caution à payer, soit il s'était trouvé un autre garant. J'essayai l'annuaire de Trenton et de ses environs, mais sans plus de succès. J'appelai Loretta Heinz au DMV[1]. Loretta et moi nous connaissions depuis des années. Nous avions été éclaireuses chez les Ames vaillantes ensemble et passé notre temps à râler en chœur pendant les deux pires semaines de ma vie au Camp Sacajawea. Loretta tapota sur son ordinateur à tout faire et, *abracadabra*, j'obtins l'adresse de Sandeman.

1. DMV : Department of Motor Vehicles.

Je la notai et articulai « salut » à Connie.

Sandeman habitait dans Morton Street, dans un quartier de grandes maisons en pierre apparente laissées à l'abandon. Les pelouses n'étaient pas entretenues, des stores déchirés pendaient mollement à des vitres sales, les pierres angulaires étaient recouvertes de tags et la peinture s'écaillait aux encadrements des fenêtres et des portes. Presque toutes les maisons avaient été divisées en appartements. Quelques-unes, incendiées ou laissées pour compte, étaient condamnées par des planches. Certaines avaient été restaurées et luttaient vaillamment pour reconquérir leur grandeur et leur dignité d'antan.

Sandeman vivait dans une des maisons multifamiliales. Ni la plus jolie ni la plus moche de la rue. Un vieil homme était assis sur la véranda. Le blanc de ses yeux s'était terni avec l'âge, des poils gris s'accrochaient à ses joues cadavériques, et sa peau avait la couleur du bitume. Une cigarette pendillait au coin de sa bouche. Il avala un peu de fumée et plissa les yeux dans ma direction.

— Je vais vous dire une chose, fit-il. Je reconnais un flic quand j'en vois un.

— Je n'en suis pas un.

C'était une obsession ou quoi ? Je jetai un œil à mes Doc Martens, me demandant si ça ne venait pas des chaussures. Morelli avait peut-être raison. Je devrais peut-être changer de style.

— Je cherche Perry Sandeman, lui dis-je, brandissant ma carte. Je suis à la recherche d'un de ses amis.

— Sandeman n'est pas chez lui. Il travaille au garage la journée. Il est pas souvent chez lui la nuit non plus d'ailleurs. Il rentre seulement quand il est saoul ou dopé. Et alors, il devient méchant. Vaut mieux pas s'approcher trop près quand il est bourré. Un excellent mécanicien, remarquez. Tout le monde est d'accord là-dessus.

— Vous connaissez le numéro de son appartement ?

— 3C.

— Il y a quelqu'un en ce moment ?

— Je n'ai vu entrer personne.

Je passai à côté du vieil homme, entrai dans le hall et m'immobilisai, le temps que mes yeux s'habituent à l'obscurité. L'air était vicié par une odeur de plomberie défaillante. Le papier peint taché se décollait aux raccords. Le plancher crissait sous les pas.

Je fis passer ma bombe lacrymo de mon sac à la poche de mon blouson et commençai à gravir les marches. Il y avait trois portes au deuxième étage. Toutes fermées à clef. Une télévision bourdonnait derrière l'une d'elles. Le silence régnait dans les deux autres appartements. Je frappai à la 3C et attendis. Rien. Je refrappai. Toujours rien.

D'un côté, la perspective de me confronter à un malfrat me fichait une trouille d'enfer, et je n'avais qu'une envie, décaniller au plus vite. D'un autre côté, je voulais capturer Kenny, et je me sentais obligée d'aller jusqu'au bout.

Il y avait une fenêtre au fond du couloir à travers laquelle je voyais des barreaux noirs et rouillés qui avaient tout l'air d'être ceux d'un escalier de secours. Je m'approchai et regardai au-dehors. Oui, c'était bien un escalier de secours… dont une partie longeait l'appartement de Sandeman. En passant par la fenêtre, je pourrais jeter un coup d'œil à son intérieur. Personne en bas. Tous les stores du bâtiment d'en face étaient baissés.

Je fermai les yeux et pris une profonde inspiration. Que pouvait-il arriver au pire ? Je pouvais me faire arrêter, tuer, pousser dans le vide, ou mettre en bouillie. Bon. Et au mieux ? Personne ne serait à la maison et ni vu ni connu.

J'ouvris la fenêtre et me glissai au-dehors. J'étais une vieille habituée des escaliers de secours vu que j'avais passé de longues heures sur celui de chez moi. Je courus dare-dare jusqu'à la fenêtre de chez Sandeman et regardai à l'intérieur. Je vis un lit pliant défait ; une petite table de cuisine et une chaise en Formica ; une télévision sur un support métallique ; et un réfrigérateur format étudiant. Des cintres en métal accrochés à deux patères. Une plaque chauffante posée sur la table ainsi que deux canettes de bière cabossées. Des assiettes en carton sales et des emballages de nourriture froissés. Pas d'autre porte à part celle d'entrée, aussi supposai-je que Sandeman utilisait les toilettes qui se trouvaient sur le palier. Ça devait être le pied !

Et le plus important de tout : pas de trace de Kenny.

J'avais repassé une jambe par la fenêtre quand, baissant la tête vers la rue, j'aperçus le vieil homme à qui j'avais parlé qui se tenait au pied de l'escalier de secours, juste au-dessous de moi, tête renversée en arrière, une main en visière pour se protéger du soleil, ma carte toujours coincée entre ses doigts.

— Y a quelqu'un ? me cria-t-il.

— Non.

— C'est bien ce que je pensais. Il n'est pas près de rentrer.

— Vous avez un bel escalier de secours.

— Il faudrait le réparer, avec ses boulons bouffés

par la rouille ! Moi, je m'y risquerais pas. Vous me direz, si un jour y a le feu, on se fichera pas mal de la rouille.

Je lui adressai un sourire crispé et achevai d'enjamber la fenêtre. Je redescendis, ressortis de l'immeuble sans demander mon reste, sautai dans ma Jeep, verrouillai les portières et filai.

Une demi-heure plus tard, j'étais chez moi en train de me demander quelle tenue j'allais mettre pour une soirée d'espionnage. J'optai pour des bottes, une jupe longue en jean et un polo blanc. Je me refis une beauté, me mis quelques bigoudis chauffants. Quand je les retirai, j'avais gagné plusieurs centimètres. Je n'étais toujours pas assez grande pour être sélectionnée dans une équipe de joueuses de basket, mais j'étais prête à parier que je pouvais paraître intimidante au Pakistanais lambda.

Je pesais le pour et le contre d'un Burger King et d'une pizza quand le téléphone sonna.

— Stéphanie, me dit ma mère, j'ai fait un gros chou farci pour dîner. Et un gâteau aux épices pour le dessert.

— Tentant, lui répondis-je, mais j'ai d'autres projets pour ce soir.

— À savoir ?

— Un dîner.

— D'amoureux ?

— Non.

— Autrement dit, tu n'as aucun projet.

— Il n'y a pas que l'amour dans la vie.

— Il y a quoi, par exemple ?

— Le travail.

— Stéphanie, Stéphanie, Stéphanie, ton travail

consiste à arrêter des gangsters pour ton bon à rien de cousin. Ce n'est pas un vrai travail, ça !

Je me tapai la tête contre le mur – mentalement.

— J'ai aussi de la glace à la vanille, pour aller avec le gâteau, insista ma mère.

— De la glace à zéro pour cent ?

— Non, de la chère qu'ils vendent dans les petits pots en carton…

— Bon, d'accord, j'arrive.

Rex bondit hors de sa boîte de soupe et s'étira, pattounes de devant tendues au maximum, arrière-train relevé. Il bâilla à s'en décrocher la mâchoire, m'offrant une vue imprenable sur l'intérieur de ses orteils. Il alla renifler sa soucoupe, la jugea mesquine et gagna sa roue.

Je le mis au courant de mes projets pour la nuit de sorte qu'il ne se fasse pas de mouron si je rentrais tard. Je laissai la lumière de la cuisine allumée, branchai mon répondeur, attrapai mon sac et mon blouson d'aviateur en cuir marron, sortis et fermai ma porte à clef. Je serais légèrement en avance, mais ce n'était pas grave. Cela me donnerait le temps de lire les nécros et de décider où aller après dîner.

Les lampadaires s'allumèrent en clignotant au moment où je me garai devant chez mes parents. La pleine lune était basse et joufflue sur le ciel crépusculaire. La température avait baissé depuis l'après-midi.

Mamie Mazur m'accueillit dans l'entrée. Ses cheveux gris acier étaient roulés serré dans des minibigoudis entre lesquels transparaissait la peau rosée de son crâne.

— Je suis allée chez le coiffeur aujourd'hui, me dit-elle. Je me suis dit que je pourrais peut-être recueillir des renseignements pour toi sur l'affaire Mancuso.

— Comment tu t'en es tirée ?

— Plutôt bien. Il y avait du beau monde. Norma Szajack, la petite cousine de Betty, était venue se faire teindre les cheveux et elles ont toutes dit que je devrais faire pareil. J'aurais bien tenté le coup, mais j'ai entendu dans une émission de télé que certaines décolorations pouvaient donner le cancer. Ils avaient invité une femme qui avait une tumeur de la taille d'un ballon de basket, et qui disait que ça venait des produits décolorants. Bref, Norma et moi on a papoté. Tu savais que son fils Billie était allé à l'école avec Kenny Mancuso ? Maintenant, il travaille dans un casino à Atlantic City. Elle m'a dit que Billie lui avait dit que Kenny était un de leurs plus gros flambeurs.

— Elle sait si Kenny est allé à Atlantic City récemment ?

— Elle ne m'en a pas parlé. La seule chose, c'est que Kenny a téléphoné à Billie il y a trois jours pour lui demander de lui prêter de l'argent. Billie lui a dit qu'il pouvait le dépanner, mais Kenny n'est jamais venu.

— Billie a raconté tout ça à sa mère ?

— Il l'a raconté à sa femme qui l'a répété à Norma. Je suppose qu'elle n'était pas ravie-ravie que Billie veuille prêter de l'argent à Kenny. Tu sais ce que je crois ? Je crois que Kenny s'est fait buter. Je te parie qu'il nourrit les poissons. J'ai vu une émission de télé l'autre jour où ils expliquaient comment les vrais pros s'y prenaient pour se débarrasser des gêneurs. C'était sur une des chaînes éducatives. Si je me souviens bien, ils leur tranchent la gorge, puis ils les pendent la tête en bas dans la douche pour qu'ils se vident de leur sang et qu'ils ne salissent pas la moquette. Puis le truc, c'est d'étriper le mort et de lui crever les poumons. Si on ne lui crève pas les poumons, il flotterait quand on le jette dans la rivière.

Ma mère étouffa un cri dans la cuisine et mon père s'étrangla derrière son journal au salon.

La sonnerie de la porte d'entrée retentit et mamie Mazur dressa l'oreille.

— Invité ! s'écria-t-elle.

— Quel invité ? dit ma mère. Je n'ai invité personne.

— Moi oui. J'ai invité un homme pour Stéphanie, dit ma grand-mère. Un beau parti. Pas terrible à regarder, mais c'est un surdoué pour faire de l'argent.

Ma grand-mère alla ouvrir et Spiro Stiva fit son entrée.

— Dieu du ciel, fit mon père, jetant un coup d'œil par-dessus son journal, un croque-mort ! Il ne manquait plus que ça !

— Finalement, je n'ai pas une envie folle de chou farci, dis-je à ma mère.

Elle me tapota le bras.

— Ce ne sera peut-être pas si atroce que ça, me dit-elle. Et puis, ça ne fera pas de mal de faire ami-ami avec Spiro, ta grand-mère ne rajeunit pas, tu sais.

— J'ai invité Spiro vu que sa mère passe tout son temps au chevet de Constantin à l'hôpital, et qu'il n'est pas très doué pour se faire la cuisine, me chuchota ma grand-mère en me faisant un clin d'œil. Je t'en ai chopé un de vivant cette fois !

À peine.

Ma mère mit un couvert supplémentaire.

— Nous sommes ravis de vous avoir à dîner,

dit-elle à Spiro. Nous disons sans arrêt à Stéphanie d'inviter plus souvent ses amis.

— Oui, mais il faut dire qu'elle est devenue si difficile dans le choix de ses amis masculins, dit ma grand-mère à Spiro, qu'il ne se passe pas grand-chose de ce côté-là ces derniers temps. Attendez de goûter le gâteau qu'il y a en dessert : c'est elle qui l'a fait.

— Mais non, ce n'est pas moi.

— Et le chou farci, c'est elle aussi, persista ma grand-mère. Elle fera une excellente épouse un de ces jours…

Le regard de Spiro s'attarda sur la nappe en dentelle et les assiettes décorées de fleurs roses.

— Je me tâte pour choisir une femme, dit-il. Un homme dans ma position doit penser à son avenir.

Il se tâte ? Non, mais je rêve !

Spiro s'assit à côté de moi et je m'écartai de lui le plus discrètement possible en espérant que la distance aurait raison de ma chair de poule.

Mamie Mazur passa le chou à Spiro.

— J'espère que cela ne vous ennuie pas de parler boutique, lui dit-elle. J'ai des tas de questions à vous poser. Je me suis toujours demandé, par exemple, si vous mettiez des sous-vêtements aux morts. D'un côté, ça ne me semble pas indispensable, mais d'un autre…

— Je ne pense pas que Spiro ait envie de parler de tout ça, intervint ma mère.

Spiro acquiesça et sourit à ma grand-mère.

— Secret professionnel, lui dit-il.

À sept heures moins dix, Spiro finissait sa deuxième part de gâteau et nous annonçait qu'il allait devoir nous quitter pour l'exposition mortuaire du soir.

Ma grand-mère lui fit au revoir de la main tandis qu'il s'éloignait en voiture.

— Tout s'est très bien passé, dit-elle. Je crois que tu es son genre.

— Tu veux encore de la glace ? me demanda ma mère. Un autre café ?

— Non, merci. Je suis repue. Et puis, j'ai des choses à faire ce soir.

— Lesquelles ?

— Je dois aller visiter quelques salons funéraires.

— Lesquels ?

— Je commence par chez Sokolowsky.

— Qui vas-tu voir là-bas ?

— Helen Martin.

— Je ne la connais pas, mais je devrais peut-être tout de même aller présenter mes condoléances si vous étiez de si grandes amies, dit ma grand-mère.

— Ensuite, je passerai chez Mosel puis à la Maison du Sommeil Éternel.

— Jamais entendu parler, fit ma grand-mère. C'est nouveau ? C'est dans le Bourg ?

— Plus loin dans Stark Street.

Ma mère se signa.

— Donnez-moi de la force, murmura-t-elle.

— Ce n'est quand même pas à ce point-là, lui dis-je.

— Stark Street est une rue qui pullule de trafiquants de drogue et d'assassins. Ce n'est pas un endroit pour toi. Frank, dis quelque chose. Tu vas laisser ta fille aller seule dans Stark Street la nuit ?

Mon père, s'entendant nommer, releva le nez de son assiette.

— Hein ? Quoi ? fit-il.

— Stéphanie veut aller dans Stark Street.

Mon père, concentré sur son gâteau, avait la tête ailleurs.

— Elle veut que je la dépose ?

Ma mère leva les yeux au ciel.

— Vous voyez avec quoi je vis !

Ma grand-mère bondit sur ses pieds.

— J'en ai pour une minute, dit-elle. Le temps d'aller chercher mon sac et je suis prête à partir.

Mamie Mazur s'appliqua une nouvelle couche de rouge à lèvres devant le miroir de l'entrée, boutonna son manteau et accrocha son sac à main en cuir véritable à son avant-bras. Son manteau « pure laine » à col de vison était d'un bleu roi lumineux. Au fil des ans, il avait donné l'impression de gagner en longueur en proportion directe à la vitesse à laquelle mamie Mazur se tassait. Ce soir, elle le portait en maxi-manteau. Je la pris par le coude et la guidai jusqu'à ma Jeep, m'attendant à moitié à ce qu'elle s'écroule sous le poids de la laine. Je l'imaginai étalée de tout son long sur le trottoir dans une mare bleu roi d'où seuls ses pieds dépasseraient, avec un faux air de la méchante sorcière de l'Ouest.

Nous nous rendîmes d'abord chez Sokolowsky comme prévu. Helen Martin était très mignonne dans sa robe en dentelle bleu pâle, ses cheveux teints de la même couleur. Ma grand-mère étudia le maquillage d'Helen avec le regard critique d'une pro.

— Ils auraient dû utiliser un anticerne dans les verts, dit-elle. Il ne faut pas lésiner sur l'anticerne avec un éclairage pareil. Chez Stiva, les lumières sont tamisées dans les nouveaux salons, c'est ça qui fait toute la différence.

Je laissai ma grand-mère et partis à la recherche de Melvin Sokolowsky que je trouvai dans son bureau juste après l'entrée principale. La porte était ouverte. Sokolowsky était assis à un magnifique bureau en acajou, tapotant sur le clavier d'un ordinateur portable. Je fis de même à la porte.

C'était un bel homme d'environ quarante-cinq ans, vêtu de la tenue standard : costume sombre de coupe classique, chemise de soirée blanche, et cravate à rayures.

Il leva la tête et haussa les sourcils quand il me vit dans l'encadrement de sa porte.

— Oui ? fit-il.

— J'aimerais vous parler de dispositions pour un enterrement, lui dis-je. Ma grand-mère prend de l'âge, et j'ai pensé que ça n'engageait à rien de se renseigner sur les prix des cercueils.

Il extirpa un gros catalogue relié de cuir des entrailles de son bureau et l'ouvrit d'une chiquenaude.

— Nous avons un vaste choix de modèles.

Il me montra le cercueil dit « le Montgomery ».

— Très joli, fis-je, mais il m'a l'air un peu cher.

Il revint quelques pages en arrière à la rubrique « sapin ».

— Ceci est notre ligne Eco. Comme vous pouvez le constater, ils sont toujours très attrayants, ton acajou et poignées en cuivre.

Je parcourus la ligne Eco, mais ne vis rien qui ressemblât de près ou de loin au modèle de base de Stiva.

— C'est ce que vous avez de moins cher ? demandai-je. Vous n'auriez pas plus simple, sans la teinte acajou ?

Sokolowsky prit un air malheureux.

— Pour qui est-ce, disiez-vous ?

— Ma grand-mère.

— Elle vous a rayée de son testament ou quoi ? Juste ce qu'il me fallait : un croque-mort à la dent dure.

— Vous n'avez pas de cercueil en bois brut ?

— Personne n'achète de cercueil en bois brut au Bourg. Écoutez, que diriez-vous d'un achat à crédit ? Ou alors, on économise sur le maquillage… vous voyez ce que je veux dire, on ne coiffe les cheveux de votre grand-mère que sur le devant.

Je me levai et me dirigeai vers la porte.

— Je vais y réfléchir, lui dis-je.

Il se leva lui aussi d'un bond et me fourra des brochures dans la main.

— Je suis sûr que nous trouverons une solution, me dit-il. Je pourrais vous faire faire une bonne affaire sur une concession…

Je tombai sur ma grand-mère dans le hall d'entrée.

— De quelle concession parle-t-il ? me demanda-t-elle. On en a déjà une. Très bien placée. Tout près du robinet d'eau. Toute la famille y est enterrée. Bon, quand on a voulu y mettre ta tante Marion, il a fallu faire descendre ton oncle Fred d'un étage et la mettre sur lui parce qu'il ne restait plus beaucoup de place. Je finirai sans doute allongée sur ton grand-père. Mais c'est toujours comme ça, non ? On ne peut pas avoir de vie privée quand on est mort.

Du coin de l'œil, j'aperçus Sokolowsky qui jaugeait ma grand-mère du seuil de son bureau.

Mamie Mazur le remarqua aussi.

— Regarde-moi ce Sokolowsky, me dit-elle. Il me dévore des yeux. Ça doit être ma nouvelle robe.

On enchaîna en allant chez Morel. Puis chez Dorfman et à la morgue Majestic. Au moment où nous reprenions la route en direction de la Maison du Sommeil Éternel, j'étais débordante de force cadavérique. Un parfum des fleurs fraîches avait imprégné mes vêtements et ma voix était restée coincée à un niveau de murmure funèbre.

Mamie Mazur s'était bien amusée chez Mosel mais avait commencé à faiblir vers la fin de la visite chez Dorfman et n'était même pas rentrée au Majestic, préférant m'attendre dans la Jeep pendant que je courais à l'intérieur pour me renseigner sur les tarifs des enterrements.

La Maison du Sommeil Éternel était le dernier salon funéraire de ma liste. Je coupai par le centre-ville, dépassai les édifices gouvernementaux et la bifurcation vers la Pennsylvanie. Il était plus de neuf heures et les rues du centre étaient envahies par les noctambules – prostituées, dealers, acheteurs et bandes d'ados.

Je tournai à droite dans Stark Street, plongeant instantanément dans un environnement désespérant de sinistres maisons attenantes en briquettes et de petits commerces. Les portes des bars de Stark Street étaient grandes ouvertes, dessinant des rectangles de lumière enfumée sur le ciment sombre des trottoirs. Des hommes traînaient devant ces bars, juste pour passer le temps, ou bien pour conclure des marchés, l'air de ne pas y toucher. Le temps s'était rafraîchi, et la plupart des habitants du quartier s'étaient réfugiés chez eux, abandonnant les vérandas aux plus démunis.

Mamie Mazur était assise sur le bord du siège, le nez collé au pare-brise.

— C'est donc ça, Stark Street, dit-elle. On m'a raconté que ce quartier est plein de filles de joie et de trafiquants de drogue. C'est sûr que j'aimerais bien en voir. J'ai vu quelques prostituées, une fois, à la télé, et figure-toi que c'étaient des hommes ! Il y en avait un qui portait des collants élastiques et il racontait qu'il devait scotcher son pénis entre ses cuisses pour qu'il ne se voie pas. Non, mais tu te rends compte ?

Je me garai en double file non loin du salon funéraire et examinai la Maison du Sommeil Éternel. C'était l'un des rares bâtiments de la rue à ne pas être couvert de graffiti. Sa façade blanche semblait avoir été ravalée de frais, et au-dessus de l'entrée, une enseigne jetait un large arc de lumière. Un petit groupe d'hommes en costume se tenaient sous cet éclairage, bavardant en fumant. La porte s'ouvrit et deux femmes, en habits du dimanche, sortirent de l'établissement, rejoignirent deux des hommes et ils montèrent dans une voiture. Ils partirent et les hommes restant entrèrent dans le salon funéraire, laissant la rue déserte derrière eux.

Je fonçai pour prendre la place qui venait de se libérer et me répétai mentalement la raison officielle de ma visite. J'étais venue pour voir Fred Wilson, dit « Poupougne », décédé à l'âge de soixante-huit ans. Si on me posait des questions, je dirais qu'il était un ami de mon grand-père.

Flanquée de mamie Mazur, j'entrai d'un pas tranquille dans le salon funéraire et évaluai le lieu. Petit. Trois salons d'exposition et une chapelle. Seul un salon utilisé. Éclairage tamisé. Mobilier bon marché mais de bon goût.

Mamie fit claquer son dentier et surveilla du coin de l'œil la foule de gens qui se déversait du salon d'exposition.

— Ça ne va pas marcher, dit-elle. On n'est pas de la bonne couleur. On va avoir l'air de vilains petits canards.

Je pensais à peu près la même chose. J'avais espéré un mélange des races. Cette partie de Stark Street était plutôt un melting-pot, le dénominateur commun étant plus la malchance que la couleur de la peau.

— Qu'est-ce qu'on fiche ici, de toute façon, à faire la tournée des salons funéraires ? demanda ma grand-mère. Je parie que tu recherches quelqu'un. Encore une de tes chasses à l'homme ?

— Plus ou moins. Je ne peux pas entrer dans les détails.

— Ne t'inquiète pas de moi. Je suis muette comme une tombe.

J'entraperçus le cercueil de Poupougne et, même à distance, je pouvais voir que sa famille n'avait pas regardé à la dépense. Je savais que je devais pousser mes recherches plus avant, mais j'en avais ma claque de faire ma pseudo-étude de marché des tarifs funéraires.

— J'en ai assez vu, dis-je à ma grand-mère. On rentre.

— Je suis d'accord. Il me tarde de me déchausser. Ces chasses à l'homme, ça vous file de ces ampoules !

On sortit sans tarder par la porte principale et on s'arrêta, plissant des yeux, sous la lumière qui nous venait d'au-dessus de nos têtes.

— C'est marrant, dit ma grand-mère. J'aurais juré qu'on s'était garé ici.

Je poussai un gros soupir.

— On *s'était* garé ici.

— Mais la voiture n'est plus là.

Aussi sûr que deux et deux font quatre. Ma voiture avait disparu. Envolée. Volatilisée. Je sortis mon portable de mon sac et appelai Morelli. Pas de réponse chez lui. J'essayai son numéro de voiture.

Après quelques grésillements, j'entendis sa voix.

— C'est Stéphanie. Je suis à la Maison du Sommeil Éternel dans Stark Street et on vient de me voler ma bagnole.

Il ne répondit pas tout de suite, mais je crus bien entendre un rire étouffé.

— Tu as signalé le vol ? finit-il par me demander.

— Oui, à toi.

— Tu me flattes.

— Ma grand-mère est avec moi et elle a hyper mal aux pieds.

— Message reçu, cinq sur cinq.

Je laissai choir mon téléphone dans mon sac.

— Il arrive, dis-je à ma grand-mère.

— Comme c'est gentil à lui de venir nous chercher.

Au risque de paraître cynique, je soupçonnais Morelli de s'être posté dans le parking de chez moi à attendre que je rentre pour que je lui raconte tout ce que j'aurais appris sur Perry Sandeman.

Mamie Mazur et moi nous réfugiâmes près de la porte, faisant le guet au cas où ma voiture nous passerait sous le nez. Ce fut une surveillance vaine et fastidieuse, et ma grand-mère paraissait déçue de ne pas avoir été sollicitée par des revendeurs de drogue ou des proxénètes en quête de chair fraîche.

— Je ne comprends pas pourquoi on fait toutes ces histoires à propos de cette rue, dit-elle. La nuit est calme et on n'a été témoin d'aucune agression. Stark Street n'est pas aussi épatante qu'on le raconte !

— Un abruti a piqué ma bagnole !

— Oui, c'est vrai. Disons que la soirée n'a pas été un fiasco total. Même si je n'ai rien vu. C'est décevant quand on ne voit pas la chose arriver.

La camionnette de Morelli tourna au coin et remonta la rue. Il se gara en double file, mit ses feux de détresse, et vint vers nous d'un pas nonchalant.

— Que s'est-il passé ? demanda-t-il.

— La Jeep était garée, portes bloquées, dans cet espace vide, là. Nous sommes restées dans le salon funéraire moins de dix minutes. Quand nous sommes sorties, elle avait disparu.

— Des témoins ?

— Pas que je sache. Je n'ai pas sondé le quartier. S'il y avait une chose que j'avais apprise durant ma courte carrière de chasseuse de primes, c'était que personne ne voyait jamais rien dans Stark Street. Y poser des questions était le type même de l'exercice inutile.

— J'ai demandé au poste d'alerter toutes les patrouilles dès que j'ai eu ton coup de fil, dit Morelli. Il faudra que tu passes au commissariat demain pour porter plainte.

— Tu crois qu'il y a une chance que je récupère ma voiture ?

— Il y a toujours une chance.

— Ça me rappelle une émission de télé sur les vols de voitures, dit mamie Mazur. Ils montraient des désosseurs de voitures volées. Je te parie que ta Jeep est en pièces détachées à l'heure qu'il est, qu'il n'en reste plus une tache d'huile sur le sol d'un garage.

Morelli ouvrit la portière passager de sa camionnette et hissa ma grand-mère sur le siège. Je pris place à côté d'elle en m'obligeant à adopter la pensée positive. Toutes les voitures volées ne finissent pas forcément en pièces détachées, non ? La mienne était si mignonne qu'il se trouverait bien quelqu'un qui ne pourrait pas résister à aller faire une petite virée. Pense positif, Stéphanie, pense positif.

Morelli exécuta un demi-tour et reprit le chemin du Bourg. On passa en coup de vent chez mes parents, juste le temps de déposer mamie Mazur dans son rocking-chair et de montrer à ma mère qu'il ne nous était rien arrivé d'affreux dans Stark Street… outre le fait que je me sois fait piquer ma voiture.

En sortant, ma mère me tendit le traditionnel sachet de secours.

— Un petit quelque chose pour casser la croûte, dit-elle. Un peu de gâteau aux épices.

— Miam miam, j'adore ça, me dit Morelli, une fois que nous fûmes réinstallés dans sa camionnette, en route pour chez moi.

— Laisse tomber. Tu n'en auras pas.

— Bien sûr que si, dit-il. Je me suis décarcassé pour t'aider ce soir. Le moins que tu puisses faire, c'est m'offrir une part de gâteau.

— Tu t'en fiches du gâteau, lui dis-je. Tout ce que tu veux, c'est monter chez moi et savoir si j'ai réussi à faire parler Perry Sandeman.

— Pas seulement.

— Sandeman n'était pas d'humeur bavarde.

Morelli s'arrêta à un feu.

— Tu as appris quelque chose ?

— Qu'il déteste les flics. Qu'il me déteste. Que je le déteste. Qu'il habite dans un immeuble sans ascenseur de Morton Street, et qu'il est un ivrogne patenté.

— Comment tu sais ça ?

— Je me suis rendue à son domicile et j'ai papoté avec un de ses voisins.

Morelli me lança un regard de côté.

— Gonflé, dit-il.

— Non, ce n'est rien, fis-je, m'efforçant de ramener la couverture à moi. Ça fait partie du boulot.

— J'espère que tu as eu le bon sens de ne pas donner ton nom. Sandeman ne sera pas très content de savoir que tu as fureté autour de sa tanière.

— Il me semble me souvenir que j'ai laissé ma carte, dis-je.

Inutile de préciser que je m'étais fait surprendre sur l'escalier de secours. Pas la peine de l'enquiquiner avec des détails superflus.

Morelli me regarda d'un air « bon-sang-t'es-conne-ou-quoi ? ».

— J'ai entendu dire qu'ils recherchaient des étalagistes chez Macy's.

— Ne recommence pas avec ça. Donc, j'ai fait une erreur.

— Ta carrière en est jonchée, trésor.

— C'est mon style. Et je ne suis pas ton trésor.

Il y a des gens qui apprennent en lisant des livres, d'autres en écoutant les conseils d'autrui, et d'autres en tirant les leçons de leurs expériences. J'appartiens à la dernière catégorie. Alors, je n'avais qu'à m'en prendre à moi-même. Au moins, je ne commets pas deux fois la même erreur… à l'exception, peut-être, de celle de revoir Morelli qui a la manie de bousiller ma vie à intervalles réguliers. Et j'ai celle de le laisser faire.

— La chance t'a souri pendant ta tournée des salons funéraires ?

— Non.

Il coupa le moteur et se pencha vers moi.

— Tu sens bon les œillets.

— Fais attention, tu vas écraser le gâteau.

Il baissa les yeux vers le sac.

— C'est un gros gâteau, dit-il.

— Hum, hum.

— Si tu le manges tout entier, attention tes hanches.

Je poussai un gros soupir.

— Bon, d'accord, je vais t'en donner un morceau. Mais n'essaie pas de me faire une entourloupe.

— Qu'est-ce que tu entends par là ?

— Tu le sais très bien !

Morelli sourit de toutes ses dents.

J'envisageai de prendre un air de reine offensée, mais je me dis que c'était un peu tard et que, de toute façon, ce n'était pas dans mes cordes, aussi me contentai-je de pousser un soupir exaspéré avant de m'extirper de la camionnette. Je m'éloignai, Morelli sur les talons. On prit l'ascenseur en silence jusqu'à mon étage et là, on s'arrêta net à la vue de la porte de mon appartement légèrement entrouverte. Des marques étaient visibles là où quelqu'un avait glissé un outil, une gouge peut-être, entre le montant et le battant de la porte et s'en était servi pour la forcer.

J'entendis Morelli dégainer son revolver et je lançai un coup d'œil dans sa direction. Il me fit signe de me pousser sur le côté, les yeux rivés sur ma porte.

Je sortis le .38 de mon sac et lui passai devant, jouant les gros bras.

— C'est chez moi, c'est mon problème, lui soufflai-je, pas spécialement désireuse de me poser en héroïne, mais ne voulant pas lui céder le contrôle de la situation.

Morelli me tira par le bas de mon blouson.

— Ne fais pas l'idiote.

Mr. Wolesky ouvrit sa porte, un sac-poubelle à la main, au moment où on se chamaillait.

— Que se passe-t-il ? demanda-t-il. Vous voulez que j'appelle les flics ?

— Je suis flic, lui dit Morelli.

Mr. Wolesky le considéra longuement puis se tourna vers moi.

— S'il vous cherche des noises, appelez-moi. Je vais juste au bout du couloir jeter la poubelle.

Morelli le suivit des yeux.

— J'ai comme l'impression que je ne lui inspire pas confiance.

Physionomiste, ce Mr. Wolesky.

Morelli et moi jetâme prudemment un coup d'œil dans mon appartement, nous faufilant dans l'entrée, hanches collées tels deux Siamois. Aucun intrus dans la cuisine ni dans le salon. On se précipita dans la chambre et dans la salle de bains. On regarda dans les penderies. Sous le lit. Sur l'escalier de secours. Personne.

— C'est bon, fit Morelli. Inspecte les dégâts et vérifie qu'on ne t'a rien volé. Je vais essayer de réparer la porte d'entrée.

À vue d'œil, les dégâts consistaient exclusivement en des slogans tagués sur les murs ayant à voir avec les organes génitaux féminins et des suggestions anatomiquement invraisemblables. Rien ne manquait dans mon coffret à bijoux. Un peu insultant étant donné que j'avais une très jolie paire de zircons cubiques qui, estimais-je, ressemblaient comme deux gouttes d'eau à des diamants. Bah, vu le niveau du type. Il ne savait même pas écrire correctement le mot « chatte ».

— La porte ne veut pas rester fermée, mais j'ai pu mettre la chaîne de sécurité, me cria Morelli de l'entrée.

Je l'entendis se diriger vers le salon et s'arrêter. Puis, plus rien.

— Joe ?

— Hmm ?

— Qu'est-ce que tu fais ?

— Je regarde ton chat.

— Je n'ai PAS de chat.

— Qu'est-ce que tu as alors ?

— Un hamster.

— T'en es sûre ?

Une vague de panique me submergea. *Rex !* Je fonçai hors de la chambre vers le salon où l'aquarium en verre de Rexy était posé sur une petite table en bout de canapé. Je m'arrêtai net au milieu de la pièce, portant une main à ma bouche à la vue d'un énorme matou noir squattant la cage de mon hamster dont le couvercle grillagé était maintenu fermé par du gros scotch.

Mon cœur battait avec une netteté lancinante et une boule se forma dans ma gorge. C'était le chat de Mrs. Delgado. Il était accroupi, les yeux mi-clos, aussi furibard qu'un chat pouvait l'être, l'air repu. Et Rex n'était pas en vue.

— Merde, fit Morelli.

J'émis un son qui tenait du gazouillis, du sanglot étouffé et me mordis le poing pour m'empêcher de hurler.

Morelli me passa un bras autour des épaules.

— Je t'achèterai un autre hamster, me dit-il. Je connais un gars qui tient une animalerie. Il ne doit pas être couché. Je le forcerai à rouvrir sa boutique…

— Je ne veux pas d'-d'-d'autre hamster, criai-je. Je veux Rex. Je l'aimais.

Morelli resserra son étreinte.

— Calme-toi, trésor. Il a eu une belle vie. Il était assez vieux en plus. Il avait quel âge ?

— Deux ans.

— Hmm.

Le chat se tortilla dans sa cage et poussa un miaulement guttural.

— C'est le chat de la voisine du dessus, dis-je. Il passe sa vie sur l'escalier de secours.

Morelli alla chercher une paire de ciseaux à la cuisine. Il coupa le gros scotch et souleva le couvercle. Le chat bondit au-dehors et fonça vers la chambre. Morelli le suivit, ouvrit la fenêtre et le chat prit la poudre d'escampette.

J'inspectai la cage, mais ne vis aucun reste de hamster. Pas de poils. Pas de petits os. Pas de quenottes jaunâtres. Rien.

Morelli regarda aussi.

— Du travail soigné, dit-il.

Ce qui provoqua un nouveau sanglot de ma part.

On resta accroupis devant la cage une petite minute, fixant bêtement les copeaux de pin et la boîte de conserve de Rex.

— À quoi sert cette boîte de soupe ? voulut savoir Morelli.

— C'était sa chambre.

Morelli tapota sur la boîte. Rex en sortit en trombe.

Je faillis m'évanouir de bonheur, à mi-chemin

entre le rire et les larmes, trop émue pour dire quoi que ce soit.

Rex était manifestement dans le même état de surcharge émotionnelle. Il galopait d'un bout à l'autre de sa cage, moustaches frémissantes, ses yeux noirs en boutons de bottine lui sortant de la tête.

— Le pauvre, dis-je, plongeant la main dans l'aquarium, attrapant Rex et le soulevant jusqu'à mon visage pour le voir de plus près.

— Tu devrais peut-être le laisser se détendre un petit peu, me dit Morelli. Il m'a l'air très remué.

Je lui caressai le dos.

— Tu entends ça, Rex ? Tu serais… remué ?

Pour toute réponse, il me planta ses canines dans le bout de mon pouce. Je poussai un cri strident et retirai vivement ma main, lançant Rex en l'air comme un Frisbee. Il vola jusqu'au centre de la pièce, atterrit avec un bruit mou, resta assommé pendant cinq secondes, puis galopa derrière une étagère.

Morelli regarda les marques des deux canines dans la chair de mon pouce, puis se tourna vers l'étagère.

— Tu veux que je le descende ? me demanda-t-il.

— Non. Je veux que tu ailles à la cuisine, que tu prennes la grosse passoire et que tu attrapes Rex pendant que je vais me désinfecter et me mettre un pansement.

Quand je ressortis de la salle de bains quelques minutes plus tard, je retrouvai Rex aplati par terre aussi immobile qu'une pierre sous la passoire et Morelli attablé au salon en train de dévorer le gâteau. Il m'en avait coupé une part et avait servi deux verres de lait.

— Je pense que nous pouvons subodorer l'identité de notre malfaiteur sans trop de risques de nous tromper, dit-il, jetant un regard en direction de ma carte de visite empalée au bout de mon couteau à viande lui-même planté au beau milieu de ma table carrée.

— Original comme chemin de table, fit-il remarquer. Tu disais que tu avais laissé ta carte à un voisin de Sandeman ?

— Ça m'a paru une bonne idée sur le moment.

Morelli finit son verre de lait, sa part de gâteau, et se carra dans sa chaise.

— Tu donnerais quelle note à ta trouille en voyant ça ? me demanda-t-il.

— Dans les six sur dix.

— Tu veux que je reste jusqu'à ce que tu aies fait réparer ta porte ?

Je m'accordai une minute de réflexion. J'avais déjà connu des cas de figure plus inquiétants par le passé, et je savais que ce n'était pas drôle du tout de rester seule avec sa peur. Le problème était que je me refusais à l'admettre devant Morelli.

— Tu crois qu'il va revenir ? lui dis-je.

— Pas cette nuit. Et sans doute jamais si tu ne le provoques plus.

Je hochai la tête.

— Ça va aller. Mais merci de ton aide.

Il se leva.

— Tu as mon numéro au cas où.

Je me gardai bien de saisir cette perche.

Il considéra Rex.

— Tu as besoin d'un coup de main pour réinstaller Dracula ?

Je m'agenouillai, soulevai la passoire, pris Rex dans le creux de la main et le remis doucement dans sa cage.

— Il ne mord jamais d'habitude, dis-je. Il était juste… excité.

Morelli me caressa le menton.

— Ça m'arrive à moi aussi de temps en temps, dit-il.

Je remis la chaîne de sécurité en place après le départ de Morelli et me confectionnai un système d'alarme de fortune en empilant des verres contre la porte. Si on l'ouvrait, la pyramide s'écroulerait et le fracas de la pile se brisant sur le lino me réveillerait. Sans compter le double avantage que si l'intrus était pieds nus, il se couperait sur les éclats de verre. Évidemment, il y avait peu de chances que ce soit le cas puisqu'on était en novembre et que la température avoisinait les cinq degrés.

Je me brossai les dents, enfilai mon pyjama, posai mon revolver sur ma table de chevet et me glissai au lit en m'efforçant de ne pas penser aux graffiti sur mon mur. Première chose à faire demain matin : demander au gardien de réparer ma porte et, pendant que j'y étais, lui chiper un peu de peinture.

Je restai éveillée un long moment, incapable de trouver le sommeil. J'avais les muscles tendus et le cerveau en ébullition. Je n'en avais pas parlé à Morelli, mais je doutais que ce soit Sandeman qui ait vandalisé mon appartement. Un des messages écrits sur le mur parlait de complot et un K en lettre argentée avait été collé au-dessous. J'aurais sans doute mieux fait de le montrer à Morelli, de même que la lettre anonyme signée du même K me conseillant de prendre des vacances. Je ne savais pas trop pourquoi je n'avais rien dit. Je soupçonnais que la raison en était enfantine, dans le genre… puisque tu ne veux pas me dire ton secret, eh ben, je ne te dirai pas le mien. Na, na, na !

Mes pensées tourbillonnaient dans l'obscurité. Je me demandais pourquoi Moogey avait été tué, pourquoi Kenny demeurait introuvable, et si j'avais des caries.

Je m'éveillai en sursaut et me redressai dans mon lit. Le soleil filtrait à travers l'interstice de mes doubles rideaux, et mon cœur battait à grands coups. J'entendais un vague grattement. Mes idées s'éclaircirent peu à peu, et je me rendis compte que le bruit qui m'avait réveillée si brusquement était celui du verre se brisant par terre avec fracas.

6

Je me retrouvai debout, revolver en main, sans pouvoir décider ni quel parti ni quelle direction prendre. Appeler la police ? Sauter par la fenêtre ? Foncer tête baissée et tirer sur le saligaud qui avait forcé ma porte ? Heureusement, je n'eus pas à choisir car je reconnus la voix de celui qui poussa un juron dans l'entrée. Celle de Morelli.

Je regardai le réveil sur ma table de chevet. Huit heures. J'avais trop dormi. Ce sont des choses qui arrivent quand on ne ferme l'œil qu'à l'aube. Je me glissai dans mes Doc Martens et traînai des pieds jusqu'à l'entrée où des morceaux de verre étaient éparpillés sur un mètre carré. Morelli, qui avait réussi à ôter la chaîne, se tenait dans l'encadrement de la porte, contemplant le désastre.

Il me jaugea et arbora un air surpris.

— Tu as dormi avec ces chaussures aux pieds ?

Je le fusillai du regard et allai chercher un balai et une pelle à la cuisine. Je lui tendis le balai, laissai tomber la pelle sur le sol et, piétinant les morceaux de verre, je retournai dans ma chambre. Je troquai ma chemise de nuit en flanelle pour un pantalon de jogging et un sweat-shirt et faillis pousser un hurlement de terreur en voyant mon reflet dans le miroir ovale de ma coiffeuse. Pas maquillée, les yeux cernés, les cheveux en bataille. Je n'étais pas certaine que me coiffer ferait une grande différence, aussi je me vissai ma casquette Rangers sur le crâne.

Quand je retournai dans l'entrée, tous les morceaux de verre avaient disparu, et Morelli était dans la cuisine en train de faire du café.

— Jamais, tu frappes ? lui demandai-je.

— Je l'ai fait, mais tu n'as pas répondu.

— Tu aurais dû frapper plus fort.

— Et déranger Mr. Wolesky ?

Je plongeai tête la première dans le réfrigérateur, en sortis le restant de gâteau de la veille et le divisai en parts égales. Une pour lui, une pour moi. On les mangea debout au comptoir de la cuisine, attendant que le café ait passé.

— Tu ne t'en tires pas très bien sur ce coup, baby, me dit Morelli. Tu te fais voler ta bagnole, ton appart' est vandalisé, et on a essayé de faire la peau à ton hamster. Peut-être que tu ferais mieux de laisser tomber ?

— Tu te fais du souci pour moi ?

— Ouais.

On dansouilla tous deux d'un pied sur l'autre à cette sortie.

— Marrant, ça, dis-je.

— À qui le dis-tu.

— Tu as eu du nouveau pour ma Jeep ?

— Non.

Il sortit des papiers pliés de la poche intérieure de sa veste.

— C'est la plainte pour vol, me dit-il. Lis-la, et signe.

Je la survolai, la paraphai et la rendis à Morelli.

— Merci de ton aide, lui dis-je.

Morelli fourra les papiers dans sa poche.

— Il faut que je retourne dans le centre, dit-il. Tu as des projets pour la journée ?

— Faire réparer ma porte.

— Tu comptes porter plainte pour effraction et vandalisme ?

— Je vais faire réparer tout ça et me dire que ce n'est jamais arrivé.

Morelli accusa le coup et regarda obstinément ses chaussures, ne faisant pas mine de partir.

— Quelque chose ne va pas ? lui demandai-je.

— Beaucoup de choses.

Il poussa un long soupir.

— Cette affaire sur laquelle je travaille, tu sais…

— La top secrète ?

— Oui.

— Si tu décides de m'en parler, je ne répéterai rien à personne, lui dis-je. Juré !

— Ouais, sauf à Mary Lou.

— Pourquoi irais-je en parler à Mary Lou ?

— Parce qu'elle est ta meilleure amie et que les femmes vont toujours tout raconter à leur meilleure amie.

Je me frappai le front.

— Réflexion stupide et sexiste !

— Tu vas me poursuivre en justice ?

— Bon, tu me racontes ou non ?

— Sous le sceau du secret.

— Bien entendu.

Morelli hésitait. En flic pris entre deux feux. Autre soupir.

— Si jamais ça se sait…

— Ça ne se saura pas !

— Il y a trois mois, un flic s'est fait descendre à Philadelphie. Il portait un gilet pare-balles, mais il a pris deux balles perforantes dans le thorax. L'une dans le poumon gauche ; l'autre en plein cœur.

— « Des tueuses de flics. »

— Exactement. Utilisation illégale. Il y a deux mois, il y a eu un mitraillage depuis une voiture à Newark, très efficace, où l'arme de choix était une « LAW » – une arme antichar légère. Fabrication militaire. Cela a grandement contribué à diminuer le nombre de caïds de Sherman Street et transformé le nouveau Ford Bronco du caïd Lionel Simms en poudre magique. L'examen de la balle a permis de déterminer qu'elle venait de Fort Braddock. Le Fort a fait faire un inventaire et a découvert qu'il manquait des munitions. Quand on a arrêté Kenny, on a interrogé le fichier électronique sur son revolver et devine ce qu'on a découvert ?

— Qu'il venait de Fort Braddock.

— Ouais.

Voilà un secret qui valait son pesant d'or. Qui rendait la vie bien plus intéressante.

— Qu'a dit Kenny à propos de cette arme volée ?

— Qu'il l'avait achetée dans la rue. Il a déclaré qu'il ne connaissait pas le nom du revendeur mais qu'il nous aiderait à l'identifier.

— Et puis il a disparu.

— C'est une opération interservices, me dit Morelli. La brigade criminelle veut que ça reste confidentiel.

— Pourquoi t'es-tu décidé à m'en parler ?

— Tu es dans cette galère. Il fallait que tu saches.

— Tu aurais pu me prévenir plus tôt.

— Au début, on avait l'impression d'avoir de bonnes pistes. J'espérais qu'on aurait arrêté Kenny assez vite pour ne pas avoir à te mêler à tout ça.

Mon cerveau tournait à plein régime, générant moult merveilleuses possibilités.

— Tu aurais pu le choper dans le parking pendant qu'il faisait crac-crac avec Julia, lui dis-je.

— En effet, dit-il.

— Mais cela ne t'aurait pas appris la seule chose que tu as envie de connaître.

— À savoir ?

— Je pense que tu voulais le suivre pour qu'il te mène jusqu'à sa planque. Je pense que Kenny n'est pas le seul individu que tu recherches. Je parie que tu recherches d'autres armes.

— Continue.

Je me sentais très fière de moi, m'efforçant de ne pas donner à mon sourire un air trop satisfait.

— Kenny travaillait à Braddock. Il en est parti il y a quatre mois et a commencé à vivre sur un grand pied. Il s'est acheté une voiture. Qu'il a payée cash. Là-dessus, il a loué un appartement relativement cher et l'a meublé. Il a renouvelé sa garde-robe.

— Et ?

— Et Moogey ne s'en tirait pas trop mal lui non plus, si l'on considère le fait qu'il vivait sur un salaire de pompiste. Il avait une bagnole hyperchère dans le garage de chez lui.

— Tu en conclus ?

— Que Kenny n'a pas acheté ce revolver dans la rue. Que Moogey et lui étaient impliqués dans le vol à Braddock. Que faisait Kenny à Braddock ? Où travaillait-il ?

— À l'entrepôt. En tant qu'expéditionnaire.

— Et les munitions manquantes étaient stockées dans cet entrepôt ?

— En fait, dans un bâtiment contigu. Mais Kenny y avait accès.

— Ah-ah !

Morelli se fendit d'un sourire.

— Ne t'emballe pas, me dit-il. Le fait que Kenny travaillait dans cet entrepôt n'est pas une preuve en soi de sa culpabilité. Des centaines de soldats y ont accès. Et quant à l'aisance de Kenny… il pourrait aussi dealer de la drogue, jouer aux courses, ou faire chanter l'oncle Mario.

— Je pense qu'il faisait du trafic d'armes.

— Moi aussi.

— Est-ce que tu sais comment il s'y prenait pour les sortir ?

— Non. La brigade criminelle ne le sait pas non plus. Il les a peut-être toutes sorties d'un coup ou peut-être par lots. Personne ne vérifie les stocks sauf si on a besoin de quelque chose, ou comme dans ce cas, si on découvre qu'il y a eu vol. La brigade criminelle fait une recherche sur les antécédents des copains d'armée de Kenny et de ses collègues à Fort Braddock. Jusqu'à présent, aucun n'a été jugé suspect.

— Alors, qu'est-ce qu'on fait de tout ça ?

— Je me disais que ça pourrait être utile d'en parler à Ranger.

Je pris le téléphone sur le comptoir de la cuisine et tapai le numéro de Ranger.

— Ouais ? fit ce dernier, à l'autre bout de la ligne. T'as intérêt à avoir une raison valable.

— C'est prometteur, lui dis-je. Tu es libre pour déjeuner ?

— Chez Big Jim à midi.

— On fera couple à trois, lui dis-je. Je serai avec Morelli.

— Il est avec toi en ce moment ? voulut savoir Ranger.

— Oui.

— T'es à poil ?

— Non.

— Encore un peu tôt, fit Ranger.

Il raccrocha, et je fis de même.

Après le départ de Morelli, j'appelai Dillon Ruddick, mon gardien, qui était aussi un mec bien et un ami. Je lui expliquai mon problème, et une demi-heure plus tard, il arrivait avec sa fidèle boîte à outils, un pot de peinture, des pinceaux, et tutti quanti.

Il s'occupa de la porte pendant que je m'attaquais aux murs. Il fallut trois couches de peinture pour recouvrir les tags, mais vers onze heures mon appartement était nickel et les nouveaux verrous installés.

Je me douchai, me brossai les dents, me séchai les cheveux, et enfilai un jean et un polo noir.

Je passai un coup de fil à ma compagnie d'assurances pour signaler le vol de ma voiture. J'appris que mon contrat ne me donnait pas droit au prêt d'un véhicule et que je recevrais mon paiement dans trente jours si ma voiture n'était pas retrouvée d'ici là. J'en étais encore à pousser de gros soupirs quand le téléphone sonna. L'envie de hurler qui me prit avant même d'avoir décroché m'avertit que ce devait être ma mère.

— Ta voiture a été retrouvée ? me demanda-t-elle.

— Non.

— Ne t'inquiète pas. On a pensé à une solution. Tu peux utiliser celle de Sandor.

Mon oncle Sandor, quatre-vingt-quatre ans, était entré en maison de retraite le mois dernier et avait fait don de sa voiture à la seule de ses sœurs à être encore de ce monde : mamie Mazur. Mais ma grand-mère n'avait jamais appris à conduire. Ni mes parents, ni aucun citoyen des pays libres, n'étaient particulièrement désireux qu'elle s'y mette.

Même si je ne suis pas du genre à faire la fine bouche devant les cadeaux que l'on m'offre, il n'était pas question que j'accepte. La voiture d'oncle Sandor était une Buick 1953 bleu pastel au toit d'un blanc aveuglant, aux pneus à flanc blanc aussi gros que ceux d'un tracteur, et aux hublots au chrome étincelant. Elle avait la taille et la forme d'un béluga et, les jours avec, bouffait dix litres au kilomètre.

— C'est hors de question, dis-je à ma mère. Merci d'y avoir pensé, mais c'est la voiture de mamie.

— Elle veut que tu l'aies. Ton père te l'amène. Conduis-la en toute tranquillité.

Zut. Je déclinai son invitation à dîner et raccrochai. J'allai m'assurer que Rex ne faisait pas de réactions à retardement suite à son épreuve de la veille au soir. Il ne semblait pas traumatisé, aussi je lui donnai un brocoli et une noix, pris mon blouson, mon sac, et filai. Je descendis par l'escalier à pas lourds et attendis à l'extérieur que mon père fasse son apparition.

Le bruit lointain d'un moteur éléphantesque s'empiffrant d'essence fut audible du parking, et je me plaquai contre la façade, espérant une grâce, priant pour que ce ne soit pas la Buick.

Le nez bulbeux d'une méga-voiture apparut au coin de la rue et j'entendis mon cœur battre au rythme des pistons. C'était bien la Buick, dans toute sa splendeur, sans une égratignure. Mon oncle Sandor l'avait achetée neuve en 1953 et l'avait toujours bichonnée.

— Écoute, je ne crois pas que ce soit une bonne idée, dis-je à mon père. Et si je la raye ?

— Elle ne se rayera pas, me répondit mon père. C'est une Buick.

— Mais je préfère les petites autos.

— Voilà ce qui ne va pas dans ce pays : les petites voitures. C'est quand ils ont commencé à importer les petits modèles du Japon que tout est allé à vau-l'eau.

Il donna un petit coup de poing sur le tableau de bord.

— Ça, c'est de la bagnole ! s'exclama-t-il. Faite pour durer ! Voilà le genre de voiture qu'un homme est fier de conduire. Une voiture qui a des *cojones*.

Je pris place à côté de mon père et me penchai pardessus le volant, contemplant bouche bée l'étendue du capot. Bon d'accord, elle était énorme et hideuse, mais elle en avait.

Je pris le volant d'une main ferme et mon pied gauche se retrouva au plancher avant que mon cerveau n'enregistre « pas d'embrayage ».

— Automatique, me dit mon père. C'est ça le secret de l'Amérique.

Je raccompagnai mon père à la maison.

— Merci, lui dis-je, avec un sourire forcé.

Ma mère, du seuil, me cria :

— Sois prudente ! Et verrouille bien les portières !

Morelli et moi entrâmes ensemble chez Big Jim. Ranger y était déjà, assis dos au mur à une table qui offrait une vue panoramique sur la salle. Plus chasseur de primes que jamais, mais se sentant sans doute un peu nu car il avait laissé la plus grande partie de son arsenal dans la voiture, sans doute en l'honneur de Morelli.

Inutile de consulter le menu. Chez Jim, les initiés mangeaient tous le même plat : côtelette-haricots verts. On commanda et on attendit en silence qu'on nous apporte les boissons. Ranger inclina sa chaise en arrière et croisa les bras sur sa poitrine. Morelli s'affala en une pose moins agressive, plus indolente. Moi, je restai assise sur le bord de ma chaise, coudes posés sur la table, prête à bondir et à prendre mes jambes à mon cou si jamais ils décidaient de se tirer dessus rien que pour le fun.

— Alors, fit Ranger, qu'est-ce qui se passe ?

Morelli se pencha légèrement en avant.

— L'armée a perdu certains de ses joujoux, dit-il à voix basse et l'air de rien. Ils ont réapparu à Newark, à Philadelphie et à Trenton. Tu as entendu parler de ce trafic d'armes ?

— Les trafics d'armes, c'est pas ce qui manque.

— C'est différent, fit Morelli. Je te parle de balles perforantes, de « LAWs », de M-16, de nouveaux Beretta 9 mm estampillés « propriété du gouvernement américain ».

Ranger hocha la tête.

— J'étais au courant pour la bagnole à Newark et le flic à Philadelphie. Et qu'a-t-on à Trenton ?

— On a le revolver avec lequel on a tiré sur Moogey.

— Non, sans blague ?

Ranger renversa sa tête en arrière et éclata de rire.

— De mieux en mieux ! fit-il. Kenny Mancuso tire sans le vouloir dans le genou de son meilleur pote, il est pris en flagrant délit par un flic qui, par le plus grand des hasards, s'arrête à la station-service pour faire le plein, et il se trouve que son revolver est une arme volée.

— Quoi de neuf, docteur ? fit Morelli. Tu sais quelque chose ?

— Nada, lui répondit Ranger. Kenny a révélé quelque chose ?

— Nada, fit Morelli.

La conversation s'interrompit le temps de pousser les couverts et les verres pour faire de la place pour les assiettes.

Ranger ne quittait pas Morelli des yeux.

— J'ai comme l'impression qu'il y a autre chose, dit-il.

Morelli choisit une côtelette et fit son imitation du lion du Serengeti.

— Les armes viennent de Braddock.

— Volées pendant que Kenny travaillait là-bas ?

— Y a des chances.

— Et je parie que le bon petit diable y avait accès ?

— Jusqu'à présent, tout ce qu'on a, ce sont des coïncidences, dit Morelli. Ce serait bien si on pouvait avoir des infos sur la distribution.

Ranger balaya la salle du regard puis reporta son attention sur Morelli.

— Tout a été calme ici, dit-il. Je peux me rancarder à Philadelphie.

Mon portable sonna dans les profondeurs de mon sac. J'y plongeai tête la première, y farfouillai un moment pour finalement me décider à en sortir le contenu un à un – menottes, torche électrique, bombe lacrymo, boîtier paralysant, bombe de laque, brosse à cheveux, porte-monnaie, baladeur, couteau suisse, portable.

Ranger et Morelli m'observaient avec une fascination morne.

Je jetai un coup d'œil à l'écran.

— Roberta, dis-je.

Morelli releva la tête de ses côtelettes.

— Tu es du genre à faire un pari ?

— Pas avec toi.

Je décrochai en espérant qu'elle ait retrouvé les cercueils, mais mes espoirs furent déçus. Elle avait vérifié tous les hangars et n'avait rien trouvé d'inhabituel, mais elle se souvenait avoir vu plusieurs fois une même camionnette aux alentours du numéro 16.

— C'était vers la fin du mois dernier, dit-elle. Je m'en souviens parce que je faisais les factures du mois et je l'ai vue faire deux ou trois allées et venues.

— Vous pourriez me la décrire ?

— Assez grosse, genre camionnette de déménagement. Pas un semi-remorque, non. Le genre qui peut contenir le mobilier d'un deux-pièces. Et ce n'était pas un véhicule de location. Il était blanc avec une raison sociale écrite sur la portière, mais il était trop loin du bureau pour que je puisse lire.

— Vous avez vu le chauffeur ?

— Non, désolée. Je n'y ai pas prêté attention. J'avais mes factures à faire.

Je la remerciai et on raccrocha. Difficile de dire si ce tuyau valait quelque chose. Il devait y avoir une bonne centaine de camionnettes à Trenton qui correspondaient à cette description.

— Alors ? fit Morelli.

— Elle n'a rien trouvé, mais elle se souvient avoir vu une camionnette blanche avec une raison sociale en lettres noires sur la portière faire plusieurs allers-retours à la fin du mois dernier.

— Voilà qui limite nos recherches.

Ranger, qui avait sucé les os de ses côtelettes, jeta un coup d'œil à sa montre et repoussa sa chaise.

— J'ai un mec à voir, dit-il.

Morelli et lui se livrèrent à quelques claquements de paumes rituels, et Ranger partit.

Morelli et moi mangeâmes en silence pendant un moment. Manger était l'une des rares activités physiques que nous partagions avec décontraction. Une fois avalé le dernier haricot vert, nous poussâmes à l'unisson un soupir de satisfaction et, d'un signe, demandâmes l'addition.

Même si Big Jim ne pratiquait pas les tarifs d'un restaurant cinq étoiles, il ne me resta plus grand-chose dans mon porte-monnaie une fois que j'eus payé mon écot. C'était le moment d'aller voir si Connie n'avait pas des arrestations faciles à me proposer.

Morelli s'était garé dans la rue. J'avais préféré laisser le mastodonte dans un parking public un peu plus bas. Nous sortîmes du restaurant. Morelli partit de son côté et moi du mien en me disant qu'après tout, une voiture en valait bien une autre. Qu'est-ce que ça pouvait faire que des gens me voient au volant d'une Buick 1953 ? C'était un moyen de transport comme un autre, non ? Mais oui ! C'était d'ailleurs la raison pour laquelle je m'étais garée à cinq cents mètres de là dans un parking souterrain.

Je regagnai la voiture et pilotai le long de Hamilton Avenue, passai devant la station-service de Delio et devant chez Perry Sandeman, et repérai une place juste devant l'agence de cautionnement. Plissant les yeux, je jaugeai le capot bleu ciel en me demandant où finissait ce paquebot. J'avançai au pas, montai sur le trottoir et touchai le parcmètre. Je me dis que j'étais assez près, coupai le contact, descendis de voiture et verrouillai la portière.

Connie était assise à son bureau, la mine encore plus renfrognée que d'habitude. Elle fronçait ses sourcils noirs et fournis d'un air menaçant, et sa bouche ne formait plus qu'une fine balafre peinte en rouge sang. Des dossiers à classer étaient empilés sur les meubles de rangement, et son bureau était un fatras de feuilles volantes et de tasses à café vides.

— Alors, lançai-je, comment va ?

— Évite de me poser cette question.

— Personne n'a encore été embauché ?

— Elle commence demain. En attendant, je ne peux rien trouver de ce que je cherche parce que c'est le foutoir !

— Tu devrais demander à Vinnie de t'aider.

— Il n'est pas là. Il est parti en Caroline du Nord avec Mo Barnes pour coincer un Défaut de Comparution.

Je pris une pile de chemises et commençai à les classer par ordre alphabétique.

— Je suis provisoirement dans l'impasse avec Kenny Mancuso. Rien de nouveau qui te semblerait une prise facile ?

Elle me tendit plusieurs fiches agrafées les unes aux autres.

— Eugène Petras ne s'est pas présenté au tribunal hier. Sans doute chez lui, rond comme une barrique à ne pas savoir quel jour nous sommes.

Je parcourus son dossier. Eugène Petras était domicilié dans le Bourg. Il était poursuivi pour violence conjugale.

— Je devrais le connaître ?

— Tu connais peut-être sa femme, Kitty. Son nom

de jeune fille, c'était Lukach. Elle doit avoir deux ou trois ans de moins que toi.

— C'est la première fois qu'il se fait arrêter ?

— Non. Il a un lourd passé. C'est un abruti de première. Chaque fois qu'il a un verre dans le nez, il tabasse sa femme. Parfois, il va trop loin et elle est hospitalisée. Parfois, elle porte plainte, mais elle finit toujours par la retirer. La peur, je suppose.

— Charmant. Sa caution s'élève à combien ?

— Deux mille dollars. La violence conjugale n'est pas très cotée à la bourse des délits…

Je me mis le dossier sous le bras.

— À plus tard, dis-je.

Kitty et Eugène habitaient dans une maison étroite qui faisait l'angle de Baker Street et de Rose Street, juste en face de l'ancienne fabrique de boutons Milped. L'entrée, de plain-pied avec la rue, ne bénéficiait ni d'un jardinet ni d'un porche. La façade en bardeaux était recouverte d'un crépi lie de vin, et les encadrements de fenêtres peints en blanc. Les doubles rideaux de la pièce sur rue étaient tirés. Pas de lumière aux fenêtres du premier.

Ma bombe lacrymo était à portée de main dans la poche de mon blouson, et des menottes dans celle de mon Levi's. J'avais aussi un Taser dans mon sac. Je frappai à la porte, et entendis une cavalcade à l'intérieur. Je frappai de nouveau, et cette fois une voix masculine beugla des paroles incompréhensibles. Puis j'entendis d'autres bruits de pas, traînants cette fois, et la porte s'ouvrit.

Une jeune femme me dévisagea de derrière une chaîne de sécurité.

— Oui ? fit-elle.

— Kitty Petras ?

— Qu'est-ce que vous voulez ?

— Je voudrais voir votre mari. Il est là ?

— Non.

— C'est curieux, je viens pourtant d'entendre une voix d'homme. J'ai bien cru reconnaître celle d'Eugène.

Kitty Petras était mince comme un fil, avec de grands yeux marron qui lui mangeaient le visage. Elle n'était pas maquillée. Ses cheveux châtains étaient coiffés en queue de cheval. Elle n'était pas jolie, mais pas dénuée de charme. En gros, elle était banale. Elle avait ces traits passe-partout que les femmes battues acquièrent d'année en année à force de vouloir se faire petites.

Elle me lança un regard las.

— Vous connaissez Eugène ?

— Je travaille pour son agence de cautionnement. Eugène ne s'est pas présenté au tribunal hier, et nous aimerions le reconvoquer.

Pas vraiment un mensonge ; plutôt une demi-vérité. Il lui serait signifié une autre date d'audience… jusqu'à laquelle il resterait enfermé dans une cellule miteuse et malodorante.

— Je ne sais pas…

Eugène apparut dans mon champ visuel délimité par l'entrebâillement de la porte.

— Qu'est-ce qui se passe ?

Kitty fit un pas de côté.

— Cette dame voudrait te reconvoquer au tribunal.

Eugène avança le visage. Tout en nez, menton, yeux porcins injectés de sang, et haleine cent degrés d'alcool.

— Quoi ?

Je lui répétai mon laïus au sujet de la nécessité de convenir d'une date pour une nouvelle audience, et me poussai de côté de façon qu'il soit obligé d'ouvrir davantage la porte s'il voulait me voir.

Le coulisseau de la chaîne se libéra et s'en alla cogner contre le montant de la porte.

— Vous me faites marcher, c'est ça ?

Je me glissai dans l'entrebâillement de la porte, ajustai mon sac à mon épaule et mentit effrontément.

— Cela ne vous prendra que quelques minutes. Il s'agit simplement de faire un saut au poste de police pour convenir d'une nouvelle date.

— Ah ouais. Ben, tu veux savoir ce que j'en dis ?

Il me tourna le dos, baissa son pantalon aux chevilles et se pencha en avant.

— Tu peux toujours compter les poils de mon cul !

Il était tourné dans le mauvais sens pour que je lui mette du gaz lacrymogène dans le nez, aussi je plongeai une main dans mon sac et en sortis le Taser. Je ne m'en étais jamais servi, mais ça ne me paraissait pas très compliqué. J'appuyai fermement ce gadget dans le gras de la fesse d'Eugène et pressai sur la détente. Eugène poussa un cri bref et perçant et s'écroula par terre tel un sac de farine.

— Oh, mon Dieu ! s'écria Kitty. Qu'est-ce que vous lui avez fait ?

Je considérai Eugène qui gisait, inerte, le regard vitreux, cul nu. Il respirait avec un peu de difficulté, mais je me dis que c'était normal chez quelqu'un qui venait de prendre assez de jus pour éclairer une petite pièce. Il avait le teint ni plus ni moins blafard que tout à l'heure.

— Taser, dis-je. Si l'on en croit la notice, il ne laisse aucune séquelle.

— Quel dommage. Moi qui espérais que vous l'aviez tué.

— Et si vous lui remontiez son pantalon ? suggérai-je à Kitty.

Le monde était suffisamment hideux sans que je doive en plus admirer les bijoux de famille d'Eugène.

Une fois qu'elle l'eut reculotté, je le titillai du bout de ma chaussure et obtins une réaction minimale.

— Je pense qu'il vaut mieux qu'on le porte jusqu'à ma voiture avant qu'il ne se réveille.

— Comment on va faire ? demanda Kitty.

— J'ai bien peur qu'on doive le tirer.

— Pas question. Je ne veux pas me mêler de ça. Bon Dieu, ce serait terrible. Il me ferait voir les trente-six chandelles si jamais je faisais ça.

— Il ne pourra pas vous battre s'il est en prison.

— Non, mais quand il sortira.

— Si vous êtes encore là.

Eugène remua mollement les lèvres, et Kitty cria.

— Il va se relever ! Faites quelque chose, il va se relever !

Je n'avais pas vraiment envie de lui refiler un supplément de volts. Je me disais que ça la ficherait mal si je le traînais au poste les cheveux en tire-bouchons. Aussi je le saisis par les chevilles et le fis glisser vers la porte.

Kitty courut au premier et, aux bruits de tiroirs ouverts à toute volée, je conclus qu'elle faisait ses valises.

Je réussis à sortir Eugène de la maison et à le traîner sur le trottoir jusqu'à la Buick. Mais, sans aide, il m'était impossible de le charger dans la voiture.

J'aperçus Kitty qui rassemblait des sacs de voyage dans la pièce de devant.

— Kitty ! lui criai-je. J'ai besoin d'un coup de main !

Elle regarda par la porte ouverte.

— Quel est le problème ?

— Je n'arriverai pas à le hisser dans la voiture.

Elle se mordilla la lèvre inférieure.

— Il est conscient ? demanda-t-elle.

— Il y a conscient et conscient. Lui, il ne le serait plutôt pas trop.

Elle fit un petit pas en avant.

— Il a les yeux ouverts.

— Peut-être, mais révulsés. Je ne pense pas qu'il y voie grand-chose.

Pour toute réponse, les jambes d'Eugène se mirent à tressauter.

On le prit chacune sous un bras et on le souleva à hauteur d'épaules.

— Ç'aurait été plus facile si vous vous étiez garée plus près, me dit Kitty, tout essoufflée. Vous êtes à mi-hauteur de la rue.

Je repris mon équilibre sous notre fardeau.

— Je ne peux me garer sur le trottoir que s'il y a un parcmètre qui me serve de repère.

On unit nos efforts pour le soulever et on plaqua contre l'arrière de la voiture le pantin désarticulé qu'était Eugène. On le flanqua sur la banquette arrière et je le menottai à la barre du dosseret, où il resta accroché comme un punching-ball.

— Qu'est-ce que vous allez faire ? demandai-je à Kitty. Vous savez où aller ?

— Chez une amie dans le Nouveau-Brunswick. Elle pourra m'héberger quelque temps.

— N'oubliez pas de signaler votre nouvelle adresse au tribunal.

Elle fit oui de la tête et courut jusque chez elle. Je sautai au volant et me faufilai à travers le Bourg jusqu'à Hamilton Avenue. La tête d'Eugène brinquebalait au gré des virages, mais à part cela, le trajet jusqu'au poste de police se passa sans incident notable.

Je roulai jusqu'à l'arrière du bâtiment, descendis de la Buick, pressai sur le bouton d'appel sur la porte coupe-feu qui donnait sur l'accueil et me reculai pour faire un signe de la main à la caméra de surveillance.

La porte s'ouvrit instantanément et Crazy Carl Costanza passa sa tête qu'il tourna vers moi.

— C'est pour quoi ? fit-il.

— Une livraison de pizza.

— Mentir à un flic est un délit.

— Aide-moi à faire sortir ce type de ma voiture.

Carl se balança sur ses talons et sourit.

— Quoi ? Ça, c'est ta voiture ?

Je me rembrunis.

— Elle te donne des idées ? lui fis-je.

— Bon Dieu non. Je suis politiquement correct, moi. Je ne délire pas sur les femmes qui ont des gros cylindres.

— Elle m'a électrocuté, geignit Eugène. Je veux parler à mon avocat.

Carl et moi échangeâmes un regard.

— C'est dingue ce que l'alcool peut faire comme ravages, dis-je, démenottant Eugène. Il peut faire dire les pires âneries.

— Tu ne l'as pas vraiment électrocuté, hein ?

— Bien sûr que non !

— Tu lui as brouillé ses neurones ?

— Je lui ai buzzé les fesses.

Le temps que j'obtienne mon reçu, il était plus de six heures. Trop tard pour passer se faire payer à l'agence. Je me baguenaudai un moment dans le parking, regardant à travers le grillage l'assortiment composite de petits commerces sur le trottoir d'en face. L'église du Tabernacle, une modiste, un dépôt-vente, une épicerie au coin. Je n'y avais jamais vu aucun client et je me demandais comment ces commerçants faisaient pour survivre. Je supposai que c'était précaire, même si, apparemment, les boutiques tenaient le coup. Leurs devantures ne changeaient jamais. Vous me direz, le bois fossilisé non plus.

Craignant que mon taux de cholestérol n'ait chuté durant la journée, je décidai de faire un saut chez Popeye. Je lui achetai une part de poulet frit et une salade de chou rouge à emporter, et d'un coup de voiture, je nous trimbalai, mon petit plat et moi, jusqu'à Paterson Street où je me garai en face de chez Julia Cenetta. Je me disais que je serais aussi bien là qu'ailleurs pour manger et que, qui pouvait savoir, j'aurais peut-être la chance que Kenny passe par là.

Je finis le poulet, mangeai un peu de chou rouge, éclusai un soda et me dis que je ne pouvais pas rêver mieux. Pas de Spiro, pas de vaisselle à faire, le pied !

La lumière brûlait chez Julia, mais les doubles rideaux étaient tirés. Je ne pouvais donc pas aller zieuter au carreau. Il y avait deux voitures dans l'allée. Je reconnus celle de Julia, et je supposai que l'autre devait appartenir à sa mère.

Une voiture dernier modèle se gara le long du trottoir. Un type blond et baraqué en descendit et alla à la porte de la maison. Julia lui ouvrit, en jean et veste. Elle cria quelque chose par-dessus son épaule à quelqu'un derrière elle et sortit. Le blond et Julia s'embrassèrent dans la voiture pendant quelques minutes. Puis le blond mit le contact et les deux tourtereaux s'éloignèrent. Je repasserais pour Kenny.

Je partis pleins gaz pour Vic's Video où je louai le DVD de *S.O.S. Fantômes*, mon film-culte et ma source d'inspiration préférée. J'en profitai pour faire une provision de pop-corn, achetai des Fingers, un paquet de petits pots de beurre de cacahuètes, une boîte de chocolat instantané et des guimauves. Et après on dira que je ne sais pas m'éclater !

Je rentrai et vis que le voyant rouge de mon répondeur clignotait.

Spiro me demandait si j'avais du nouveau sur ses cercueils et si j'acceptais de dîner avec lui le lendemain soir après l'exposition de la dépouille de Kingsmith. La réponse à ces deux questions était un NON retentissant ! Je repoussai le moment de le lui dire de vive voix, car le son de la sienne sur mon répondeur me donnait déjà des aigreurs d'estomac.

L'autre message était de Ranger ;

« Rappelle-moi. »

J'essayai de le joindre chez lui. Pas de réponse. Je tentai sa voiture.

— Ouais ? fit Ranger.

— C'est Stéphanie. Que se passe-t-il ?

— Je t'invite à une soirée. Je te conseille de t'habiller.

— Tu veux dire talons hauts et bas résilles ?

— Non, je veux dire .38 Smith & Wesson.

— Je te retrouve où ?

— Dans la petite rue à l'angle de West Lincoln et de Jackson Street.

Jackson Street, longue de trois kilomètres, passait

devant des entrepôts de ferrailleurs, la fabrique de tuyaux abandonnée Jackson Pipe, et un assortiment inégal de bars et d'immeubles de rapport. Le quartier était tellement miteux que même les taggeurs le jugeaient indigne de leur art. Rares étaient les voitures qui s'aventuraient au-delà de l'ancienne fabrique de tuyaux. Des lampadaires avaient été cassés par balles et jamais réparés ; les incendies, qui étaient monnaie courante, laissaient de plus en plus d'immeubles carbonisés et murés ; divers accessoires du kit du parfait drogué jonchaient les caniveaux déjà garnis d'ordures.

Avec précaution, je sortis mon revolver de la boîte à biscuits et vérifiai qu'il était bien chargé. Je le mis dans mon sac ainsi que le paquet de Fingers, coinçai mes cheveux sous ma casquette Rangers de façon à me donner un air androgyne, et rendossai ma veste.

Au moins, je renonçai à un rendez-vous avec Bill Murray pour la bonne cause. Il y avait des chances que Ranger ait eu un tuyau, soit sur Kenny, soit sur les cercueils. S'il avait eu besoin d'aide pour arrêter un fugitif, ce n'était pas à moi qu'il aurait fait appel. En un quart d'heure, il était capable de réunir une équipe qui ferait passer l'invasion du Koweit pour un exercice de jardin d'enfants. Inutile de dire que mon nom ne figurait pas en tête de liste de ce commando de mercenaires. Ni même en fin.

Je me sentais plutôt en sécurité dans la Buick. Quiconque serait assez fou pour tenter de me voler ma Grande Bleue serait sans doute trop bête pour savoir la faire démarrer. Et je me disais que je n'avais pas à craindre qu'on tire sur ma voiture : il est impossible de viser correctement quand on est plié en deux de rire.

Quand il ne pensait pas devoir assurer le transport de malfaiteurs, Ranger roulait en coupé Mercedes noir. Pour ses chasses, il venait, la rage au ventre, dans un Ford Bronco noir. Je repérai le Ford dans la ruelle, et à la perspective de devoir procéder à une arrestation dans Jackson Street, je ressentis brusquement une envie pressante et je craignis de ne pas pouvoir me retenir. Je me garai juste devant Ranger, coupai mes phares et le regardai venir vers moi dans l'obscurité.

— Et ta Jeep ? me demanda-t-il.

— Volée.

— Le bruit court qu'il va y avoir une vente d'armes ce soir. Des armes militaires avec les munitions « qui vont avec ». Le trafiquant serait un Blanc.

— Kenny !

— Peut-être. Je me suis dit qu'il fallait qu'on vienne voir ça de près. Ma source m'a indiqué que la vente se ferait au 270 de la rue. C'est la maison juste en face de nous avec la fenêtre cassée.

Je plissai des yeux. Une Bonneville rouillait sur ses cales à deux maisons de là. Pas d'autre signe de vie alentour. Toutes les maisons étaient obscures.

— Le but du jeu n'est pas de les empêcher de faire leur vente, dit Ranger. On va rester ici, bien tranquillement, et essayer de voir qui est l'homme blanc. Si c'est Kenny, on le filera.

— Il fait très sombre. Difficile d'identifier quelqu'un.

Ranger me tendit des jumelles.

— Infrarouge, dit-il.

Bien sûr.

On entamait notre deuxième heure d'attente quand

une camionnette descendit la rue. Quelques secondes plus tard, elle se garait.

Je braquai mes jumelles sur le conducteur.

— Je crois que c'est un Blanc, dis-je à Ranger, mais il porte une cagoule. Je ne peux pas voir son visage.

Une BMW se gara en douceur derrière la camionnette. Quatre types en descendirent et se dirigèrent vers la camionnette. Ranger baissa sa vitre et le bruit de la porte latérale de la camionnette qu'on ouvrait se répercuta jusqu'à nous. Murmures. Un rire. Le temps passa. Un des types regagna la BMW à pas traînants, portant une grande caisse en bois. Il ouvrit le coffre, y mit la caisse, retourna à la camionnette et répéta l'opération avec une autre caisse.

Tout à coup, la porte d'entrée de la maison devant laquelle se trouvait la voiture sur cales s'ouvrit avec fracas et des flics déboulèrent, arme au poing, hurlant des ordres, cavalant vers la BMW. Une voiture de police surgit dans la rue qu'elle dévala à toute allure et pila en faisant un tête-à-queue. Les quatre types déguerpirent. Des coups de feu furent tirés. La camionnette démarra et fonça.

— Ne la perds pas de vue ! me cria Ranger, courant vers son Ford. Je te suis !

Je démarrai dans la précipitation et appuyai à fond sur le champignon. Je surgis de la ruelle au moment où la camionnette passait devant, pleins gaz, et me rendis compte, mais un peu tard, qu'elle était suivie par un autre véhicule. Il y eut moult crissements de pneus et jurons de ma part, et la voiture des poursuivants emboutit ma Buick et rebondit avec un franc *wummp*. Un petit gyrophare rouge sauta du toit de la voiture et vola dans la nuit telle une étoile filante.

J'avais à peine senti la collision, mais l'autre voiture, que je supposai être une voiture de police, avait été projetée à une bonne cinquantaine de mètres.

Je vis les feux arrière de la camionnette disparaître au bout de la rue, et tergiversai. Devais-je la suivre ? Je décidai que ce n'était pas une bonne idée. Ça la ficherait peut-être mal de quitter la scène de crime en venant de bousiller une des voitures banalisées de notre chère police municipale.

J'étais en train de farfouiller dans mon sac, en quête de mon permis de conduire, quand ma portière fut ouverte à toute volée et que je fus éjectée de mon siège par des mains qui n'étaient autres que celles de Joe Morelli. On se regarda un moment bouche bée, n'en croyant pas nos yeux.

— Non mais c'est pas vrai ! s'exclama Morelli. Je n'y crois pas ! À quoi tu passes ton temps ? À essayer d'imaginer comment me gâcher l'existence ?

— Tu te flattes.

— Tu as failli me tuer !

— Il ne faut pas exagérer. Ce n'était absolument pas dirigé contre toi. Je ne savais même pas que c'était ta voiture.

Si je l'avais su, j'aurais filé sans demander mon reste.

— De plus, repris-je, je te signale que je ne pousse pas des jérémiades parce que *tu* m'as coupé la route. Je l'aurais coincé si tu n'avais pas été là.

Morelli se passa une main sur les yeux.

— J'aurais dû dire oui quand on m'a proposé de me muter dans un autre État. Je n'aurais jamais dû quitter la marine.

Je considérai sa voiture. Une partie de l'aile arrière était arrachée et le pare-chocs gisait sur l'asphalte.

— Ça aurait pu être pire, lui dis-je. Tu devrais toujours pouvoir rouler.

On se tourna tous deux vers ma Grande Bleue. Elle n'avait pas une égratignure.

— C'est une Buick, dis-je, en manière d'excuse. Qu'on m'a prêtée.

Morelli leva les yeux au ciel.

— Meeeerde ! fit-il.

Une voiture de police s'arrêta derrière Morelli.

— Ça va ?

— Ouais, super, dit Morelli. Ça roule même.

La voiture repartit.

— Une Buick, répéta Morelli. Comme au bon vieux temps.

À dix-huit ans, j'avais plus ou moins tenté d'écraser Morelli avec une voiture semblable.

— Je suppose que c'est Ranger, dans le Ford noir ? fit Morelli, regardant par-dessus mon épaule.

Je me retournai. Ranger était toujours dans la ruelle, écroulé de rire sur le volant.

— Tu veux qu'on fasse un constat ? demandai-je à Morelli.

— Je ne tiens pas à accorder à cet événement plus d'importance qu'il n'en a.

— Tu as pu voir qui conduisait la camionnette ? Tu crois que c'était Kenny ?

— Même taille, mais plus mince.

— Kenny a toujours pu maigrir.

— Je ne sais pas... Je n'ai pas l'impression que c'était lui.

Ranger alluma ses phares et le Ford Bronco contourna gentiment la Buick.

— Bon, je me tire, nous lança Ranger. Je ne voudrais pas être de trop.

Je donnai un coup de main à Morelli pour charger son pare-chocs sur la banquette arrière de sa voiture puis, à coups de pied, on poussa les débris sur le bas-côté de la rue. À l'angle de la rue, on entendait les policiers qui pliaient bagage.

— Il faut que je retourne au poste, dit Morelli. Je veux être présent quand ils interrogeront ces gugusses.

— Tu vas faire une recherche d'identité à partir du numéro d'immatriculation de la camionnette ?

— Il y a de grandes chances pour qu'elle soit volée.

Je regagnai ma Buick et fis une marche arrière dans la ruelle pour éviter les débris de verre qui jonchaient la chaussée. Je pris la première avenue en direction de Jackson Street et mis le cap sur mon chez-moi. Après plusieurs carrefours, je fis demi-tour et pris la direction du poste de police. Je me garai dans un coin obscur, laissant l'emplacement d'une voiture entre le coin de la rue et moi, juste en face du bar à l'enseigne RC Cola. Je me trouvais là depuis moins de cinq minutes quand deux voitures de police apparurent et s'engagèrent dans le parking du poste, suivis par Morelli dans sa Fairlaine sans pare-chocs, lui-même suivi par une voiture banalisée. L'état de la Fairlaine n'avait rien à envier à celui des véhicules de police. La ville de Trenton n'investissait pas dans la chirurgie plastique. Si une voiture de police prenait une ride, c'était pour la vie. Toutes celles qui se trouvaient dans le parking donnaient l'impression d'avoir servi pour un concours de démolition.

À cette heure de la nuit, le parking adjacent au poste était relativement désert. Morelli gara la Fairlaine à côté de sa camionnette et entra dans le bâtiment. Les fourgons se mirent en file indienne devant le bloc pour décharger les prisonniers. Je fis démarrer la Buick, m'engageai sur le parking et me garai à côté de la camionnette de Morelli.

Au bout d'une heure, la fraîcheur avait commencé à s'immiscer dans la Buick. Je fis ronfler le chauffage jusqu'à ce que tout soit grillé à point. Je mangeai quelques Fingers et m'étirai sur la banquette. Une deuxième heure passa, pendant laquelle je répétai la procédure. Je venais de finir le tout dernier Finger quand la porte latérale du poste de police s'ouvrit sur un homme dont la silhouette se découpa en ombre chinoise. Même ainsi, je reconnus Morelli. La porte se referma derrière lui, et il s'avança vers sa camionnette. À mi-parcours, il me repéra dans la Buick. Je le vis prononcer un mot, et n'eus aucun mal à deviner lequel.

Je descendis de voiture afin qu'il lui soit plus difficile de faire celui qui ne m'aurait pas vue.

— Alors, lançai-je, la gaieté faite femme. Comment ça s'est passé ?

— La marchandise venait de Fort Braddock, voilà.

Il s'approcha et plissa les narines.

— Ça sent le chocolat.

— Je viens de manger la moitié d'un paquet de Fingers.

— Je suppose que tu n'as plus l'autre moitié ?

— Je l'avais mangée avant.

— Dommage. Un ou deux Fingers m'auraient peut-être aidé à me souvenir d'une information de première importance…

— Es-tu en train de me dire que je dois te nourrir ?

— Tu as autre chose dans ton sac ?

— Non.

— Il te reste de la tarte aux pommes chez toi ?

— J'ai du pop-corn et des bonbons. Je comptais regarder un film ce soir.

— Caramélisé, le pop-corn ?

— Mouais.

— Va pour le pop-corn caramélisé !

— Tu as intérêt à ce que ça vaille le coup si tu veux toucher à mon pop-corn.

Morelli sourit lentement.

— Je parlais de tes informations ! précisai-je.

— C'est bien ce que j'avais compris, fit Morelli.

7

Je quittai le poste de police, suivie à distance par Morelli dans son nouveau 4X4, sans doute un peu inquiet des perturbations que pourrait causer la Buick qui avançait péniblement dans la nuit.

On se gara côte à côte dans le parking de chez moi. Mickey Boyd en grillait une sous l'auvent de la porte de derrière. Sa femme, qui s'était fait poser un patch à la nicotine la semaine précédente, lui interdisait de fumer dans leur appartement.

— Ouah ! s'exclama Mickey, sa cigarette collée comme par magie à sa lèvre inférieure, l'œil à demi fermé à cause de la fumée, visez-moi cette Buick. Belle caisse ! On n'en fait plus des comme ça !

Je lançai un regard de biais à Morelli.

— Je suppose que cette grosse voiture avec hublots est encore un de ces trucs de macho.

— C'est un char d'assaut, me dit Morelli. Un homme est capable de le mater.

On monta par l'escalier. À mi-chemin, je sentis mon cœur se serrer. Bientôt, la peur que mon appartement ait été visité se dissiperait et je me sentirais de nouveau en sécurité. Bientôt. Mais pas aujourd'hui. Aujourd'hui, je m'efforçais de dissimuler mon anxiété. Je ne voulais pas passer pour une poule mouillée devant Morelli. Heureusement, ma porte était fermée et intacte, et en entrant, j'entendis la roue de Rex qui tournait dans l'obscurité.

D'une chiquenaude, j'appuyai sur l'interrupteur, puis jetai mon blouson et mon sac sur la petite table de l'entrée.

Morelli me suivit dans la cuisine où je fis réchauffer le pop-corn au four à micro-ondes.

— Je parie que tu as loué un DVD pour aller avec tout ce pop-corn, me dit-il.

Je déchirai l'emballage des petits pots de beurre de cacahouètes, et tendis *S.O.S. Fantômes* à Morelli. Il décacheta le couvercle d'un des petits pots de beurre et en goba le contenu.

— En cinéma, tu n'y connais pas grand-chose non plus, à ce que je vois, me dit-il.

— C'est mon film préféré !

— C'est un film pour tapettes. De Niro ne joue même pas dedans.

— Parle-moi plutôt du coup de filet.

— On a eu les quatre de la BMW, mais aucun d'eux ne sait quoi que ce soit. L'affaire a été conclue par téléphone.

— Et la camionnette ?

— Volée, comme de bien entendu. Du coin.

Le minuteur tinta ; je retirai le pop-corn.

— Difficile à imaginer que quelqu'un se pointe dans Jackson Street au beau milieu de la nuit pour acheter des revolvers volés à nos GI's à quelqu'un qu'il ne connaît que par téléphone.

— Le vendeur a donné des noms. Je suppose que c'était suffisant pour ces types. C'est le menu fretin.

— Rien qui impliquerait Kenny ?

— Rien.

Je versai le pop-corn dans un bol que je tendis à Morelli.

— Et quels noms a cité ce revendeur ? Quelqu'un que je connais ?

Morelli passa la tête dans le réfrigérateur et en sortis des bières.

— Tu en veux une ?

Je pris une canette et la décapsulai.

— Alors, ces noms…

— Oublie ça. Ils ne t'aideraient pas à retrouver Kenny.

— Vous avez une description du revendeur ? Son physique, sa voix ? La couleur de ses yeux ?

— Un Blanc tout ce qu'il y a de plus moyen, une voix tout ce qu'il a de plus moyenne, pas de signe particulier. Et personne n'est allé regarder la couleur de ses yeux. L'interrogatoire a tout de même permis de déterminer que les Blacks voulaient des armes, pas tirer un coup.

— Il ne nous aurait pas échappé si on avait fait équipe, dis-je. Tu aurais dû me téléphoner. En tant que chasseuse de primes, j'ai le droit d'être au courant des opérations interservices.

— Faux. Être invité à participer à une telle opération relève de bons procédés professionnels qui peuvent, éventuellement, t'être appliqués.

— Très bien. Et pourquoi ça n'a pas été le cas ?

Morelli goba une poignée de pop-corn.

— Rien n'indiquait de façon absolue que Kenny y serait mêlé.

— Mais c'était du domaine du possible.

— Ouais, c'était du domaine du possible.

— Et tu as choisi de m'exclure de l'opération.

Je le savais depuis le début ! Je savais que tu me tiendrais à l'écart !

Morelli passa au salon.

— Où veux-tu en venir ? fit-il. Tu déterres la hache de guerre ?

— Je veux en venir à te dire que tu es répugnant. ET que je veux que tu me rendes MON pop-corn et que tu sortes de chez MOI !

— Non.

— Comment ça, non ?

— On a passé un accord. Renseignement contre pop-corn. Tu as eu ton renseignement, je veux mon pop-corn.

Je pensai à mon sac posé sur la table de l'entrée. Et si je faisais subir à Morelli le même traitement qu'à Eugène Petras ?

— Oublie ça, me fit Morelli. Si tu t'approches un tant soit peu de la table, je te fais arrêter pour port d'arme prohibée.

— Tu m'écœures. C'est une utilisation abusive de tes prérogatives d'officier de police.

Morelli prit le DVD de *S.O.S. Fantômes* qui était posée sur la télévision et la glissa dans le lecteur.

— Bon, on se le regarde ce film, oui ou merde ?

Je me réveillai de mauvais poil sans savoir pourquoi. Que je n'aie pu trouver le moyen de bomber, électrocuter ou flinguer Morelli y était peut-être pour quelque chose. Il était parti une fois le film et le bol de pop-corn finis. En partant, il m'avait enjoint de lui faire confiance.

— Bien sûr, lui avais-je assuré.

Quand les poules auront des dents.

Je mis la cafetière électrique en route, téléphonai à Eddie Gazarra et lui laissai un message, lui demandant de me rappeller. En attendant, je me vernis les ongles des orteils, bus du café, et fis un pain de Rice Krispies. Je le coupai en barres et eus le temps d'en manger deux avant que le téléphone ne sonne.

— Quoi encore ? fit la voix de Gazarra.

— Il me faut les noms des quatre Blacks qui se sont fait arrêter hier soir dans Jackson Street. Et ceux dont s'est recommandé le conducteur de la camionnette.

— Merde. J'ai pas accès à ces infos, moi.

— Tu cherches toujours une baby-sitter ?

— Plus que jamais. Bon, je vais voir ce que je peux faire.

Je pris une douche à la va-vite, me coiffai de même, et enfilai un Levi's et une chemise en flanelle. Je sortis le revolver de mon sac et le remis avec précaution dans la boîte à biscuits. Je branchai mon répondeur et partis.

L'air était vif, le ciel presque bleu. Les vitres de la Buick étaient étincelantes de givre. On l'aurait dit recouverte de poudre magique. Je me glissai au volant, mis le contact et réglai le dégivrage à fond.

Fidèle au principe qu'il vaut toujours mieux faire *n'importe quoi* (aussi pénible et insignifiant cela soit-il) que rien, je passai ma matinée à rendre visite aux amis et parents de Kenny. Tout en roulant, j'ouvrais l'œil au cas où je verrai ma Jeep ou une camionnette blanche à la carrosserie ornée de lettres noires. Je ne trouvai rien de rien, mais la liste de choses à chercher s'allongeait de jour en jour, alors on pouvait peut-être considérer que l'enquête avançait : plus la liste serait longue et plus j'aurais de chance de retrouver quelque chose.

Après la troisième visite, je décidai de laisser tomber et de passer chez Vinnie. Il fallait que je touche ma prime correspondant à l'arrestation de Petras et je voulais interroger mon répondeur. Je trouvai une place à deux pas de l'agence et tentai de faire un créneau. En un peu moins de dix minutes, je réussis à plutôt bien garer ma Grande Bleue avec seulement une roue arrière sur le trottoir.

— Joli travail, me dit Connie. J'avais peur que tu tombes en panne d'essence avant que t'aies fini de rentrer ton paquebot à bon port.

Je laissai tomber mon sac sur le canapé en vinyle.

— Je m'améliore. Je n'ai touché la voiture de derrière que deux fois, et j'ai évité le parcmètre.

Un visage familier surgit de derrière Connie.

— Meeeeeerde, ben heureusement pour toi que c'est pas ma tire que t'as embouti !

— Lula !

Celle-ci déhancha ses cent quinze kilos et posa une main sur sa taille. Elle portait un survêtement et des tennis blancs. Ses cheveux, qu'elle avait fait teindre en orange, évoquaient du poil de sanglier raidis à la colle murale.

— Salut, fillette ! me lança-t-elle. Quel bon vent nous amène ton triste cul ?

— Un chèque de paiement. Et toi ? Qu'est-ce que tu fiches ici ? Tu cherches quelqu'un pour payer ta caution ?

— Que non. Je viens d'être embauchée pour remettre ce bureau en ordre en deux temps trois mouvements. Je vais me faire chier à faire du classement.

— Et ta profession habituelle ?

— Je suis à la retraite. J'ai cédé mon bout de trottoir à Jackie. J'pouvais pas continuer à faire la pute après m'être salement fait amocher l'été dernier.

Connie souriait jusqu'aux oreilles.

— Je suis sûre qu'elle saura comment « gérer » Vinnie, dit-elle.

— Ouais, fit Lula. S'il me cherche, je lui écrabouille la gueule à ce petit enfoiré. Il se frotte à une femme de mon gabarit, et il ne sera plus qu'une tache puante sur la moquette.

J'aimais beaucoup Lula. On s'était connues quelques mois plus tôt quand, chasseuse de primes débutante, je cherchais des réponses à certaines questions vers son coin de trottoir dans Stark Street.

— Tu traînes toujours dans le quartier ? lui demandai-je. Tu es un peu au courant des trucs qui se passent dans le secteur ?

— Quel genre de trucs ?

— Quatre Blacks se sont fait pincer alors qu'ils essayaient d'acheter des armes volées hier soir.

— Ha, ça. Tout le monde en a entendu parler. C'est les deux fils Long, Booger Brown et son cousin de merde plus-con-tu-meurs Freddie Johnson.

— Tu sais à qui ils les achetaient ?

— À un Blanc. J'en sais pas plus.

— J'essaie de trouver un tuyau sur ce Blanc.

— Sûr que ça me fait bizarre d'être de ce côté-ci de la loi, dit Lula. Il va me falloir un peu de temps pour que je m'y fasse.

Je décrochai le téléphonc et interrogeai mon répondeur. Une autre invitation de Spiro et une liste de noms laissée par Eddie Gazarra. Les quatre premiers étaient ceux que venaient de me citer Lula ; les trois autres ceux des types dont s'était recommandé le voyou. Je les notai et me tournai vers Lula.

— Lionel Boone, Stinky Sanders et Jamal Alou, ça te dit quelque chose ?

— Boone et Sanders sont des dealers. Ils font des séjours en taule comme si c'était le Club Med. Leur espérance de vie n'est pas très bonne, si tu vois ce que je veux dire. Alou, connais pas.

— Et toi ? demandai-je à Connie. Tu les connais, ces nuls ?

— A priori non, mais consulte toujours les dossiers.

— Hou là, fit Lula. Ça c'est mon boulot. Vous reculez et vous me laissez faire.

J'en profitai pour appeler Ranger.

— J'ai parlé à Morelli hier soir, lui dis-je. Ils n'ont pas tiré grand-chose des quatre Blacks, à part le fait que le chauffeur de la camionnette s'est recommandé de nommés Lionel Boone, Stinky Sanders et Jamal Alou.

— Une bande peu recommandable, me dit Ranger. Alou est artisan. Il peut te fabriquer n'importe quoi du moment que ça explose.

— On devrait peut-être aller leur dire deux mots ?

— Je ne crois pas que tu aies envie d'entendre ce qu'ils auraient à te dire. Il vaut mieux que j'aille leur rendre une petite visite moi-même.

— D'accord. De toute façon, j'avais d'autres projets.

— Aucun dossier aux noms de ces enfoirés, me cria Lula. On doit être trop classe pour eux.

Connie me remit mon chèque, et je regagnai ma Grande Bleue sans me presser. Sal Fiorello était sorti de son épicerie fine et zieutait à travers la vitre de la Buick.

— Non, mais regardez-moi l'état de cette pépée, lança-t-il à la cantonade.

Je levai les yeux au ciel et enfonçai la clef dans la serrure de la portière.

— Bonjour, Mr. Fiorello.

— Sacrée bagnole que tu as là.

— Oui. Ce n'est pas donné à n'importe qui d'en avoir une comme ça.

— J'avais un oncle qui avait une Buick de 1953. On l'a retrouvé mort dedans. À la décharge publique.

— Oh, je suis vraiment navrée.

— Le capitonnage a été irrécupérable, fit Sal. Si c'est pas une honte.

Je me rendis chez Stiva et me garai juste en face du salon funéraire. La camionnette d'un fleuriste s'engagea dans l'allée de service et tourna à l'angle du bâtiment. Pas d'autre activité. Tout semblait d'une immobilité surnaturelle. Je pensai à Constantin Stiva hospitalisé au St. Francis. Je ne l'avais jamais vu prendre de vacances, et voilà qu'il était immobilisé et que son commerce était entre les mains de son grincheux beau-fils. Ça allait le tuer. Était-il au courant pour les cercueils ? À mon avis, non. À mon avis, Spiro s'était planté et faisait tout pour que son beau-père ne l'apprenne pas.

Il fallait que j'aille voir Spiro pour lui faire mon rapport sur les non-avancées de mon enquête et décliner son invitation à dîner, mais j'avais un mal fou à me donner assez de motivation pour traverser la rue. Je pouvais affronter une veillée mortuaire à sept heures du soir avec une ribambelle de Chevaliers de Colomb ; mais je ne raffolais pas de l'idée de me trouver en tête à tête avec Spiro et ses morts même à onze heures du matin.

Je m'attardai encore un moment et en vins à me demander comment Spiro, Kenny et Moogey avaient pu être copains comme cochons à l'école. Kenny, le dégourdi de la bande. Spiro, le gosse pas très malin avec de sales dents et un croque-mort en guise de beau-père. Et Moogey qui, pour autant que je sache, était un brave gars. Marrant comme des amitiés se nouent autour d'un dénominateur commun aussi simple que le désir de ne pas être seul.

Moogey était mort. Kenny avait disparu. Et Spiro recherchait vingt-quatre cercueils bas de gamme. Ce que la vie pouvait être bizarre. On est au lycée, à jouer au basket et à voler l'argent de poche de ses petits camarades, et avant qu'on ait le temps de faire ouf, on rebouche les impacts de balle dans le crâne de son meilleur ami avec du mastic mortuaire.

Une idée saugrenue prit corps dans ma tête tel le Phénix renaissant de ses cendres. Et si tout cela était lié ? Et si Kenny avait volé les armes et les avait cachées dans les cercueils de Spiro ? Qu'en conclure ? Bonne question, me dis-je.

Des plumets de nuages s'étiraient sur le ciel et le vent s'était levé depuis que j'étais partie de chez moi ce matin, faisant tourbillonner les feuilles qui venaient s'aplatir contre mon pare-brise. Je me dis que si je ne bougeais pas de là, je ne tarderais pas à voir passer un éléphant rose.

À midi, il était clair que mes jambes n'allaient pas avoir raison de la valse-hésitation de mon cœur. Pas de problème. J'enchaînerais avec le plan numéro deux : aller chez papa et maman, m'imposer à déjeuner, et embarquer mamie Mazur dans l'aventure.

Il était environ deux heures lorsque je m'engageai dans le parking latéral de chez Stiva, ma grand-mère perchée à mes côtés sur la grosse banquette, le cou tendu pour voir par-dessus le tableau de bord.

— D'habitude, je ne vais pas aux expos en après-midi, dit-elle, prenant son sac à main et ses gants. Des fois, en été, quand j'ai envie de me dégourdir les jambes, il m'arrive d'y faire un saut, mais je préfère le public de celles du soir. Évidemment, c'est différent quand on est chasseuse de primes… comme nous.

Je l'aidai à descendre de voiture.

— Je ne suis pas venue en tant que chasseuse de primes, lui rappelai-je, mais pour parler à Spiro. Je l'aide à résoudre un petit problème.

— Tu m'étonnes. Qu'est-ce qu'il a perdu ? Un mort ?

— Pas un mort, non.

— Dommage. Ce serait amusant de chercher un mort.

On gravit les marches du perron et on franchit la porte.

On s'arrêta dans le hall pour lire le planning des expositions mortuaires.

— Alors, on va voir qui ? voulut savoir ma grand-mère. Feinstein ou Mackey ?

— Tu as une préférence ?

— Va pour Mackey. Ça fait des années que je ne l'ai pas vu. Depuis qu'il a arrêté de travailler à l'A. & P.[1].

Je laissai mamie Mazur à elle-même et partis

1. A. & P. : « The Atlantic & Pacific Tea Compagny », la plus grosse firme d'épicerie à succursales multiples des États-Unis. *(N.d.T.)*

en quête de Spiro. Je le trouvai dans le bureau de Constantin, installé à l'imposante table de travail en noyer, au téléphone. Il coupa la communication et, d'un geste, m'invita à m'asseoir.

— C'était Constantin, me dit-il. Il m'appelle sans arrêt. Impossible de m'en dépêtrer. Il commence vraiment à me faire braire celui-là !

J'en arrivai à souhaiter que Spiro ait un geste déplacé à mon endroit, juste pour le plaisir d'envoyer une décharge électrique à ce nul. Oh, peut-être ne devrais-je pas m'en priver après tout. Si je pouvais faire en sorte qu'il me tourne le dos, je pourrais lui balancer mes cinquante mille volts dans la nuque et prétendre que ce n'était pas moi mais un proche du défunt qui, fou de douleur, avait surgi dans le bureau, scotché Spiro et filé sans demander son reste.

— Alors, quoi de neuf ? demanda Spiro.

— Vous aviez raison au sujet des cercueils, lui dis-je en posant la clef du hangar sur le bureau. Ils ont bien disparu. Cette clef, vous êtes le seul à l'avoir, c'est bien ça ?

— C'est bien ça.

— Vous n'en avez pas fait de double ?

— Non.

— Vous ne l'avez jamais prêtée à personne ?

— Non.

— Et quand vous faites garer votre voiture ? La clef n'est pas à votre trousseau ?

— Personne à part moi n'a eu cette clef entre les mains. Je la garde chez moi, dans un tiroir de mon buffet.

— Et Constantin ?

— Quoi, Constantin ?

— Il n'a jamais eu la clef entre les mains ?

— Il n'est pas au courant pour ces cercueils. Il s'agit d'une initiative personnelle…

Je n'en fus pas autrement surprise.

— Simple curiosité morbide de ma part : que comptiez-vous faire avec ces cercueils ? En tout cas pas les revendre à quiconque dans le Bourg, n'est-ce pas ?

— J'étais un intermédiaire en quelque sorte. J'avais un acheteur.

Un acheteur. Hmm ! Baffe mentale.

— Et cet acheteur sait-il que ses cercueils se sont envolés ?

— Pas encore.

— Et vous préféreriez ne pas entacher votre crédibilité.

— On peut le dire comme ça.

Je n'étais pas sûre de vouloir en savoir plus. Je n'étais même pas sûre de vouloir continuer à retrouver ces cercueils.

— Changeons de sujet, dis-je. Kenny Mancuso.

Spiro s'enfonça dans le fauteuil de Constantin.

— On était copains, dit-il. Kenny, Moogey et moi.

— Je suis étonnée que Kenny ne soit pas venu vous demander de l'aide. De le cacher, par exemple.

— J'aimerais avoir cette chance.

— Vous voulez bien préciser ?

— Il est à mes trousses.

— Kenny ?

— Il est venu ici.

Je bondis sur mes pieds.

— Ici ? Quand ? Vous l'avez vu ?

Spiro entrouvrit le tiroir central du bureau et en sortit une feuille de papier qu'il me tendit d'une main légère.

— J'ai trouvé ça sur mon bureau en arrivant ce matin.

Le message était sibyllin.

« T'as un truc à moi et maintenant j'ai un truc à toi. »

Il était composé en lettres argentées collées sur la feuille et signé d'un *K*.

— Qu'est-ce que ça veut dire ? demandai-je à Spiro, toujours enfoncé dans son fauteuil.

— Si je savais ! Ça veut dire qu'il est devenu fou. Vous allez continuer à chercher les cercueils, dites ? On a conclu un marché.

Le voilà complètement stressé par ce mot bizarre de Kenny et, dans un soupir, il me relance sur les cercueils. Louche. Très louche.

— Je pense que oui, mais en toute franchise, je sèche.

Je retrouvai mamie Mazur dans le salon d'exposition des Mackey, au poste de commandement, au pied du cercueil, en compagnie de Marjorie Boyer et de Mrs. Mackey. Cette dernière, gentiment pétée au thé fortement alcoolisé, racontait à ma grand-mère une version légèrement décousue de l'histoire de sa vie, insistant sur les moments les plus sordides. Elle tanguait, gesticulait, et régulièrement, une giclée de je-ne-sais-quoi débordait de sa tasse et tachait ses chaussures.

— Il faut que tu voies ça, me dit ma grand-mère. Ils ont capitonné ce pauvre George de satin bleu foncé sous prétexte que le bleu et l'or sont les couleurs de sa confrérie. On croit rêver !

— Tous les frères vont venir ce soir, dit Mrs. Mackey. Ils vont faire une cérémonie. Et ils ont envoyé une gerbe… grosse comme ÇA !

— Belle bague que porte George, dit ma grand-mère à Mrs. Mackey qui but d'un trait le restant de son thé.

— C'est celle de sa confrérie. George, Dieu ait son âme, tenait à être enterré avec.

Ma grand-mère se plia en deux pour voir le bijou de plus près. La tête dans le cercueil, elle tendit le bras pour toucher la bague.

— Han ! s'exclama-t-elle.

Nous eûmes toutes peur de demander ce qui se passait. Ma grand-mère se redressa et se retourna vers nous.

— Non mais regardez-moi ça ! fit-elle, tenant un objet de la taille d'une sucette. Son doigt est venu avec !

Mrs. Mackey s'écroula par terre, évanouie, tandis que Marjorie Boyer quittait la pièce en poussant des cris stridents.

Je fis un pas de fourmi pour voir de plus près.

— Tu es sûre ? demandai-je à ma grand-mère.

Comment une chose pareille pouvait-elle arriver ?

— J'étais en train d'admirer la bague, j'ai voulu toucher la pierre, et voilà que son doigt m'est resté dans les miens !

Spiro déboula dans le salon, Marjorie Boyer sur les talons.

— Qu'est-ce que c'est que cette histoire de doigt ?

Ma grand-mère le lui mit sous le nez.

— J'ai voulu regarder de près et voilà le travail !

Spiro lui arracha le doigt des mains.

— Ce n'est pas un vrai doigt, dit-il. C'est de la cire !

— Il s'est détaché de sa main, dit ma grand-mère. Voyez par vous-même.

Tout le monde se pencha sur le cercueil, contemplant le petit moignon là où aurait dû se trouver le majeur de George.

— Il y avait un type l'autre soir à la télé qui disait que des extraterrestres enlevaient des gens pour faire des expériences, dit ma grand-mère. C'est peut-être ce qui lui est arrivé. C'est peut-être des extraterrestres qui ont pris le vrai doigt de George… Et peut-être d'autres parties de son anatomie aussi ! Vous voulez que je vérifie ?

Spiro referma le couvercle d'un coup sec.

— Parfois, des accidents peuvent se produire pendant le processus de préparation, dit-il. Il est alors nécessaire de pratiquer artificiellement quelques améliorations…

Une idée abominable me vint à l'esprit. Nooooon, me raisonnai-je. Kenny Mancuso ne ferait pas une chose pareille. Ce serait trop abject. Même pour lui.

Spiro s'approcha de Mrs. Mackey puis gagna l'interphone qui se trouvait après la porte. Je le suivis et l'entendis demander à Louis Moon d'appeler le SAMU puis d'apporter un peu de mastic au salon numéro quatre.

— Pour en revenir à ce doigt, lui dis-je.

— Si vous faisiez correctement votre boulot, Kenny serait déjà sous les verrous ! me dit-il. Je me demande bien pourquoi je vous ai embauchée pour retrouver mes cercueils alors que vous n'êtes même pas fichue de retrouver Mancuso ! Ce n'est pourtant pas si difficile que ça ! Ce type est fou à lier, il me laisse des petits mots, il démembre les cadavres.

— Vous avez prévenu la police ?

— Quoi ! Vous voulez rire. Je ne peux pas prévenir les flics. Ils courraient interroger mon beau-père. Si jamais tout ça lui arrivait aux oreilles, il deviendrait fou furieux.

— Je suis loin de connaître toutes les subtilités de la loi, mais il me semble que vous êtes dans l'obligation d'en avertir les autorités compétentes.

— Eh bien, je vous en ai avertie, non ?

— Ah non, ne comptez pas sur moi pour prendre tout ça sous ma responsabilité.

— Porter plainte ou pas, c'est mon affaire, fit Spiro. Aucune loi n'impose à quiconque d'aller trouver la police en cas de problème.

Le regard de Spiro se fixa sur un point derrière mon épaule gauche. Je me retournai pour voir ce qui avait retenu son attention et fus agacée de voir Louie Moon se tenant tout près de moi. Il était facile à identifier car son nom avait été cousu au fil rouge sur la poche poitrine de sa combinaison de travail en coton blanc. De taille et de poids moyens, il avait dans les trente ans, le teint pâlichon, des yeux d'un bleu fané au regard éteint, des cheveux blonds légèrement clairsemés. Il me lança un coup d'œil rapide, tout juste le temps de remarquer ma présence, et tendit le mastic à Spiro.

— Une femme s'est évanouie, lui dit ce dernier. Fais rentrer l'équipe du SAMU par la porte de derrière et fais-les monter ici.

Moon partit sans un mot. Très placide, le gars. Peut-être fallait-il y voir un effet d'avoir des morts pour collègues de travail ? Je suppose que cela doit être apaisant pour qui surmonte la question des fluides corporels. Pas beaucoup de conversation, mais idéal pour la tension nerveuse sans doute.

— Et Moon ? dis-je à Spiro. Il n'aurait pas pu

prendre la clef du hangar ? Il est au courant pour les cercueils ?

— Moon n'est au courant de rien. Moon a le QI d'un lézard.

Je ne savais trop que répondre à cela, étant donné que Spiro lui-même avait un physique de saurien.

— Bon, reprenons depuis le début, lui dis-je. Quand avez-vous trouvé le mot ?

— Je suis venu pour passer des coups de téléphone et je l'ai trouvé sur mon bureau. C'était un peu avant midi.

— Et le doigt ? Quand vous êtes-vous rendu compte qu'il avait un problème ?

— Je fais toujours un petit tour d'inspection avant les expositions. J'ai remarqué que ce bon vieux George avait un doigt en moins et j'ai dû pratiquer un rafistolage.

— Vous auriez pu m'en parler.

— Je ne tenais pas à ce que ça se sache. Je ne pensais pas qu'on s'en apercevrait. C'était compter sans la venue de mémé Catastrophe.

— Comment Kenny est-il entré à votre avis ?

— Par la porte, je suppose. Je branche l'alarme quand je pars le soir et je la débranche à mon arrivée le matin. Pendant la journée, la porte de service est toujours ouverte à cause des livraisons. La porte d'entrée principale est ouverte aussi en général.

J'avais surveillé l'entrée principale pendant la majeure partie de la matinée sans voir personne. Un fleuriste s'était garé devant la porte de service. C'était tout. Évidemment, il était toujours possible que Kenny se soit pointé avant que je commence à faire le guet.

— Vous n'avez rien entendu ?

— J'ai travaillé avec Louie dans l'annexe toute la matinée. En cas de besoin, les gens nous appellent par l'interphone.

— Alors, qui était là, qui ne l'était pas ?

— Clara, notre artiste capillaire, est arrivée à neuf heures et demie pour travailler sur Mrs. Gasso. Elle est repartie une heure plus tard. Je suppose que vous pouvez aller lui parler, mais ne lui dites rien pour le doigt. Sal Munoz a livré des fleurs. J'étais dans cette pièce de son arrivée à son départ, alors je sais qu'il ne pourra vous être d'aucune aide.

— Je vous conseille de vérifier qu'il ne vous manque rien d'autre.

— Je ne veux même pas le savoir.

— Alors, qu'est-ce que vous avez que Kenny n'a pas et qu'il voudrait avoir ?

— Il est mal pourvu, me répondit Spiro, empoignant son entrejambe et donnant un coup vers le haut. Vous voyez ce que je veux dire ?

Je sentis ma bouche se déformer en une moue.

— Oh, sans blague ?

— On ne peut jamais savoir ce qui motive les gens. Y en a, ça les ronge ces trucs-là.

— Mouais. Bon, si jamais il vous revient quoi que ce soit d'autre, faites-moi signe.

Je retournai au salon d'exposition récupérer mamie Mazur. Mrs. Mackey était revenue à elle et paraissait remise. Marjorie Boyer était un peu verdâtre, mais peut-être n'était-ce dû qu'à l'éclairage.

Quand nous arrivâmes au parking, je remarquai que la Buick avait un air penché. Louie Moon se trouvait à côté, l'air serein, le regard rivé sur un gros tournevis planté dans le pneu. Il aurait pu tout aussi bien être une vache regardant passer un train.

Ma grand-mère s'accroupit pour y regarder de plus près.

— C'est pas gentil de faire ça à une Buick, dit-elle.

Sans vouloir sombrer dans la paranoïa, je ne crus pas une seconde que cet acte de vandalisme fût le fruit du hasard.

— Vous avez vu qui a fait ça ? demandai-je à Louie Moon.

Il fit non de la tête. Puis il dit, d'une voix aussi douce et fade que son regard :

— Je suis juste sorti attendre le SAMU.

— Il n'y avait personne dans le parking ? Vous n'avez pas vu de voiture en sortir ?

— Non.

Je m'offris le luxe de pousser un soupir et retournai à l'intérieur pour appeler un dépanneur. Je téléphonai de la cabine publique de l'entrée, furieuse de constater que ma main tremblait en cherchant une pièce dans le fond de mon sac. Ce n'est rien qu'un pneu crevé, me dis-je. Pas de quoi en faire un drame. Ce n'est qu'une voiture, après tout... une vieille bagnole.

Je téléphonai à mon père pour qu'il vienne récupérer mamie Mazur, et tandis que j'attendais qu'on change mon pneu, j'essayais d'imaginer Kenny se faufilant à l'intérieur du salon funéraire pour y laisser son petit mot. Il eût été très facile pour lui d'entrer et de sortir ni vu ni connu par la porte de service. Trancher un doigt eût été bien plus difficile. Cela lui aurait pris du temps.

8

La porte de service de chez Stiva s'ouvrait sur un petit couloir qui menait au hall d'entrée et desservait la cuisine, le bureau de Constantin et l'escalier de la cave. Un petit vestibule fermé par une double porte vitrée, et situé entre le bureau et l'accès au sous-sol, donnait sur l'allée goudronnée qui menait aux garages au fond de la cour. C'était par cette porte qu'on faisait rouler les défunts vers leur dernière demeure.

Deux ans auparavant, Constantin avait loué les services d'un décorateur d'intérieur dans le but de redonner un coup de jeune à l'endroit. Ledit décorateur avait choisi une dominante de mauve et de vert, et agrémenté les murs de paysages champêtres. Les sols étaient recouverts de moquettes plus qu'épaisses. Rien ne grinçait jamais. Le bâtiment avait été conçu de façon à maintenir le bruit à un niveau minimal, et Kenny pouvait fureter à droite et à gauche sans être entendu.

Je tombai sur Spiro dans le couloir.

— Je veux en savoir plus long sur Kenny, lui dis-je. Où pourrait-il aller se cacher ? Quelqu'un doit bien l'aider. Vers qui se tournerait-il ?

— Les Morelli et les Mancuso se tournent toujours vers leur famille. Quand l'un d'eux meurt, c'est comme s'ils mouraient tous. Ils viennent ici habillés en noir de la tête aux pieds et versent des seaux de larmes les uns pour les autres. À mon avis, il s'est installé dans le grenier de son père.

Je n'en aurais pas donné ma main à couper. Il me semblait que Morelli serait déjà au courant si Kenny se terrait dans les combles de chez son cher papa. Les Mancuso et les Morelli n'étaient pas du genre à avoir des secrets les uns pour les autres.

— Et s'il se cachait ailleurs ?

— Il allait souvent à Atlantic City, dit Spiro avec un haussement d'épaules.

— Il sort avec d'autres filles que Julia Cenetta ?

— Vous avez envie d'aller interroger tout l'annuaire ?

— C'est à ce point-là ?

Je sortis par la porte latérale et attendis impatiemment que Al, du Centre Auto Al, finisse de retirer le cric. Il se releva, et s'essuya les mains sur sa combinaison avant de me tendre la facture.

— Vous n'aviez pas une Jeep la dernière fois que je vous ai changé un pneu ?

— Volée.

— Vous n'avez jamais envisagé de prendre les transports en commun ?

— Où est passé le tournevis ?

— Je vous l'ai mis dans votre coffre. On ne sait jamais, ça peut toujours servir.

Le salon de coiffure Chez Clara était à trois rues de là, plus bas dans Hamilton Avenue, à côté de Beignets à la Pelle. Je repérai une place pour me garer, serrai les dents, retins mon souffle et tentai un créneau, braquai, contre-braquai. Je sus que c'était bon quand j'entendis un bruit de verre brisé.

Je m'extirpai de la Buick et allai évaluer les dégâts. Ma voiture n'avait rien. Par contre, les phares de celle garée derrière avaient volé en éclats. Je laissai mes coordonnées et celles de ma compagnie d'assurances sur son pare-brise et pris le chemin de Chez Clara.

Bars, pompes funèbres, boulangeries, salons de coiffure constituaient le moyeu de la roue de la fortune du Bourg. Les salons de coiffure y ont une importance particulière car le Bourg est un quartier d'égalité des chances enlisé dans une ambiance années 50. Moralité : très jeunes, les filles du Bourg deviennent des obsédées du cheveu. Le football féminin peut aller se rhabiller. Au Bourg, quand on est petite, on passe son temps à coiffer sa poupée Barbie. La référence, c'est Barbie. Longs cils poisseux de rimel, ombre à paupière bleu électrique, seins en obus, et un max de cheveux blonds peroxydés. Voilà ce à quoi nous aspirons toutes. Barbie nous souffle même comment nous habiller. Robes de lamé moulantes, shorts à ras le bonbon, boas en plumes d'autruche pour les soirs de fête et, bien entendu, hauts, très hauts talons en toutes occasions. Non que Barbie n'offre pas d'autres possibilités, mais les petites filles du Bourg ne sont pas du genre à se laisser impressionner par les Barbie fashion. Elles ne marchent pas du tout dans la mouvance vêtements sport ou tailleurs bécébège. Les fillettes du Bourg vibrent pour le glamour.

À mes yeux, on est tellement démodées qu'on en devient hype comparées aux autres Américaines. On n'a jamais eu à s'embarrasser de ces méli-mélo de parité entre les sexes. Au Bourg, on est celle qu'on veut bien être. Il n'y a jamais eu les hommes contre les femmes, au Bourg ; ça a toujours été les faibles contre les forts.

Quand j'étais petite, je venais chez Clara me faire égaliser ma frange. C'est elle qui m'a coiffée pour ma première communion et pour la cérémonie de remise du diplôme au lycée. Maintenant, je vais Chez Alexandre, au centre commercial, mais je retourne de temps en temps chez Clara pour me faire manucurer.

Son salon de coiffure est situé dans une maison dont les cloisons du rez-de-chaussée ont été abattues de façon à former une vaste pièce avec un cabinet de toilette au fond. À l'entrée, plusieurs sièges en fer forgé et à l'assise capitonnée permettent aux clientes d'attendre leur tour en feuilletant des revues écornées ou des catalogues de coiffure vantant des coupes impossibles à refaire sur vous. Les bacs à shampooing se trouvent juste après, face aux fauteuils de coiffeur. En face du cabinet de toilette se trouve le coin manucure. Des affiches montrant des coupes encore plus farfelues s'alignent sur les murs, se reflétant dans la rangée de miroirs.

À mon entrée, des têtes se tournèrent sous les casques des séchoirs.

Sous l'antépénultième casque, je reconnus le visage de ma pire ennemie, Joyce Barnhardt. À l'école primaire, elle avait renversé un gobelet d'eau sur ma chaise et raconté à tout le monde que j'avais fait pipi dans ma culotte. Vingt ans plus tard, je l'avais surprise en flagrant délit de fornication sur la table de ma salle à manger, à cheval sur mon mari comme s'il était l'Étalon Fabuleux.

— Salut, Joyce, lui lançai-je. Ça fait un bail.

— Stéphanie ! Comment tu vas ?

— Plutôt bien.

— J'ai appris que tu avais perdu ton emploi de vendeuse de sous-vêtements…

— Je ne les vendais pas, je les achetais. Pour E. E. Martin. Et j'ai été licenciée quand ils ont fusionné avec Baldicott.

— Les petites culottes ne t'ont jamais porté chance. Tu te souviens du jour où tu as mouillé la tienne, à l'école…

Heureusement que je n'avais pas un potentiomètre autour du bras, il aurait volé au plafond. Je relevai le casque du séchoir d'un coup de poing et me penchai si près d'elle que nos nez se touchèrent presque.

— Tu sais comment je gagne ma vie maintenant, Joyce ? Je suis chasseuse de primes, et je suis armée, alors fais pas chier !

— On est toutes armées dans le New Jersey, me rétorqua-t-elle, sortant un 9 mm Beretta de son sac à main.

Ce qui était embarrassant car non seulement je n'avais pas mon revolver sur moi, mais en plus, c'était un plus petit calibre.

Bertie Greenstein était sous le casque voisin de celui de Joyce.

— Je préfère les .45, dit-elle, sortant un Colt modèle d'État de son sac boudin.

— Trop de recul, lui lança Betty Kuchta à l'autre bout de la pièce. Et ça prend trop de place dans le sac. Je vous conseille les .38. C'est ce que j'ai choisi. Un .38.

— Moi aussi, surenchérit Clara. Avant, j'avais un .45, mais il était tellement lourd que j'en ai eu un hygroma du coude. Mon médecin m'a conseillé de prendre un revolver plus léger. J'ai aussi une bombe lacrymogène.

Toutes, à part la vieille Mrs. Rizzoli, qui se faisait faire une indéfrisable, avaient une bombe lacrymogène.

Betty Kuchta agita un Taser à bout de bras.

— Et moi, j'ai ce machin-là aussi !

— Jouet de gosse, fit Joyce, en le brandissant.

Personne ne put lui clouer le bec sur ce coup.

— Alors, ce sera quoi ? me demanda Clara. Manucure ? Je viens de recevoir un nouveau vernis. « Manguissimo. »

Je jaugeai le flacon. Je n'avais pas vraiment songé à me faire manucurer, mais ce « Manguissimo » était tentant.

— Va pour « Manguissimo », dis-je.

J'accrochai mon blouson et mon sac au dossier de la chaise, m'assis et mis mes doigts à tremper dans le bol d'eau tiédie.

— Alors, il paraît que vous recherchez Kenny Mancuso ? me demanda Mrs. Rizzoli.

— Vous l'avez vu ?

— Moi, non. Mais on m'a dit que Kathryn Freeman l'aurait vu sortir de chez la dénommée Zaremba à deux heures du matin.

— Ce n'était pas Kenny, dit Clara. C'était Mooch Morelli. C'est Kathryn qui me l'a raconté elle-même. Elle habite en face et elle était en train de promener son chien qui avait la diarrhée parce qu'il avait mangé des os de poulet. Je n'arrête pas de lui dire de ne pas lui en donner, mais elle ne m'écoute pas.

— Mooch Morelli ! s'exclama Mrs. Rizzoli. Non, mais vous vous rendez compte ! Sa femme est au courant ?

Joyce souleva le casque de son séchoir.

— On m'a dit qu'elle avait intenté une procédure de divorce.

Toutes ces dames battirent en retraite sous leur casque et plongèrent le nez dans leur magazine sentant que la conversation prenait un tour dangereux. Aucune n'ignorait qui avait surpris qui sur sa table de salle à manger et aucune ne voulait assister à un crêpage de chignon avec bigoudis sur la tête.

— Et toi ? demandai-je à Clara qui, à savants coups de lime, donnait à l'un de mes ongles un ovale parfait. Tu as vu Kenny ?

— Pas ces temps-ci, me dit-elle.

— On m'a dit que quelqu'un l'avait vu se faufiler chez Stiva ce matin.

Clara cessa de limer et releva la tête.

— Dieu du Ciel ! Dire que j'y étais à ce moment-là.

— Tu as entendu ou vu quelque chose ?

— Non. Il a dû venir après mon départ. Oh, ça ne m'étonne pas vraiment. Spiro et lui étaient de grands amis.

Betty Kuchta pencha la tête hors de son casque.

— Il a toujours eu un grain, dit-elle, tapotant sa tempe du bout de son index. Il était dans la même classe que ma Gail, en primaire. Les instituteurs savaient tous qu'il valait mieux qu'ils évitent de lui tourner le dos.

Mrs. Rizzoli approuva du chef.

— De la mauvaise graine, dit-elle. Trop de violence dans le sang. Comme son oncle Guido. Pazzo.

— Il faut vous méfier de cet oiseau-là, me dit Mrs. Kuchta. Vous avez déjà remarqué son petit doigt ? Quand il avait dix ans, Kenny s'est tranché le bout de l'auriculaire avec la hache de son père. Il voulait savoir si ça lui ferait mal.

— Je sais tout par Adèle Baggionne, dit Mrs. Rizzoli. Elle m'a raconté pour le doigt et pour pas mal d'autres histoires aussi. Elle m'a dit qu'elle le regardait par la fenêtre de sa cuisine en se demandant ce qu'il fabriquait avec la hache. Et alors, elle l'a vu poser la main sur le billot qui se trouvait à côté du garage et se trancher le doigt. Elle m'a dit qu'il n'avait même pas pleuré. Qu'il était resté là, à regarder son doigt en souriant. Adèle pense qu'il aurait perdu tout son sang si elle n'avait pas appelé les secours.

Il était presque cinq heures quand je repartis du salon. Plus j'en apprenais sur Kenny et Spiro, et plus j'avais la chair de poule. J'avais commencé mon enquête en pensant que Kenny était un combinard, et j'en étais à me demander s'il n'était pas un malade mental. Et Spiro ne me paraissait pas valoir mieux.

Je filai directement chez moi, ruminant des idées de plus en plus noires. J'étais tellement à cran en arrivant que ce fut bombe lacrymo en main que j'ouvris ma porte. J'allumai la lumière et ne me détendis qu'une fois sûre et certaine que tout était en ordre. Le voyant rouge de mon répondeur clignotait.

J'avais un message de Mary Lou. « Alors, qu'est-ce qu'il t'arrive ? Tu t'es mise à la colle avec Brad Pitt pour que tu n'aies plus le temps de m'appeler ? »

Je tombai mon blouson et composai le numéro de Mary Lou.

— J'ai été très occupée, lui dis-je. Et pas avec Brad Pitt.

— Alors, avec qui ?

— Avec Joe Morelli, pour commencer.

— Encore mieux.

— Ce n'est pas ce que tu crois. Je cours après Kenny Mancuso, et la chance n'est pas de mon côté.

— Tu me sembles déprimée. Tu devrais aller te faire manucurer.

— J'en viens. Et ça ne m'a pas été d'un grand secours.

— Alors, il n'y a plus qu'une solution.

— Aller faire du shopping ?

— Absolument ! Je te retrouve à sept heures au Quaker Bridge. Chez Macy, le chausseur.

À mon arrivée, Mary Lou était déjà dans les chaussures jusqu'au cou.

— Comment tu les trouves ? me demanda-t-elle, faisant une pirouette en bottines noires à talons aiguilles.

Mary Lou, un mètre soixante, est solidement charpentée. Elle a une abondante tignasse, rousse cette semaine, et un faible pour les énormes anneaux aux oreilles et le look humide en matière de rouge à lèvres. Elle est mariée et heureuse en ménage depuis six ans, et mère de deux bambins. J'aime beaucoup ses gosses, mais pour l'instant je me contente de mon hamster. Avec lui, au moins, pas de couches à changer.

— J'ai l'impression de les avoir déjà vues quelque part, lui dis-je. Ah oui, aux pieds de la fée Carabosse.

— Tu n'aimes pas ?

— C'est pour une occasion spéciale ?

— Le Nouvel An.

— Quoi, pas de paillettes ?

— Tu devrais t'en acheter une paire, me dit-elle. Le modèle est sexy.

— Ce n'est pas de chaussures dont j'ai besoin,

mais de jumelles à infrarouge. Tu crois que je peux en trouver par ici ?

— Obondieu ! s'exclama Mary Lou, brandissant une paire de chaussures en daim mauve à semelle compensée. Regarde celles-là ! Elles sont faites pour toi.

— Je n'ai pas assez d'argent. J'attends un chèque.

— On pourrait les voler.

— Je ne m'amuse plus à ça.

— Depuis quand ?

— Belle lurette. De toute façon, je n'ai jamais volé de gros trucs. Sauf la fois où on avait piqué des chewing-gums chez Sal parce qu'on ne pouvait pas le voir.

— Et le blouson à l'Armée du salut ?

— C'était le mien !

Quand j'avais quatorze ans, ma mère avait donné mon blouson en jean préféré à l'Armée du salut, et Mary Lou et moi étions allées le récupérer. J'avais raconté à ma mère que je leur avais racheté, mais en réalité, nous l'avions volé à l'étalage.

— Essaie-les au moins, me dit Mary Lou.

Elle accrocha une vendeuse au passage.

— Ce modèle en trente-huit, s'il vous plaît.

— Je n'ai pas envie de m'acheter des chaussures, lui redis-je. Il me faut tout autre chose. Il me faut un nouveau revolver. Joyce Barnhardt en a un plus gros que le mien.

— Ah, tu m'en diras tant !

Je m'assis et délaçai mes Doc Martens.

— Je l'ai vue chez Clara cet après-midi. J'ai failli l'étrangler.

— Elle t'a rendu service. Ton ex-mari était un abruti.

— C'est une garce.

— Elle travaille ici, tu sais. Au rayon cosmétiques. Je l'ai vue faire un maquillage quand je suis arrivée. Sur une vieille qui ressemblait à Lily Munster.

Je pris les chaussures des mains de la vendeuse et les passai aux pieds.

— Elles sont super, non ? fit Mary Lou.

— Oui, mais elles ne me serviront pas à grand-chose pour tirer sur quelqu'un.

— De toute façon, tu n'as jamais tiré sur personne. Bon, oui, sauf une fois peut-être.

— Tu crois que Joyce Barnhardt porte des chaussures mauves ?

— Il se trouve que je sais qu'elle chausse du quarante-cinq et qu'elle aurait l'air d'une grosse vache dans des chaussures pareilles.

Je marchai jusqu'au miroir au bout du rayon et admirai le résultat. Tu vas voir ce que tu vas voir, Joyce Barnhardt.

Je me retournai pour juger de l'effet de dos et me cognai à Kenny Mancuso.

Me serrant les bras d'une poigne de fer, il me plaqua contre sa poitrine.

— Surprise de me voir ?

Je restai sans voix.

— Tu commences vraiment à me faire chier, me dit-il. Tu crois peut-être que je ne t'ai pas vue tournicoter autour de chez Julia ? Tu crois peut-être que je ne sais pas que tu lui as dit que je baisais avec Denise Barkolowsky ?

Il me secoua comme un prunier. J'en claquai des dents.

— Et maintenant tu as passé ton petit marché avec

Spiro, c'est ça, hein ? Vous vous croyez malins tous les deux.

— Tu ferais mieux d'accepter de me suivre au tribunal, lui dis-je. Si Vinnie lance un autre chasseur de primes à tes trousses, il se pourrait bien qu'il prenne moins de gants que moi.

— On ne t'a pas raconté ? Je suis spécial, moi. Je ne ressens pas la douleur, moi. Si ça se trouve, je suis immortel, moi !

Il ne manquerait plus que ça.

Il fit un geste de la main. Un couteau apparut entre ses doigts.

— Je n'arrête pas de t'envoyer des messages, mais tu n'écoutes pas, me dit-il. Je devrais peut-être te trancher l'oreille, ça attirerait ton attention ?

— Tu ne me fais pas peur. Tu es un lâche. Tu n'es même pas capable de te présenter devant un juge.

J'avais déjà essayé cette ruse sur des Défauts de Comparution belliqueux, avec succès.

— Mais si, je te fais peur, fit Kenny. Je suis effrayant comme gars, moi.

La lame du couteau jaillit comme l'éclair et lacéra ma manche.

— Et maintenant, à ton oreille, dit Kenny, s'accrochant à mon blouson.

Mon sac et tout mon nécessaire de chasseuse de primes était sur le siège à côté de Mary Lou, aussi je fis ce que toute femme normalement constituée et non armée ferait. J'ouvris la bouche et poussai un cri strident, désarçonnant suffisamment Kenny pour qu'il rate son but et ne me coupe qu'une mèche de cheveux, épargnant mon oreille.

— Bon sang, fit Kenny. Fais chier !

Il me poussa violemment et je m'écroulai dans

un étalage de chaussures. Il fit un bond en arrière et détala comme un lapin.

Je me relevai tant bien que mal et m'élançai à sa poursuite à travers les rayons sacs à main et vêtements Junior, mue par une poussée d'adrénaline et une chute de bon sens. J'entendais Mary Lou et la vendeuse du rayon chaussures qui me couraient après. Je maudissais Kenny et ces satanées chaussures à semelles compensées qui n'étaient pas faites pour les courses-poursuites quand, au tournant du rayon cosmétiques, je me cognai à une vieille dame qui faillit tomber à la renverse.

— Hou là ! m'écriai-je. Excusez-moi !

— Fonce ! me cria Mary Lou du rayon Junior. Rattrape ce salaud !

Je me détachai de la vieille dame, m'élançai et pris de plein fouet deux autres femmes, dont Joyce Barnhardt dans sa blouse maison. On tomba toutes en tas par terre, poussant des cris et battant l'air de nos bras.

Mary Lou et la vendeuse du rayon chaussures arrivèrent sur les lieux et tentèrent de séparer ce petit monde et, dans la confusion, Mary Lou donna un coup de pied dans le genou de Joyce. Celle-ci roula sur le côté, hurlant de douleur, tandis que la vendeuse de chaussures m'aidait promptement à me remettre debout.

Je cherchai Kenny des yeux, mais évidemment il avait disparu.

— Bordel de merde ! s'écria Mary Lou. C'était Kenny Mancuso ?

Je fis oui de la tête, à bout de souffle.

— Qu'est-ce qu'il t'a dit ?

— Il m'a demandé si je voulais sortir avec lui. Il a craqué sur les chaussures.

Mary Lou ricana.

La vendeuse était tout sourire.

— Vous l'auriez rattrapé si vous aviez essayé des tennis, me dit-elle.

En toute honnêteté, je ne sais pas trop ce que j'aurais fait si je l'avais rattrapé. Il avait un couteau. Moi, je n'avais que des chaussures sexy.

— J'appelle mon avocat, dit Joyce Barnhardt, se relevant. Tu m'as agressée ! Je vais te faire un de ces procès que tu ne t'en relèveras pas !

— C'était un accident, lui dis-je. Je poursuivais Kenny et tu t'es mise en travers de mon chemin.

— Ceci est le rayon cosmétiques, hurla Joyce. On n'a pas besoin d'une folle en liberté qui poursuit des gens dans les rayons d'un grand magasin !

— Je ne suis pas une folle en liberté. Je suis une femme qui fait son travail.

— Tu n'es pas folle, tu es barge ! Complètement barge ! Comme ta grand-mère !

— Au moins, moi, je ne suis pas une salope.

Les yeux de Joyce s'arrondirent comme des balles de golf.

— Tu penses à qui quand tu parles de salope ?

— À toi.

Je me penchai en avant, furibarde dans mes chaussures violettes.

— C'est toi que je traite de salope, répétai-je.

— Si moi, je suis une salope, alors toi, t'es une pute !

— Tu es une menteuse et une hypocrite.

— Puuuuute !

— Radasse.

— Bon, ces chaussures, intervint Mary Lou, qu'est-ce que tu fais ? Tu les prends ?

Une fois chez moi, je n'étais plus très sûre d'avoir eu raison de les acheter. Je coinçai la boîte sous mon bras, le temps que j'ouvre ma porte. C'est vrai, elles étaient sublimes, ces chaussures, mais elles étaient violettes. Qu'est-ce que j'allais en faire ? J'allais devoir m'acheter une robe assortie. Et côté maquillage ? On ne pouvait pas se farder n'importe comment quand on portait une robe violette. J'allais devoir acheter un autre rouge à lèvres et un autre eye-liner.

J'appuyai sur l'interrupteur et refermai la porte. Je laissai choir mon sac et la boîte de chaussures sur le comptoir de la cuisine et fis volte-face en poussant un cri quand la sonnerie du téléphone retentit. Trop d'agitation en un seul jour, me dis-je. J'étais à bout de nerfs.

— Alors, et maintenant ? me dit mon interlocuteur. T'as la trouille maintenant ? Ça t'a fait réfléchir ?

Mon cœur cessa de battre.

— Kenny ?

— T'as eu mon message ?

— Quel message ?

— Celui que je t'ai laissé dans ta poche. C'est pour toi et ton nouveau pote, Spiro.

— Tu es où ?

Un cliquetis à mon oreille m'avertit que la communication était coupée.

Merde !

Je plongeai la main dans la poche de mon blouson et commençai à en sortir le contenu… un Kleenex usagé, un bâton de rouge, une pièce de monnaie, un emballage de Snickers, un doigt.

— Aarrrgh !

Je laissai tout tomber par terre et m'enfuis de la pièce.

— Merde, zut, merde !

Je me précipitai dans la salle de bains, coinçai ma tête dans la cuvette des toilettes pour vomir. Quelques minutes plus tard, je décidai que je n'y arriverais pas (ce qui était dommage finalement car c'eût été une bonne chose d'éjecter le sundae au chocolat chaud que j'avais mangé avec Mary Lou).

Je me lavai les mains à grand renfort de savon et d'eau bouillante, puis retournai à petits pas à la cuisine. Le doigt gisait au beau milieu de la pièce, l'air très embaumé. Je décrochai le téléphone d'un geste sec, restant le plus loin possible du doigt, et composai le numéro de Morelli.

— Viens tout de suite, lui dis-je.

— Quelque chose ne va pas ?

— VIENS TOUT DE SUITE !

Dix minutes plus tard, les portes de l'ascenseur coulissaient et Morelli en sortit.

— Ha, fit-il, je crains que le fait que tu m'attendes dans le couloir ne soit pas bon signe.

Il lança un coup d'œil à la porte de mon appartement.

— Tu n'as pas de macchabée là-dedans, hein ?

— Une pièce détachée.

— Tu peux préciser ?

— Il y a le doigt d'un mort sur le sol de ma cuisine.

— Et ce doigt est rattaché à quelque chose ? Comme à une main, un bras ?

— Non, c'est juste un doigt. Je crois pouvoir dire qu'il appartenait à George MacKey.

— Tu l'as reconnu ?

— Non. Mais je sais que George en a un en moins. Je t'explique : Mrs. MacKey nous parlait de George et nous disait qu'il avait tenu à être enterré avec la bague de sa confrérie, alors ma grand-mère a voulu la regarder de plus près et en faisant ça a cassé l'auriculaire de George. Il se trouve que le doigt était en cire. Ce matin, Kenny a réussi à s'introduire chez Stiva sans être vu, a laissé un mot à Spiro et a tranché le petit doigt de George. Et tout à l'heure, pendant que je faisais des courses avec Mary Lou, Kenny a surgi au rayon chaussures et m'a menacée. C'est à ce moment-là qu'il a dû glisser le doigt dans ma poche.

— Tu as bu ?

Je lui décochai un regard ne-sois-pas-bête et lui désignai ma cuisine.

Morelli me passa devant puis s'immobilisa, poings sur les hanches, le regard rivé par terre.

— Tu as raison, dit-il. C'est bien un doigt.

— J'étais à peine rentrée que le téléphone a sonné. C'était lui. Il voulait me dire qu'il m'avait laissé un message dans la poche de mon blouson.

— Et c'était ça, le message en question ?

— Exactement.

— Comment est-il arrivé par terre ?

— Il m'a… échappé des mains pendant que je courais vomir dans ma salle de bains.

Morelli prit une serviette en papier et s'en servit pour ramasser le doigt. Je lui tendis un petit sac en plastique dans lequel il jeta le tout. Il le ferma hermétiquement et le glissa dans la poche de son blouson. Il s'appuya contre le comptoir de la cuisine, bras croisés sur la poitrine.

— Commençons par le commencement, dit-il.

Je lui fis le récit circonstancié de ma journée, en passant toutefois sous silence ma prise de bec avec Joyce Barnhardt. Je lui parlai du mot anonyme que j'avais reçu, de la lettre *K* bombée sur le mur de ma chambre, du tournevis dans mon pneu, et de ma conviction que tout cela était signé Kenny.

Il garda le silence quand j'en eus terminé. Au bout de quelques secondes, il me demanda si finalement j'avais acheté les chaussures.

— Oui.

— On peut les voir ?

Je les lui montrai.

— Très sexy, dit-il. Elles m'excitent rien qu'à les regarder.

Je m'empressai de les remettre dans leur boîte.

— Tu as une idée de ce dont Kenny voulait parler quand il disait que Spiro avait quelque chose à lui ? demandai-je.

— Non. Et toi ?

— Non.

— Tu me le dirais sinon ?

— Ça se peut.

Morelli ouvrit le réfrigérateur et passa les clayettes en revue.

— Tu n'as plus de bière ?

— J'ai dû choisir entre boire, manger ou me chausser.

— Tu as fait le bon choix.

— Je parie que tout ça a un rapport avec les armes volées. Je suis sûre que Spiro était dans le coup, et que c'est pour ça que Moogey s'est fait tuer. Peut-être qu'il avait découvert que Spiro et Kenny faisaient un trafic d'armes militaires. Ou peut-être que tous les trois étaient complices et que Moogey a eu le trac.

— Tu devrais gagner la confiance de Spiro, me dit Morelli. Aller au cinéma avec lui, le laisser te prendre par la main…

— Oh, beurk ! Quelle horreur !

— Ne va pas jusqu'à lui montrer tes godasses, il pourrait péter les plombs. Je pense que tu devrais les réserver à mon intention. En mettant un truc aguichant. Et un porte-jarretelles. Elles sont faites pour aller avec un porte-jarretelles, ces pompes !

La prochaine fois que je trouve un doigt dans une de mes poches, je le jette dans les toilettes et je tire la chasse !

— Je m'inquiète du fait qu'on n'ait pas encore pu repérer Kenny, dis-je. Mais lui me file sans aucun problème à ce qu'il semble.

— Il ressemblait à quoi ? Il s'est laissé pousser la barbe ? Il s'est teint les cheveux ?

— Non, il est toujours le même. Il n'a pas l'air de quelqu'un qui vit dans la rue. Il était propre, rasé de frais. Il n'avait pas l'air affamé. Il était bien mis. Il semblait seul. Il était un peu, heu, énervé. Il m'a dit que j'étais une chieuse.

— Non ? Sans blague ? Toi, une chieuse ? Il devait confondre.

— En tout cas, il ne vit pas d'expédients. S'il fait un trafic d'armes, logique qu'il ait de l'argent. Peut-être qu'il réside dans un motel loin d'ici. Peut-être dans le Nouveau-Brunswick, ou à Burlington, ou Atlantic City.

— On a fait circuler sa photo dans Atlantic City. Ça n'a rien donné. Pour tout te dire, on est dans l'impasse. Savoir que tu le pousses à bout est la meilleure info sur lui que j'ai eue de toute la semaine. Il ne me reste plus qu'à te suivre et attendre qu'il te retombe sur le poil.

— Oh, parfait. J'adore jouer les appâts pour mutilateurs patentés.

— Ne t'inquiète pas. Je te protégerai.

Je ne pris pas la peine de réprimer une grimace.

— Bon, fit Morelli, reprenant son visage de flic. Assez batifolé. Il est temps d'avoir une conversation sérieuse. Je sais ce que les gens racontent sur les hommes Morelli et Mancuso… qu'on est des bons à rien, des ivrognes, et des dragueurs invétérés. Et je suis le premier à reconnaître que ce n'est pas complètement faux. Le problème avec ce genre de jugement à l'emporte-pièce, c'est qu'il ne facilite pas les choses pour un type bien comme moi…

Je levai les yeux au ciel.

— … et qu'il fait passer Kenny pour un petit malin congénital alors que partout ailleurs sur la planète il serait considéré comme un asocial. Quand il avait huit ans, Kenny a mis le feu à son chien et n'a jamais exprimé le moindre remords. C'est un manipulateur. Complètement égocentrique. Il ne ressent jamais de la peur car il est incapable d'éprouver la moindre douleur. Et il n'est pas bête.

— C'est vrai qu'il s'est lui-même coupé le doigt ?

— Oui, c'est vrai. Si j'avais su qu'il pouvait te menacer, je m'y serais pris autrement.

— C'est-à-dire ?

Morelli me dévisagea quelques secondes avant de répondre.

— Pour commencer, je t'aurais tout de suite briefée sur le chapitre « asocial ». Et je ne t'aurais pas laissée seule chez toi avec ta porte forcée uniquement protégée par une pyramide de verres à orangeade.

— Je n'étais pas sûre que cela vienne de Kenny jusqu'à ce que je l'aie vu tout à l'heure.

— À partir de maintenant, accroche ta bombe lacrymo à ta ceinture, ne la laisse pas dans ton sac.

— Au moins, nous sommes sûrs que Kenny est toujours dans le secteur. Si tu veux mon avis, c'est ce que Spiro a qui retient Kenny. Il ne partira pas sans.

— Spiro t'a paru alarmé par cette histoire de doigt ?

— Non, il m'a paru… ennuyé. Embarrassé. Il craignait que Constantin n'apprenne que les choses n'allaient pas comme sur des roulettes. Spiro a des projets. Il espère diriger la boîte et la mettre en franchise.

Morelli se fendit d'un large sourire.

— Mettre le salon funéraire en franchise ?

— Oui. Comme un Mac Do.

— On devrait peut-être laisser Kenny et Spiro régler leur contentieux entre eux et nous contenter de ramasser les morceaux une fois qu'ils en auront fini.

— En parlant de morceaux, qu'est-ce que tu comptes faire du doigt ?

— Voir s'il s'adapte à la main de feu George MacKey. Et je vais en profiter pour demander discrètement à Spiro à quoi ça rime.

— Je ne pense pas que ce soit une bonne idée. Il ne souhaite pas que la police s'en mêle. Il ne veut porter plainte ni pour la mutilation ni pour la lettre de menaces. Si tu vas le voir en mettant les pieds dans le plat, il va me virer illico.

— Qu'est-ce que tu suggères ?

— Que tu me rendes le doigt. Je le rapporte à Spiro demain et j'essaie d'en apprendre davantage.

— Je ne peux pas te laisser faire ça.

— Tu plaisantes ? Il est à moi, ce doigt ! C'est dans ma poche qu'il était.

— Laisse tomber. Je suis flic. Je dois faire mon boulot.

— Moi, je suis chasseuse de primes. Et moi aussi, je dois faire mon boulot !

— Bon, d'accord, je te rends le doigt. Mais promets-moi de me tenir au courant de tout. Si jamais je m'aperçois que tu me caches quelque chose, j'arrête tout.

— D'accord. Et maintenant, donne-moi le doigt et rentre chez toi avant que tu ne changes d'avis.

Il sortit le sachet en plastique de la poche de son blouson et le fourra dans le freezer.

— Au cas où, dit-il.

Morelli partit. Je verrouillai ma porte et vérifiai que les fenêtres étaient bien fermées. Je regardai sous mon lit et dans tous mes placards. Une fois sûre qu'il n'y avait aucun danger, j'allai me coucher et dormis comme une souche, toutes les lumières allumées.

Le téléphone sonna à sept heures. Je plissai les yeux vers le réveil puis vers le téléphone. Un coup de fil sympa à sept heures du matin, ça n'existe pas. Je sais d'expérience que tous les appels ayant lieu entre onze heures du soir et neuf heures du matin sont forcément des mauvaises nouvelles.

— 'llô, dis-je dans le combiné. Quel est le problème ?

— Aucun problème, me dit la voix de Morelli. Pas encore en tout cas.

— Il est sept heures. Pourquoi m'appelles-tu si tôt ?

— Tes rideaux sont fermés. Je voulais m'assurer que tout allait bien.

— Si mes rideaux sont fermés, c'est parce que je DORS ! Mais comment sais-tu qu'ils sont fermés ?

— Parce que je suis sur ton parking.

9

Je m'extirpai du lit, allai écarter les doubles rideaux et plongeai mon regard dans le parking. Effectivement, la Fairlaine de Morelli était garée juste à côté de la Buick d'oncle Sandor. J'aperçus le pare-chocs toujours sur la banquette arrière et quelqu'un avait taggé « MORT AUX VACHES » sur la portière côté chauffeur. J'ouvris la porte de ma chambre et sortis la tête.

— Du vent !

— J'ai une réunion de travail dans un quart d'heure, me cria Morelli. Elle ne devrait pas durer plus d'une heure. Après, je suis libre pour le restant de la journée. Je veux que tu attendes mon retour avant d'aller chez Stiva.

— D'accord.

Lorsque Morelli revint, à neuf heures et demie, je bouillais d'impatience. J'étais postée à la fenêtre quand il entra dans le parking et je sortis de l'immeuble comme une tornade, un auriculaire ballottant dans le fond de mon sac. J'avais mis mes Doc Martens au cas où je devrais botter certaines fesses et fixé ma bombe lacrymo à ma ceinture pour pouvoir la prendre avec facilité. Mon Taser, prêt à l'emploi, était enfoncé dans la poche de mon blouson.

— Pressée ? me fit Morelli.

— Le petit doigt de George MacKey me rend un peu nerveuse. Je me sentirai nettement mieux quand je l'aurai rendu à son propriétaire.

— Si tu as besoin de me parler, tu me téléphones.

— Oui, oui.

Je fis démarrer la Buick et sortis du parking pleins gaz. Morelli me suivit à une distance raisonnable. Arrivée vers chez Stiva, je vis les lumières clignotantes d'une escorte de motards. Super. Un enterrement. Je me garai sur le côté et regardai passer le fourgon funéraire, puis la voiture des fleurs et couronnes, puis la limousine de la proche famille, dans laquelle je reconnus Mrs. MacKey.

Je lançai un coup d'œil dans mon rétroviseur et vis que Morelli s'était garé juste derrière moi. Il secoua la tête comme pour me dire *oublie ça.*

Je tapai son numéro sur mon portable.

— George va être enterré sans son petit doigt !

— Crois-moi, George se fiche pas mal de son doigt à l'heure qu'il est. Tu n'as qu'à me le rendre. Je le conserverai comme preuve.

— Preuve de quoi ?

— De falsification de dépouille mortelle.

— Je ne te crois pas. Tu serais capable de le jeter dans une benne à ordures.

— Pour tout te dire, je pensais plutôt le mettre dans le vestiaire de Goldstein.

Le cimetière était situé à deux kilomètres et demi de chez Stiva. Il y avait sept ou huit voitures devant moi, avançant au pas en une sombre procession. Audehors, la température avoisinait les dix degrés et le ciel était d'un bleu hivernal. J'avais plus l'impression d'être en route pour un match de football que pour un enterrement. Nous franchîmes les grilles du cimetière et serpentâmes à travers les allées jusqu'à la tombe autour de laquelle des chaises avaient été placées. Le temps que je puisse me garer, Spiro avait déjà fait asseoir la veuve.

Je me glissai jusqu'à lui et, me penchant à son oreille, lui dis :

— J'ai le doigt de George.

Pas de réaction.

— *Le-doigt-de-George*, répétai-je d'une voix de gamine de trois ans qui appelle sa maman. Le vrai. Celui qui manque. Dans mon sac.

— Qu'est-ce que c'est que cette histoire ? Que fait son doigt dans votre sac ?

— Ce serait trop long à vous expliquer. Maintenant, nous devons rendre à George ce qui est à George.

— Quoi ? Mais vous êtes cinglée ! Je ne vais quand même pas faire rouvrir ce cercueil pour recoller un petit doigt ! Tout le monde s'en tape du petit doigt de George !

— Pas moi !

— Pourquoi ne vous occupez-vous pas de quelque chose d'utile, comme retrouver mes fichus cercueils par exemple ? Pourquoi perdez-vous votre temps à me rapporter des choses dont je ne veux pas ? Vous n'espérez tout de même pas que je vais vous payer pour avoir remis la main sur un doigt ?

— Bon Dieu, Spiro, vous êtes une pourriture !

— Bon, et à part ça ?

— À part ça, soit vous trouvez une solution pour rendre son doigt à George soit je fais un esclandre.

Spiro ne parut pas convaincu.

— Et je le dis à ma grand-mère, ajoutai-je.

— Ah non, pas ça !

— Alors, pour le doigt ?

— On ne met le cercueil en terre qu'une fois que tout le monde est remonté en voiture et que les moteurs tournent. On pourrait jeter le doigt avec à ce moment-là. Ça vous va ?

— « Jeter » son doigt dans la terre ?

— Je n'ai pas l'intention de faire rouvrir ce cercueil. Il faudra vous contenter d'enterrer le doigt dans le même trou !

— Je sens que je vais crier.

— Bon Dieu !

Il pinça les lèvres, mais sans réussir à les joindre à cause de sa malocclusion.

— Très bien, dit-il. Je ferai rouvrir le cercueil. On ne vous a jamais dit que vous étiez une chieuse ?

Je m'éloignai de Spiro et rejoignis Morelli à la lisière du groupe.

— Je n'arrête pas de me faire traiter de chieuse.

— Alors, c'est que ça doit être vrai, me dit-il, me prenant par les épaules. Tu as réussi à te débarrasser du doigt ?

— Spiro va le rendre à George après la cérémonie, quand les voitures se seront éloignées.

— Tu vas rester ?

— Oui. Ça me donnera l'occasion de parler à Spiro.

— Je vais partir avec les vivants. Je serai dans le coin si tu as besoin de moi.

J'inclinai mon visage vers le soleil et laissai mes pensées vagabonder pendant la courte prière. Lorsque la température tomba en dessous de dix degrés, Stiva ne perdit pas de temps autour de la tombe. Aucune veuve du Bourg ne mettait des chaussures pratiques pour un enterrement et il incombait à l'ordonnateur des pompes funèbres de garder les pieds de ces vieilles dames au chaud. Le service prit au total moins de dix minutes, pas même assez longtemps pour que le nez de Mrs. MacKey ne rosisse de froid. J'observai les personnes âgées qui s'éloignaient à petits pas à travers la pelouse ou la terre battue. Dans une demi-heure, ils seraient tous chez les MacKey, à suçoter des mines de crayons et à siroter du whisky à l'eau. Et à une heure, Mrs. MacKey se retrouverait livrée à elle-même et se demanderait alors à quoi elle pourrait bien occuper ses journées, seule dans la maison familiale pour le restant de ses jours.

Des portières de voitures claquèrent et des moteurs vrombirent. Les limousines s'éloignèrent.

Spiro, immobile, une main sur une hanche, était la longanimité faite croque-mort.

— Eh bien ? me fit-il.

Je sortis le sachet de mon sac et le lui tendis.

Deux employés du cimetière se tenaient de part et d'autre du cercueil. Spiro donna le petit sachet à l'un d'eux avec pour instruction d'ouvrir le cercueil et de déposer le sachet à l'intérieur.

Aucun des deux hommes ne cilla. Je suppose que lorsqu'on gagne sa vie à mettre des cercueils plombés dans la terre, on n'est pas forcément du genre inquisiteur.

— Alors, dit Spiro en se tournant vers moi, comment avez-vous récupéré ce doigt ?

Je lui racontai l'épisode « Kenny au rayon chaussures » et dans quelles circonstances j'avais trouvé le doigt en arrivant chez moi.

— Vous voyez, me dit Spiro, il y a une différence entre Kenny et moi. Il faut toujours qu'il cherche à impressionner la galerie. Il aime bien lancer des trucs et voir comment ça tourne. Tout ça l'amuse. Quand on était gamins, on avait un jeu : j'écrasais un cafard avec le pied et Kenny le transperçait avec une épingle pour voir combien de temps il mettrait à mourir. Je suppose que Kenny aime voir agoniser et que j'aime le travail bien fait. Si ça avait été moi, je vous aurais entraînée dans un parking vide et obscur et je vous aurais enfoncé un doigt dans le cul !

J'éprouvai une sorte de vertige.

— Métaphoriquement, bien entendu, ajouta Spiro. Je ne ferais jamais ça à une belle fille comme vous. À moins, bien sûr, qu'elle n'en exprime le désir…

— Il faut que je file.

— Nous pourrions peut-être nous retrouver plus tard. Pour dîner, par exemple. Le fait que vous soyez une chieuse et moi une pourriture ne veut pas dire pour autant que nous ne pourrions pas nous entendre.

— Je préférerais m'enfoncer une aiguille dans un œil.

— Passez me voir, j'ai ce qu'il vous faut.

Je n'osai pas demander « Apparemment, Kenny aussi pense que vous avez ce qu'il lui faut ».

— Kenny est un pauvre type, dit Spiro.

— Il était votre ami.

— Et puis des choses se passent…

— Vous pensez à quoi ?

— À rien.

— J'ai eu l'impression que Kenny s'imaginait que nous nous étions associés pour fomenter un complot contre lui.

— Kenny est branque. La prochaine fois que vous le rencontrez, vous feriez aussi bien de lui tirer dessus. Vous pouvez faire ça, non ? Vous êtes armée ?

— Il faut vraiment que je file.

— La prochaine fois, dit-il, faisant semblant de tenir un revolver et de tirer.

Je regagnai la Buick au pas de course, me glissai au volant, verrouillai les portières et téléphonai à Morelli.

— Tu as peut-être raison, je devrais me lancer dans la cosmétologie, lui dis-je.

— Je suis sûr que tu adorerais redessiner les sourcils à de vieilles peaux.

— Spiro ne m'a rien dit. Enfin, rien que je ne voulais entendre.

— J'ai appris un truc intéressant par la radio pendant que je t'attendais. Il y a eu un incendie hier soir dans Low Street. Dans les locaux de l'ancienne fabrique de tuyaux. Un incendie criminel, ça ne fait aucun doute. La fabrique est condamnée depuis des années, mais apparemment, quelqu'un s'en servait pour stocker des cercueils.

— Es-tu en train de me dire que quelqu'un a fait flamber *mes* cercueils ?

— Spiro a mis des clauses restrictives afférentes à l'état des cercueils ou bien es-tu payée que tu les ramènes morts ou vifs ?

— Je te retrouve là-bas.

La fabrique de tuyaux était située sur un bout de terrain coincé entre Low Street et la voie ferrée. Elle avait été fermée dans les années 70 et laissée à l'abandon depuis. De chaque côté s'étendait une zone non constructible, et au-delà survivaient quelques industries : un cimetière de voitures, un fournisseur en plomberie, les Transports et Entrepôts Jackson.

Le portail donnant sur le parking de la fabrique était mangé par la rouille, le macadam, craquelé et boursouflé par endroits, était jonché de débris de verre et de détritus jetés aux quatre vents. Un ciel plombé se reflétait dans des flaques d'eau noirâtre. Un camion de pompier, dans le parking, laissait tourner son moteur au ralenti. Une voiture à l'allure officielle était garée à côté du camion ; celle de la police et celle du capitaine des pompiers se trouvaient tout à côté de l'aire de chargement où l'incendie avait fait de gros dégâts.

Je me garai à côté de Morelli et on se dirigea vers un groupe d'hommes qui parlaient et prenaient des notes, clipboard en main.

Ils levèrent les yeux à notre approche et saluèrent Morelli d'un signe de tête.

— Quel est le binz ? demanda Morelli.

Je reconnus l'homme qui lui répondit : John Petrucci. Quand mon père travaillait à la poste, c'était sous les ordres de Petrucci. Et maintenant, le voilà devenu capitaine des pompiers. Allez y comprendre quelque chose.

— Incendie criminel, dit Petrucci. Limité à l'aire de chargement. Quelqu'un a arrosé d'essence un lot de cercueils et y a foutu le feu. Le schéma est clair.

— Vous avez un suspect ? demanda Morelli.

Ils le regardèrent comme s'il était tombé sur la tête. Morelli se fendit d'un sourire.

— Je demandais ça à tout hasard, dit-il. Ça vous ennuie si on jette un coup d'œil ?

— Faites comme chez vous. Nous, on en a terminé. L'expert de la compagnie d'assurances a vu ce qu'il voulait voir. Il n'y a pas eu beaucoup de dégâts matériels. Tout est en ciment. Le site devrait être condamné sous peu.

Morelli et moi nous hissâmes sur l'aire de chargement. Je sortis ma torche électrique de mon sac, l'allumai et la braquai sur un tas de détritus carbonisés et imbibés d'eau qui se trouvait au beau milieu de la plate-forme. À l'autre bout, on pouvait reconnaître des débris de cercueils. Une boîte en bois dans une caisse en bois. Aucune garniture. Tout était noirci par le feu. Je touchai un coin et le cercueil et son conditionnement s'effritèrent avec un soupir.

— Si tu voulais faire du zèle, tu pourrais ramasser les poignées et me dire combien de cercueils il y avait, dit Morelli. Puis tu pourrais les apporter à Spiro et lui demander s'il les reconnaît.

— Il y en avait combien, à vue d'œil ?

— Un paquet.

— Ça me suffit.

Je sélectionnai une poignée, l'enveloppai dans un Kleenex et la mis dans ma poche.

— Pourquoi voler des cercueils pour les brûler ensuite ? dis-je, songeuse.

— Une blague ? Une vengeance ? Peut-être que chourer des cercueils a semblé une bonne idée sur le coup, puis la personne n'a pas su quoi en faire.

— Spiro ne va pas être content.

— Ouais, fit Morelli. Et ça a l'air de te faire chaud au cœur…

— J'avais besoin de ce fric.

— Pour quoi faire ?

— Finir de payer ma Jeep.

— Mais tu n'a plus de Jeep, petit chou.

La poignée du cercueil pesait lourd dans ma poche. Non en termes d'unités de masse mais en termes d'unités de mesure de ma trouille. Je n'avais pas du tout envie d'aller frapper à la porte de Spiro. Ma règle en pareil cas était de remettre à plus tard.

— Je pense que je vais aller déjeuner chez mes parents, dis-je à Morelli. Comme ça, j'emmènerai ma grand-mère avec moi chez Stiva. Il y a un autre corps exposé, et mamie adore aller aux expos d'après-midi.

— Très délicat de ta part, me dit Morelli. Je suis invité au déjeuner ?

— Non. Tu as déjà eu du pudding. Si je t'invite encore à manger à la maison, ils ne me lâcheront pas. Deux repas, autant dire qu'on est fiancés.

Je fis le plein d'essence en chemin et fus soulagée de ne pas voir Morelli à mes basques. Finalement, ça ne se goupillait pas si mal que ça, songeai-je. Je ne toucherais sans doute pas la prime mais du moins en avais-je fini avec Spiro. Je tournai dans Hamilton Avenue.

Mon cœur cessa de battre quand j'arrivai dans High Street et vis la Fairlane de Morelli devant chez mes parents. Je tentai de me garer derrière lui, évaluai mal la manœuvre et lui arrachai son feu arrière droit.

Morelli descendit de sa voiture et alla constater les dégâts.

— Tu le fais exprès ou quoi ? dit-il.

— Non ! C'est cette Buick ! On ne voit pas où elle se termine.

Je le fusillai du regard.

— Qu'est-ce que tu fiches ici ? lui demandai-je. Je t'avais dit pas de déjeuner.

— Je te protège. Je t'attendrai dans la voiture.

— Parfait.

— Plus que parfait.

— Stéphanie ! cria ma mère de la porte. Qu'est-ce que tu attends pour rentrer avec ton petit ami ?

— Tu vois ? fis-je à Morelli. Qu'est-ce que je t'avais dit ? Te voilà mon « petit ami » maintenant.

— Veinarde.

Ma mère nous faisait signe d'entrer.

— Venez, venez ! cria-t-elle. Quelle bonne surprise. Une chance, j'ai fait beaucoup de soupe. Et on a du pain frais que ton père vient d'aller acheter à la boulangerie.

— J'adore la soupe, dit Morelli.

— Pas de soupe pour toi, lui dis-je.

Mamie Mazur apparut aux côtés de ma mère sur le seuil.

— Qu'est-ce que tu fais avec lui ? me demanda-t-elle. Tu m'avais dit qu'il n'était pas ton genre.

— Il m'a suivie.

— Si j'avais su, je me serais mis du rouge à lèvres.

— Il ne reste pas.

— Bien sûr que si qu'il reste, fit ma mère. J'ai de la soupe pour tout le monde. Que vont penser les voisins s'il ne reste pas ?

— Ça, c'est vrai, dit Morelli. Que vont penser les voisins ?

Mon père était en train de changer le joint du robinet de la cuisine. Il parut soulagé de voir arriver Morelli. Il préférerait sans doute que je ramène quelqu'un d'utile, comme un boucher ou un mécanicien auto, mais je suppose qu'à ses yeux un flic est un cran au-dessus d'un croque-mort.

— Passez à table, dit ma mère. Servez-vous. Prenez du pain et du fromage. Des crudités. J'ai acheté ces assiettes anglaises chez Giovichinni. Je n'en ai pas trouvé de meilleures que les siennes.

Pendant que tout le monde se bâfrait, je sortis la page de la brochure où figurait la photo du cercueil de mon sac et comparai les poignées du modèle avec celle que j'avais ramassée sur le lieu du sinistre. Elles semblaient identiques.

— C'est quoi cette photo ? voulut savoir ma grand-mère. On dirait un cercueil.

Elle y regarda de plus près.

— Tu n'envisages quand même pas d'acheter ça pour moi ? s'exclama-t-elle. J'en veux un sculpté. Je ne veux pas de ce modèle militaire.

Morelli releva la tête de son assiette.

— Militaire, vous dites ?

— Il n'y a que l'armée pour avoir des cercueils pareils, dit ma grand-mère. L'autre jour, j'ai vu à la télé qu'ils avaient des tas de cercueils comme celui-là depuis la guerre en Irak. Il n'y pas assez d'Américains qui sont morts là-bas, et du coup l'armée a des kilomètres carrés de ces cercueils sur les bras. Elle en est réduite à les vendre aux enchères. C'est… comment on appelle ça déjà… du surplus.

Morelli et moi échangeâmes un regard. Han !

Morelli posa sa serviette sur la table et repoussa sa chaise.

— Vous permettez que je téléphone ? demanda-t-il à ma mère.

Cela semblait tiré par les cheveux de penser que Kenny avait subtilisé les armes et les munitions de la base militaire en les dissimulant dans les cercueils. Mais bon, on entendait parler de choses plus dingues que ça. Et cela expliquerait les inquiétudes de Spiro quant à ces cercueils.

— Alors ? demandai-je à Morelli à son retour.

— Marie est en train de vérifier.

Mamie Mazur, qui portait une cuillerée de soupe à sa bouche, arrêta son geste.

— Ça concerne la police ? dit-elle. On travaille sur une affaire ?

— J'essaie d'obtenir un rendez-vous chez mon dentiste, lui dit Morelli. J'ai un plombage qui fout le camp.

— Faites comme moi : mettez des dentiers. Quand j'ai un problème de dents, je les envoie par la poste.

Je commençais à hésiter à traîner ma grand-mère chez Stiva. Autant je savais qu'elle pourrait assurer face à un croque-mort pervers, autant je ne voulais pas la mettre dans les pattes d'un croque-mort dangereux.

Je terminai ma soupe et pris une poignée de gâteaux secs, non sans jeter un coup d'œil à Morelli, me demandant comment il faisait pour garder la ligne. Il avait ingurgité deux assiettées de soupe, la moitié d'une miche de pain tartinée de beurre et sept petits gâteaux. J'avais compté.

Il surprit mon regard et haussa les sourcils d'un air interrogateur.

— Je suppose que tu fais du sport, lui dis-je.

— Je cours quand j'ai le temps. Un peu de body building.

Il sourit.

— Chez les Morelli, les hommes ont un bon métabolisme.

Chienne de vie.

Son portable se mit à sonner, et Morelli alla dans la cuisine pour répondre. À son retour, il avait l'air d'un chat qui vient d'avaler un canari.

— C'était mon dentiste, dit-il. Une bonne nouvelle.

J'empilai les assiettes à soupe et me hâtai d'aller les poser dans l'évier.

— Il faut que j'y aille, dis-je à ma mère. Du travail m'attend.

— Tu parles d'un travail ! fit-elle.

— C'était succulent, dit Morelli à ma maman. Votre soupe est délicieuse.

— Ma porte vous est ouverte, lui dit-elle. Je fais un rôti demain pour le dîner. Venez donc avec Stéphanie.

— Non ! fis-je.

— Tu n'es guère polie, me dit ma mère. C'est comme ça que tu traites tes petits amis ?

Le fait que ma mère voie d'un bon œil que je sorte avec un Morelli montre bien à quel point elle était désireuse de me marier, ou au moins de me poser socialement.

— Il n'est pas mon petit ami, lui dis-je.

Elle me tendit un sachet de biscuits.

— Je fais des choux à la crème demain. Ça fait une éternité que je ne t'en ai pas fait.

Une fois dehors, je me campai devant Morelli et le regardai droit dans les yeux.

— Tu ne viens PAS dîner demain, d'accord ?

— Pas de problème.

— Alors, ce coup de fil ?

— Fort Braddock avait une foultitude de cercueils en surplus. Ça, c'était deux mois avant que Kenny se fasse virer. L'entreprise Stiva Pompes Funèbres en a acheté vingt-quatre. Ces cercueils étaient stockés dans la même partie du Fort que les munitions, sur une surface importante. À savoir, dans deux ou trois entrepôts et sur environ un hectare de terrain à découvert mais clôturé.

— Ce qui n'était pas un problème pour Kenny puisqu'il travaillait sur place.

— Eh oui. Après la vente aux enchères, on a marqué les cercueils pour enlèvement. Du coup, Kenny savait lesquels revenaient à Spiro.

Morelli sourit aux anges.

— C'est mon oncle Vito qui aurait été fier.

— Il volait des cercueils à l'époque ?

— Il les remplissait surtout. Voler n'était qu'une activité annexe.

— Donc, tu penses qu'il serait possible que Kenny ait utilisé les cercueils pour sortir les armes du Fort ?

— Ça semble risqué et inutilement compliqué, mais oui, je crois que c'est possible.

— D'accord. Donc, Spiro, Kenny et sans doute Moogey auraient volé ces armes à Braddock et les auraient stockées chez R & J. Puis tout d'un coup, la marchandise disparaît. Quelqu'un les a doublés et nous savons que ce n'est pas Spiro puisqu'il m'a engagée pour retrouver les cercueils.

— Ça ne devrait pas être Kenny non plus, fit Morelli. Quand il t'a dit que Spiro avait quelque chose à lui, il voulait sans doute parler des armes volées.

— Ce qui nous laisse ? Moogey ?

— Les morts ne donnent pas de rendez-vous nocturnes aux frères Long pour faire une vente.

Ne voulant pas rouler sur les débris déchiquetés du feu arrière de Morelli, j'en ramassai les plus gros morceaux qui traînaient dans le caniveau et, ne sachant trop quoi en faire, les lui tendis.

— Je suppose que tu es assuré, lui dis-je.

Morelli avait l'air dépité.

— Tu continues à me suivre ? lui demandai-je.

— Oui.

— Alors, surveille mes pneus pendant que je suis avec Spiro.

Le petit parking de chez Stiva était envahi par le public venu nombreux pour l'exposition en matinée, ce qui m'obligea à me garer dans la rue. Je m'extirpai de la Buick et, mine de rien, cherchai à repérer Morelli. Je ne le vis pas, mais mes acidités d'estomac m'avertissaient qu'il était bel et bien dans les parages.

Spiro était dans le hall d'entrée, se prenant pour Dieu réglant la circulation en ce bas-monde.

— Comment ça va ? lui dis-je.

— Ça n'arrête pas. Joe Loosey nous est arrivé hier soir. Rupture d'un anévrisme. Et Stan Radiewski est à côté. Il faisait partie des Elks. Cette association a toujours un fort taux de participation.

— J'ai une bonne et une mauvaise nouvelle pour vous, lui dis-je. La bonne, c'est que… je crois bien que j'ai retrouvé vos cercueils.

— Et la mauvaise ?

Je sortis la poignée calcinée de ma poche.

— La mauvaise, c'est que… je crois bien que voilà tout ce qu'il en reste.

Spiro contempla la poignée sans mot dire.

— Je ne saisis pas, fit-il au bout d'un moment.

— Hier soir, quelqu'un a cru bon de faire un feu de joie avec un lot de cercueils. Il les a tous entassés sur l'aire de chargement de la fabrique de tuyaux désaffectée, les a arrosés d'essence et a craqué une allumette. Ils étaient tous carbonisés, sauf un qui était suffisamment épargné pour qu'on puisse identifier les restes d'un cercueil dans une caisse.

— Vous avez vu tout ça ? Autre chose a brûlé ?

Il y avait autre chose ? Des armes de contrebande, par exemple ?

— D'après ce que j'ai pu voir, non. Mais vous voulez peut-être aller vérifier par vous-même ?

— Bon Dieu de bon Dieu, s'exclama Spiro. Je ne peux pas m'absenter pour le moment. Qui baby-sitterait tous ces foutus Elks ?

— Louie ?

— Surtout pas. Il va falloir que vous me rendiez ce service.

— Ah, non. Pas question.

— Tout ce que vous aurez à faire sera de vous assurer qu'il y a du thé chaud en quantité suffisante et de dire un tas de poncifs comme… les voies de Dieu sont impénétrables. Je serai de retour dans une demi-heure.

Il sortit son trousseau de clefs de sa poche.

— Qui était présent avec vous à la fabrique ?

— Le capitaine de la brigade des pompiers, un policier, un autre type que je ne connaissais pas, Joe Morelli et un groupe de pompiers qui remballaient leur matériel.

— Ils ont dit quelque chose de spécial ?

— Non.

— Vous leur avez dit que ces cercueils m'appartenaient ?

— Non. Et je ne vous garde pas la boutique. Payez-moi et je file.

— Il n'est pas question que je vous donne un sou tant que je n'ai pas vérifié de visu qu'il s'agit bien de mes cercueils. Après tout ce ne sont peut-être pas les miens. Vous avez peut-être inventé toute cette histoire.

— Une demi-heure, lui criai-je tandis qu'il s'éloignait.

Pas plus !

J'allai vérifier que rien ne manquait sur la table à thé. Tout semblait en ordre. Eau chaude et biscuits à volonté. Je m'assis sur une chaise sur le côté et contemplai un bouquet de fleurs tout proche. Tous les Elks s'étaient rassemblés dans la nouvelle annexe avec feu Radiewski et le silence qui régnait dans le hall d'entrée me mettait mal à l'aise. Pas de magazine à feuilleter. Pas de télévision à regarder. Une musique mourante suintait de la chaîne.

Au bout de ce qui me parut quatre jours, Eddie Ragucci entra d'un pas nonchalant. Cet expert-comptable était un grand manitou chez les Elks.

— Où est la fouine ? demanda-t-il.

— Il a dû s'absenter. Il m'a dit qu'il n'en avait pas pour longtemps.

— Il fait beaucoup trop chaud dans le salon d'exposition. Le thermostat doit être déréglé. Le maquillage de Stan commence à dégouliner. Ce genre de choses n'arrivait jamais du temps de Constantin. Quelle pitié qu'il ait fallu que Stan nous quitte juste au moment où Tintin est à l'hôpital. Quand la malchance s'en mêle.

— Les voies de Dieu sont impénétrables.

— Ça c'est bien vrai.

— Je vais voir si je peux vous trouver l'assistant de Spiro.

J'appuyai sur quelques touches de l'interphone, criant « Louie » dans le haut-parleur et lui demandant de venir au plus vite dans le hall.

Il apparut au moment où j'en arrivais à la dernière touche.

— J'étais dans la salle d'embaumement dit-il.

— Il y a quelqu'un d'autre là-bas ?

— Le mort, Mr. Loosey.

— D'autres employés, je veux dire. Comme Clara, l'esthéticienne ?

— Non. Rien que moi.

Je le mis au courant pour la question du thermostat et lui demandai d'aller y jeter un coup d'œil. Cinq minutes plus tard, je l'entendais revenir de son pas traînant.

— Le bidule était tordu, dit-il. Ça arrive tout le temps. Ils s'appuient dessus et ils le tordent.

— Ça vous plaît de travailler dans les pompes funèbres ?

— Avant ça, je bossais dans une maison de retraite. Ici, c'est vachement plus tranquille : il n'y a qu'à les laver au jet. Et une fois qu'ils sont sur la table, ils bougent pas.

— Vous connaissiez Moogey Bues ?

— Pas avant qu'il soit tué. Il m'a fallu une bonne livre de mastic pour lui reboucher le crâne.

— Et Kenny Mancuso ?

— Spiro m'a dit que c'était Kenny qui avait tué Moogey Bues.

— Vous le connaissez ? Vous l'avez déjà vu traîner par ici ?

— Je le connais de vue, mais ça fait un bail que je l'ai pas croisé. Y en a qui racontent que vous êtes chasseuse de primes et que vous êtes après Kenny.

— Il ne s'est pas présenté au tribunal.

— Si jamais je le vois, je vous fais signe.

— Voici plusieurs numéros où vous pouvez me joindre, lui dis-je en lui tendant ma carte.

La porte de derrière s'ouvrit et se referma avec

fracas. Quelques instants plus tard, Spiro faisait son entrée, raide comme un piquet. Ses chaussures vernies noires et le bas de son pantalon étaient saupoudrés de cendres. Ses joues étaient d'un rouge maladif et ses yeux noirs et porcins dilatés à l'extrême.

— Oui ? fit-il, le regard fixé sur quelqu'un derrière moi.

Je me retournai et vis Morelli qui traversait le hall.

— Vous cherchez quelqu'un ? lui demanda Spiro. Si c'est Radiewski, il est dans l'annexe.

Morelli exhiba son insigne.

— Je sais qui vous êtes, lui dit Spiro. Il y a un problème ? Je m'absente une petite demi-heure et quand je reviens, il y a un problème !

— Aucun problème, dit Morelli. J'essaie simplement de mettre la main sur le propriétaire de plusieurs cercueils qui se sont envolés en fumée.

— Vous l'avez devant vous. Et ce n'est pas moi qui les ai brûlés. On me les avait volés.

— Vous aviez porté plainte ?

— Je ne tenais pas à ce que cette affaire s'ébruite. J'avais loué les services de miss Prodige ici présente pour les retrouver.

— Le cercueil que les flammes ont épargné m'a paru un peu simple pour le Bourg, fit Morelli.

— Je les ai achetés en solde à l'armée. Du surplus. J'envisageais de les revendre en franchise dans un autre coin. À Philadelphie, peut-être. Ils ont pas mal de pauvres par là-bas.

— Vous m'intriguez avec cette histoire de surplus militaire, fit Morelli. Comment ça fonctionne ?

— Vous faites une offre auprès de l'armée. Si elle est acceptée, vous avez huit jours pour venir prendre votre merde à la base.

— De quelle base parlez-vous ?

— Fort Braddock.

Morelli était d'un calme olympien.

— Kenny Mancuso travaillait bien à Braddock si je ne m'abuse ?

— Ouais. Comme beaucoup de gens.

— Bon, fit Morelli, donc ils ont accepté votre proposition. Comment vous y êtes-vous pris pour transporter les cercueils ?

— Je suis allé les chercher en camion avec Moogey.

— Une dernière question, fit Morelli. Avez-vous la moindre idée de la raison pour laquelle quelqu'un volerait vos cercueils pour les brûler ensuite ?

— Absolument. Ils ont été volés par un fou. Excusez-moi, mais mon devoir m'appelle. Vous en avez fini ?

— Pour le moment, oui.

Ils se mesurèrent du regard. Un muscle tressauta dans la mâchoire de Spiro. Il fit volte-face et s'éloigna vers son bureau.

— On se retrouve au ranch, me lança Morelli.

Et le voilà parti lui aussi.

Spiro avait fermé la porte de son bureau. Je frappai et attendis. Pas de réponse. Je frappai plus fort.

— Spiro ! criai-je. Je sais que vous êtes là !

Spiro ouvrit la porte à toute volée.

— Quoi encore ?

— Mon… fric.

— Dieu du ciel, j'ai d'autres choses à penser qu'à votre argent de mes deux !

— Ah oui ? Et à quoi par exemple ?

— À ce frapadingue de Kenny Mancuso qui fout le feu à mes cercueils par exemple !

— Comment êtes-vous sûr que c'est lui ?

— Qui d'autre ? Qui d'autre ? Il est fou à lier et il m'a menacé.

— Vous auriez dû en parler à Morelli.

— Oui, c'est ça. Ce serait le bouquet. Je n'ai pas assez d'ennuis comme ça, je vais me foutre les flics au cul !

— J'ai cru comprendre que vous n'aimiez pas trop la police.

— Les flics, ça craint.

Je sentis un souffle sur ma nuque et me retournai pour me retrouver nez à nez avec Louie Moon.

— Excusez-moi, dit-il, mais faut que je parle à m'sieur Spiro.

— Je t'écoute ! s'exclama Spiro.

— C'est au sujet de Mr. Loosey. Y a eu un accident.

Spiro ne dit pas un mot, mais son regard perçant sembla planter deux forets dans le front de Louie.

— J'avais mis Mr. Loosey sur la table, dit Louie, et je m'apprêtais à l'habiller, et puis j'ai dû aller réparer le thermostat et quand je suis retourné auprès de Mr. Loosey, j'ai vu qu'il lui manquait sa... hum... sa partie intime, quoi. Je ne sais pas comment ça a pu arriver. C'était là quand je suis parti, et quand je suis revenu ça y était plus.

Spiro écarta Louie du revers du bras et fonça en avant, hurlant :

— Nom de Dieu de putain de merde !

Quelques minutes plus tard, Spiro était de retour dans son bureau, le teint brouillé, les poings serrés.

— Je n'y crois pas ! rugit-il. Je pars une demi-heure et quelqu'un châtre Loosey. Vous savez qui c'est ? Kenny, évidemment ! Je vous confie ma boutique et vous laissez Kenny venir couper la queue de mes morts !

Le téléphone sonna. Spiro décrocha d'un geste sec.

— Stiva, annonça-t-il.

Il pinça les lèvres, et je compris que c'était Kenny.

— Tu es complètement dingue, dit Spiro. Trop de cocaïne. Trop de piquouses !

Kenny lui parla un petit moment, puis Spiro lui coupa la parole.

— Ta gueule ! fit-il. Tu ne sais pas de quoi tu parles. Et tu ne sais pas ce que tu fais en t'en prenant à moi. Si je te vois traîner dans les parages, je te bute. Et si je ne suis pas là, je chargerai la minette de le faire.

La minette ? Il voulait parler de moi ?

— Excusez-moi, lui dis-je, vous disiez ?

— Quel minable ! fit Spiro en raccrochant violemment.

Je posai mes mains à plat sur son bureau et me penchai vers lui.

— Je ne suis *pas* une minette. Et je ne suis *pas* une tueuse à gages. Et si je travaillais dans la protection, laissez-moi vous dire que je ne protégerais *pas* votre corps de limace. Vous êtes une moisissure, un furoncle, une merde de chien. Si vous dites encore à quelqu'un que je vais le tuer pour vous, je ferai en sorte de vous donner une voix de soprano pour le restant de vos jours !

Stéphanie Plum, docteur ès menaces creuses.

— Laissez-moi deviner, fit Spiro. Vous avez vos ragnagnas, c'est ça ?

En tout cas, une chance que je n'avais pas mon revolver sur moi, je lui aurais vidé le chargeur dessus.

— La plupart des gens ne vous paieraient pas un

dollar pour avoir retrouvé de la marchandise calcinée, dit Spiro, mais étant donné que je suis un type correct, je vais vous faire un chèque. Nous considérerons que c'est un acompte. Je verrai si cela est opportun de continuer à avoir une nénette comme vous à mes côtés.

Je pris le chèque et partis. Je ne voyais pas l'intérêt de discuter ; il était clair qu'il était à côté de ses pompes. Je m'arrêtai à une station-service pour prendre de l'essence et Morelli vint se garer derrière moi.

— C'est de plus en plus bizarre, lui dis-je. J'ai l'impression que Kenny pète les plombs.

— C'est-à-dire ?

Je lui racontai la mésaventure de feu Mr. Loosey et le coup de fil de Kenny.

— Tu devrais lui donner du super à ta voiture, me dit Morelli. Tu risques de gripper le moteur.

— Dieu m'en garde.

Morelli grimaça.

— Fais chier ! dit-il.

Je trouvai que c'était une réaction un peu exagérée à mon manque de soins automobiles.

— Ce serait si grave que ça que mon moteur se grippe ?

Il s'appuya contre l'aile.

— Un flic s'est fait tuer dans le Nouveau-Brunswick hier au soir. Deux coups qui ont traversé son gilet pare-balles.

— Munitions de l'armée ?

— Oui, fit Morelli, levant les yeux vers moi. Il faut que je retrouve cette came. Je suis sûr qu'elle est sous notre nez.

— Tu crois que Kenny pourrait avoir raison au

sujet de Spiro ? Qu'il aurait vidé les cercueils et m'aurait engagée pour se couvrir ?

— Je n'en sais rien. Il y a un truc qui cloche. Mon instinct me dit que tout a commencé avec Kenny, Moogey et Spiro puis qu'un quatrième larron est entré dans la danse et a brouillé les cartes. À mon avis, il leur a piqué la came et les a divisés pour mieux régner. Et ce n'est sans doute pas quelqu'un de Fort Braddock, car il revend au détail à Jersey et Philadelphie.

— Ce doit être un de leurs proches. Un confident… une petite amie.

— Ou quelqu'un qui a tout découvert par hasard, fit Morelli. Quelqu'un qui aurait surpris une conversation.

— Comme Louie Moon.

— Ouais, comme Louie Moon.

— Et c'est forcément quelqu'un qui avait accès à la clef du hangar de stockage. Comme… Louie Moon.

— Il y a sans doute pas mal de gens à qui Spiro a pu parler et qui ont accès à cette clef. En passant par sa femme de ménage et Clara. Idem pour Moogey. Ce n'est pas parce que Spiro t'a dit que lui seul avait cette clef que c'est vrai. Tous les trois devaient en avoir une.

— Si tel est le cas, qu'en est-il de la clef de Moogey ? Est-ce qu'on a pensé à regarder s'il l'avait à son trousseau quand on l'a trouvé mort ?

— Son trousseau de clefs manquait. On a supposé qu'il l'avait posé quelque part dans le garage et qu'on remettrait la main dessus tôt ou tard. Ça ne semblait pas très important à ce moment-là. Ses parents sont venus avec un double de sa clef de voiture pour la ramener chez eux. Maintenant que les cercueils ont refait surface, j'ai une bonne raison d'aller cuisiner Spiro. Et je veux aussi dire deux mots à Louie Moon. Tu crois pouvoir rester en dehors de tout ça un moment ?

— Ne t'en fais pas pour moi. Je comptais aller faire du shopping. Il faut que je me trouve une robe qui aille avec mes nouvelles chaussures.

Morelli pinça les lèvres.

— Tu mens. Tu mijotes quelque chose, non ?

— Oh, alors là, tu me vexes. Moi qui pensais t'émoustiller en te parlant de mes toilettes. Je comptais m'acheter une robe ultramini en lycra et à paillettes.

— Je te connais, et je sens que tu ne vas pas aller faire du shopping.

— Croix de bois croix de fer, si je mens… !

Morelli eut un sourire en coin.

— Tu mentirais au pape.

Je faillis me signer, mais me retins.

— Je ne mens presque jamais, lui dis-je.

Sauf quand c'est une question de vie ou de mort. Ou dans les occasions où la vérité ne me paraît pas indispensable.

Je regardai la voiture de Morelli s'éloigner, puis je pris la direction de l'agence de Vinnie dans l'idée d'aller y pêcher quelques adresses.

10

À mon arrivée, Connie et Lula se chamaillaient à pleins poumons.

— Dominick Russo sert une sauce maison, criait Connie. Avec des tomates cerise. Du basilic frais et de l'ail frais !

— J'ai jamais entendu parler de tomates cerise, brailla Lula. Tout ce que je sais, moi, c'est que les meilleures pizzas de Trenton sont celles de chez Tiny, dans First Street. Personne ne les fait mieux que lui. Ce type fait des pizzas *soul*.

— Des pizzas « soul » ? Et puis quoi encore ? fit Connie.

Elles se tournèrent toutes les deux vers moi, le regard noir.

— Tu vas nous départager, me dit Connie. Dis à cette Je-sais-tout comment sont les pizzas de Dominick.

— Excellentes. Mais j'aime aussi celles de chez Pino.

— Pino ! se récria Connie, avec une moue de dégoût. Leurs sauces leur arrivent en bidons de cinq litres !

— Miam-miam ! fis-je. J'ai un faible pour les sauces toutes prêtes.

Je jetai mon sac sur le bureau de Connie.

— Ravie de voir que vous vous entendez si bien, dis-je.

— Pff, fit Lula.

Je me laissai tomber sur le canapé.

— Je cherche des adresses, dis-je. Je dois aller fureter chez certaines personnes.

Connie prit l'annuaire sur l'étagère derrière elle.

— Qui ?

— Spiro Stiva et Louie Moon.

— Je n'irais pas regarder sous les oreilles de Spiro pour tout l'or du monde, dit Connie. Ni dans son frigo.

— C'est le croque-mort, c'est ça ? fit Lula. Beurk, tu ne vas quand même pas entrer par effraction chez un croque ?

Connie nota une adresse sur un bout de papier et chercha le deuxième nom. Je lus celle qu'elle avait trouvée pour Spiro.

— Tu sais où c'est ? lui demandai-je.

— La Résidence Century Court ? Tu prends par Klockner Street jusqu'à Demby.

Elle me tendit la deuxième adresse.

— Celle-là, je ne vois pas du tout, me dit-elle. C'est dans le township d'Hamilton.

— Qu'est-ce que tu cherches ?

— Si je savais, dis-je en empochant les adresses. Une clef, peut-être.

Ou deux ou trois caisses d'armes stockées dans le salon.

— Je t'accompagne, dit Lula. Un fil de fer comme toi ne devrait pas partir à l'aventure toute seule.

— Merci de ton offre, mais me couvrir ne fait pas partie de tes attributions.

— Je n'ai pas l'impression que mes attributions soient très définies. Je dois faire ce qu'il faut faire et j'ai tout fait – à part balayer et récurer les chiottes.

— C'est une obsédée du classement, dit Connie. Elle est née pour classer.

— Et ce n'est pas tout, fit Lula. Attends de voir ce que je donne en coéquipière d'une chasseuse de primes.

— Bon vent ! fit Connie.

Lula enfila son blouson et prit son sac.

— Ça va être super, dit-elle. On va être Cagney et Lacey.

Je cherchai la rue où habitait Moon sur le grand plan de la ville accroché au mur.

— Ça me va, mais je veux faire Cagney.

— Ah non, c'est moi ! fit Lula.

— Je l'ai dit la première.

Lula pinça les lèvres et plissa les yeux.

— C'est moi qui ai eu l'idée, et je ne viens pas si je fais pas Cagney !

Je la dévisageai.

— On plaisantait, non ? lui dis-je.

— Han, parle pour toi.

Je dis à Connie qu'elle pouvait rentrer se coucher sans nous attendre, ouvris la porte et laissai passer Lula.

— On va d'abord chez Louie Moon, lui dis-je.

Lula s'arrêta en plein milieu de la chaussée, les yeux fixés sur ma Grande Bleue.

— On y va dans cette grosse Buick de merde ? fit-elle.

— Hm, hm.

— J'ai connu un mac qui avait la même.

— Elle appartenait à mon oncle Sandor.

— Il est dans les affaires ?

— Pas que je sache.

Louie Moon habitait à l'extrême limite du township d'Hamilton. Il était presque quatre heures quand on s'engagea dans Orchid Street. Je lus les numéros des habitations, en quête du 216, amusée de voir qu'une rue au nom si évocateur ait été dotée d'une enfilade de cages à lapins sans la moindre fleur à l'horizon[1]. Ce quartier avait été construit dans les années soixante, au moment du boom de l'immobilier, aussi les terrains étaient-ils très vastes, faisant paraître les maisons d'autant plus petites. Au fil des ans, les propriétaires avaient personnalisé leur maison copie-carbone, ajoutant un garage ici, un porche là. Certaines façades avaient été repeintes dans des teintes sourdes. Des bow-windows avaient été ajoutées. Des azalées plantées. Malgré cela, la similitude régnait toujours en maître.

La maison de Louie Moon se détachait du lot par sa couleur bleu turquoise, toute une panoplie de guirlandes lumineuses et un Père Noël d'un mètre cinquante de haut ligoté à une antenne de télévision rouillée.

— En voilà un qui ne perd pas de temps pour se mettre dans l'ambiance, dit Lula.

Vu le côté penché des guirlandes agrafées au petit bonheur la chance sur la façade et l'aspect fatigué du papa Noël, je me dis qu'il devait être toute l'année dans l'ambiance.

Il n'avait pas de garage et aucune voiture ne se trouvait dans l'allée ou devant la maison. Pas de lumière à l'intérieur. Tout semblait calme. Je laissai

1. *Orchid Street :* rue des Orchidées.

Lula dans la Buick et gagnai la porte d'entrée. Je frappai deux coups. Pas de réponse. La maison était de plain-pied. Aucun rideau n'était tiré. Louie Moon n'avait rien à cacher. Je fis le tour de la maison, regardant par les fenêtres. Les pièces étaient en ordre, meublées de bric et de broc. Pas de signes intérieurs de richesse. Pas de caisses de munitions empilées sur la table de la cuisine. Pas le moindre fusil d'assaut en vue. Apparemment, Louie Moon habitait seul. Une seule tasse, un seul bol dans l'égouttoir. Un seul côté du lit à deux places était défait.

Je n'avais aucune difficulté à imaginer Louie Moon vivant heureux dans sa petite maison bleue. J'envisageai d'entrer par effraction, mais ne pus rassembler assez de motivation pour passer à l'acte.

Il faisait humide et froid, et la terre était dure sous mes pieds. Je relevai le col de mon blouson et retournai à la voiture.

— Ça ne t'a pas pris longtemps, me dit Lula.

— Il n'y avait rien à voir.

— On enchaîne avec la baraque du croque-mort ?

— Oui.

— Encore heureux qu'il ne crèche pas là où il bosse. Je n'ai pas du tout envie d'aller fouiller dans leurs poubelles.

Le crépuscule était dense quand on arriva à Century Court. Les bâtiments à un étage étaient en briquette rouge ; les encadrements des fenêtres blancs. Les portes d'accès aux appartements étaient regroupées par groupes de quatre. Il y avait cinq groupes par bâtiment, donc vingt appartements au total. Dix en étage, dix en rez-de-chaussée.

L'appartement de Spiro était situé en bout de rez-de-chaussée. Pas de lumière aux fenêtres et sa voiture n'était pas au parking. Avec Constantin à l'hôpital, Spiro était obligé de faire des heures supplémentaires.

La Buick était reconnaissable et je ne tenais pas à me faire repérer par Spiro s'il lui prenait l'envie de faire un saut chez lui pour changer de chaussettes. Aussi j'allai me garer un peu plus loin.

— J'ai l'intuition qu'on va trouver du sérieux ici, me dit Lula.

— On va juste faire des repérages, lui dis-je. On ne fait rien d'illégal. Pas question de commettre une effraction.

— C'est sûr, dit Lula. Je sais bien.

On traversa le carré de pelouse qui jouxtait le bâtiment, nous approchant de l'appartement de Spiro l'air de rien, comme si on était sorties faire une balade. Les rideaux étaient tirés aux fenêtres de devant. On fit le tour. Là aussi, rideaux tirés. Lula essaya d'ouvrir la porte de derrière et les deux fenêtres. Verrouillées.

— C'est dégueulasse ! geignit-elle. Comment veux-tu qu'on trouve quoi que ce soit comme ça ? Et juste quand j'avais une intuition, en plus !

— Eh oui. J'aurais bien voulu pouvoir entrer.

Lula fit des moulinets avec son bras et projeta son sac dans la fenêtre, faisant voler la vitre en éclats.

— Quand on veut, on peut, dit-elle.

Je la regardai, bouche bée, et les mots finirent par franchir mes lèvres en un murmure strident.

— Je n'y crois pas ! Tu viens de casser sa vitre !

— Grâce à Dieu, oui, fit Lula.

— Je t'avais dit que je ne voulais rien faire d'illégal. On ne peut pas s'amuser à casser les vitres à la ronde !

— Cagney l'aurait fait, elle.

— Non, Cagney n'aurait *jamais* fait une chose pareille.

— Si !

— Non !

Elle fit coulisser la fenêtre et passa la tête à l'intérieur.

— Apparemment, y a personne. On ferait mieux de rentrer pour s'assurer que les bris de verre n'ont pas fait de dégât.

Elle avait réussi à enfourner son torse dans l'ouverture de la fenêtre.

— Ils pourraient prévoir plus large, ronchonna-t-elle. On peut à peine faire passer un gros gabarit dans mon genre dans ce machin.

Je me mordillai la lèvre inférieure, indécise. Devais-je la pousser en avant ou la tirer en arrière ? Elle me faisait penser à Winnie l'Ourson coincé dans le terrier du lapin.

Elle poussa un râle et soudain la partie inférieure de son corps disparut derrière le rideau. Quelques instants plus tard, la porte du patio s'ouvrit avec un déclic et le visage de Lula apparut dans l'entrebâillement.

— Tu comptes prendre racine ou quoi ? me dit-elle.

— Et si on se fait arrêter ?

— Bah, comme si t'avais jamais fait ça.

— Je n'ai jamais fracturé quoi que ce soit.

— Cette fois non plus. C'est moi qui l'ai faite cette effraction. Toi, tu vas te contenter d'entrer par la porte.

Vu sous cet angle, je n'avais rien à dire.

Je me glissai derrière le rideau de la porte et attendis que mes yeux s'habituent à l'obscurité.

— Tu sais à quoi ressemble Spiro ? demandai-je à Lula.

— Un rase-mottes à tête de rat ?

— Oui, c'est ça. Fais le guet devant et si tu le vois arriver, tu tapes trois coups.

Lula ouvrit la porte d'entrée et regarda au-dehors.

— Personne à l'horizon, dit-elle.

Elle sortit en refermant la porte. Je verrouillai les deux portes d'accès et allumai la lumière de la salle à manger, réglant le variateur au minimum. Je commençai par fouiller méthodiquement les placards de la cuisine. Puis je vérifiai que le réfrigérateur ne contenait aucun Tupperware suspect et passai la poubelle au peigne fin.

Je répétai l'opération dans le salon et la salle à manger sans rien découvrir d'intéressant. La vaisselle du petit déjeuner était encore empilée dans l'évier ; le journal du matin étalé sur la table. Une paire de mocassins noirs avait été abandonnée au pied de la télé. À part ça, rien à signaler. Pas d'armes, pas de clefs, pas de lettres de menaces. Pas d'adresses gribouillées sur le bloc-notes accroché à côté du téléphone mural de la cuisine.

J'allumai la lumière dans la salle de bains. Des vêtements jonchaient le sol. Même pour un million de dollars, je ne poserais pas les doigts sur le linge sale de Spiro. Et tant pis s'il y avait un indice dans une de ses poches. J'inventoriai le contenu de l'armoire à pharmacie et, d'un coup d'œil, celui du panier à linge. Rien.

La porte de sa chambre était fermée. Je l'ouvris en retenant mon souffle et faillis m'évanouir de soulagement en trouvant la pièce vide. Le mobilier venait de chez Ikea ; le couvre-lit était en satin noir. Au-dessus du lit, le plafond était carrelé en miroir. Des revues porno étaient posées sur une chaise à côté du lit. Un préservatif usagé était collé sur l'une des couvertures.

La première chose que je ferais en rentrant serait de me mettre sous une douche la plus chaude possible.

Un bureau était accolé au mur face à la fenêtre. Je repris espoir. Je m'assis dans le fauteuil de cuir noir et examinai les prospectus, factures et correspondance personnelle éparpillés sur le plateau ciré. Toutes les factures me parurent raisonnables, et la plupart du courrier concernait le salon funéraire. Il y avait quelques lettres de remerciements de récents endeuillés : « Cher Spiro, merci du prix abusif que vous accordez à mon chagrin. » Des messages téléphoniques avaient été notés sur tout ce qui était à portée de main… sur le dos des enveloppes et dans les marges des lettres. Aucune phrase du genre : « Menace de mort de Kenny. » Je recopiai les numéros anonymes et mis la liste dans mon sac pour enquête ultérieure.

J'ouvris les tiroirs et farfouillai parmi des trombones, des élastiques et autres bazars de bureau. Il n'y avait pas de message sur son répondeur. Et il n'y avait rien sous son lit.

Il m'était difficile de croire qu'il n'y avait pas d'armes dans l'appartement. Spiro me semblait le genre de personne à collectionner les trophées.

Je palpai ses vêtements dans la commode puis m'attaquai à la penderie. Elle était pleine de costumes, de chemises et de chaussures de croque-mort. Six paires de mocassins noirs alignées côte à côte. Et six boîtes à chaussures. Ah, ah ! J'en ouvris une. Bingo ! Un Colt. Pointure 45. J'ouvris les cinq autres boîtes et me retrouvai avec une panoplie de trois armes de poing et de trois boîtes de munitions. Je recopiai le numéro de série des armes ainsi que les informations figurant sur les boîtes de munitions.

Je fis coulisser la fenêtre de la chambre et cherchai Lula des yeux. Assise dans la véranda, elle se limait les ongles. Je tapotai sur le carreau et la lime lui échappa des mains. Comme quoi elle n'était pas aussi calme qu'elle en avait l'air. Je lui fis signe que je partais et qu'elle vienne me retrouver derrière.

Je m'assurai que je laissais tout dans l'état où je l'avais trouvé en rentrant, éteignis les lumières et sortis par la porte du patio. Spiro allait tout de suite s'apercevoir que quelqu'un s'était introduit chez lui, mais il y avait de fortes chances pour qu'il fasse porter le chapeau à Kenny.

— Mets-moi au jus, dit Lula. T'as trouvé quelque chose ?

— Quelques flingues.

— La belle affaire. Un flingue, tout le monde en a.

— Tu en as un, toi ?

— Ouais, ma belle. Tu parles que j'en ai un.

Elle sortit un gros revolver noir de son sac.

— Et réglementaire en plus, dit-elle. C'est Harry l'Étalon qui me l'a filé quand je tapinais. Tu veux savoir pourquoi on l'appelait Harry l'Étalon ?

— Non, merci.

— Cet enfoiré faisait peur à voir. Il pouvait la caser nulle part. Je devais y aller à deux mains pour lui faire la gâterie du pauvre, je te jure !

Je redéposai Lula à l'agence et filai chez moi. Quand je me garai au parking, le ciel s'était noirci sous sa couverture de nuages et une pluie fine s'était mise à tomber. Je mis mon sac à l'épaule et courus à l'intérieur de mon immeuble, tout heureuse d'être au sec.

Mrs. Bestler faisait des tours de hall avec son déambulateur. Un pas, un pas, chbong. Un pas, un pas, chbong.

— Un jour de plus, un dollar de plus, me fit-elle.

— Comme vous dites.

J'entendis rugir et mourir la vague d'applaudissements d'un public à la télé tandis que Mr. Wolesky marmonnait derrière sa porte close.

J'enfonçai ma clef dans ma serrure et inspectai mon appartement d'un regard rapide et suspicieux. Tout semblait en ordre. Pas de messages sur mon répondeur. Et je n'avais pas trouvé de courrier dans ma boîte.

Je me fis un chocolat chaud et une tartine de miel et de beurre de cacahouètes. Je posai l'assiette sur ma tasse, coinçai mon téléphone sous mon bras, pris la liste des numéros de téléphone que j'avais recopiés chez Spiro, et charriai le tout jusqu'à la table de la salle à manger.

Je composai le premier numéro de la liste. Ce fut une femme qui décrocha.

— Je voudrais parler à Kenny, dis-je.

— Vous faites erreur. Il n'y a pas de Kenny ici.

— Ce n'est pas le Grill Colonial ?

— Pas du tout ! Vous êtes chez un particulier.

— Excusez-moi.

Encore sept numéros à vérifier. Même topo pour les quatre premiers : des numéros privés. Sans doute des clients. Le cinquième était celui d'une pizzeria qui livrait à domicile. Le sixième celui de l'hôpital St. Francis. Le septième celui d'un motel à Bordentown. Je me dis que le dernier pouvait peut-être mener quelque part.

J'offris quelques miettes de mon sandwich à Rex, poussai un gros soupir à l'idée de devoir quitter la chaleur et le confort de mon chez-moi, et endossai mon blouson. Le motel était situé sur la Route 206, pas très loin du péage de l'autoroute. C'était un établissement à bas prix construit avant la prolifération des chaînes hôtelières. Il comprenait quarante chambres, toutes en rez-de-chaussée, qui donnaient toutes sur une étroite véranda. De la lumière brûlait dans deux d'entre elles. Sur le bas-côté de la route, l'enseigne au néon signalait que des chambres étaient disponibles. L'extérieur des locaux était propre mais laissait présager un intérieur vieillot, des papiers peints fanés, des dessus-de-lit usés, des lavabos tachés de rouille.

Je me garai près du bureau de la réception et me précipitai au-dedans. Un homme entre deux âges y regardait la télévision.

— B'soir, dit-il.

— Vous êtes le gérant ?

— Ouais. Le gérant, le proprio et l'homme à tout faire.

Je sortis la photo de Kenny de ma poche et la lui mis sous le nez.

— Je cherche cet individu. Vous l'avez vu ?

— Et pourquoi vous le recherchez d'abord ?

— Il n'a pas respecté les accords de sa caution.

— Ça veut dire quoi ça ?

— Ça veut dire que c'est un criminel.

— Vous êtes flic ?

— Chasseuse de primes. Je travaille pour son agence de cautionnement judiciaire.

L'homme regarda la photographie et fis oui de la tête.

— Il est au 17. Il est là depuis trois ou quatre jours.

Il feuilleta son registre.

— Ah, le voilà. John Sherman. Il est arrivé mardi.

Je n'en croyais pas mes oreilles ! Quelle veine !

— Il est seul ?

— Pour autant que je sache, oui.

— Vous avez relevé le numéro de sa voiture ?

— On s'amuse pas à ça ici. On manque pas de places de parking.

Je le remerciai et lui dis que j'allais rester un moment dans les parages. Je lui donnai ma carte en lui demandant de ne pas parler de moi à Sherman s'il le voyait.

J'allai garer la Buick dans un coin reculé du parking, coupai le moteur, bloquai les portières et me tassai sur le siège pour je ne savais combien de temps. Quand Kenny se montrerait, j'appellerais Ranger. Si je n'arrivais pas à le joindre, je me rabattrais sur Morelli.

Vers neuf heures, je me dis que j'aurais peut-être mieux fait de choisir un autre métier. J'avais les orteils gelés et envie de faire pipi. Kenny n'avait pas montré le bout de son nez et il ne se passait rien dans ce motel qui aurait pu briser la monotonie de mon interminable attente. Je fis tourner le moteur pour pouvoir mettre le chauffage et fis quelques exercices musculaires isométriques. Je fantasmai que je couchais avec Batman. Il avait le teint un peu mat, mais j'aimais bien la coquille de sa tenue en latex.

À onze heures, j'allai supplier le gérant de me laisser utiliser ses toilettes. Je lui soutirai une tasse de café et retournai dans ma Grande Bleue. Même si l'attente était pénible, je devais reconnaître qu'elle l'était infiniment moins qu'elle ne l'eût été dans ma Jeep. La Buick me donnait l'impression d'être dans une capsule spatiale, en quelque sorte ; ou dans un missile sur roues avec vitres et sièges capitonnés. Je pouvais m'allonger sur les sièges avant. Quant à la banquette arrière, ses potentialités d'alcôve n'étaient pas à négliger.

Je m'assoupis vers minuit et demi pour me réveiller à une heure et quart. Toujours pas de lumière dans la chambre de Kenny et toujours pas de nouvelle voiture dans le parking.

J'avais trois solutions. Je pouvais continuer à me débrouiller toute seule ; je pouvais demander à Ranger de venir me relayer ; je pouvais plier bagages pour la nuit et rentrez chez moi avant l'aube. Si je mettais Ranger sur le coup, j'allais devoir lui donner une part du gâteau plus grosse que prévu. Si je décidais de continuer à faire cavalier seul, je craignais de m'endormir et de mourir de froid comme la Petite Marchande d'Allumettes. Je choisis donc la troisième solution. Si Kenny rentrait cette nuit, ce serait pour dormir et il serait encore là quand je reviendrais à six heures du matin.

Je rentrai donc chez moi en chantant « Maman les petits bateaux » tout le long du chemin pour me tenir éveillée. Je me traînai jusqu'à mon immeuble, puis jusqu'à mon étage, puis jusqu'à ma porte, puis jusqu'à mon lit sur lequel je m'écroulai tout habillée, sans même me déchausser. Je dormis comme une souche jusqu'à six heures, heure à laquelle je fus tirée du sommeil par la sonnerie de mon petit réveil intérieur.

Je me forçai à me lever, ravie de constater que j'étais déjà vêtue, de pied en cap, ce qui m'épargnait une corvée. Je passai à la salle de bains où je fis le strict minimum, saisis mon blouson et mon sac et me traînai jusqu'au parking. Il faisait nuit noire au-dessus des éclairages électriques. Il bruinait toujours et du givre s'était déposé sur les pare-brise et les vitres des voitures. Super. Je mis le contact, réglai le chauffage à fond, sortis la raclette de la boîte à gant et m'attaquai au pare-brise. Ce qui finit de me réveiller. En chemin pour Bordentown, je m'arrêtai à un 7-Eleven où je fis le plein de café et de beignets.

Il faisait toujours sombre lorsque j'arrivai au motel. Aucune chambre n'était éclairée ; aucune nouvelle voiture au parking. Je me garai du côté le plus obscur, vers la réception, et ôtai le couvercle de mon gobelet de café. Aujourd'hui, mon optimisme en avait pris un coup dans l'aile, et je commençai à envisager la possibilité que le vieux m'ait menée en bateau. Si Kenny n'avait toujours pas reparu en milieu d'après-midi, je demanderais à visiter sa chambre.

Si j'avais été maligne, j'aurais changé de chaussettes et apporté une couverture. Si j'avais été *très* maligne, j'aurais filé un billet de vingt dollars au veilleur de nuit en lui demandant de me téléphoner dès l'arrivée de Kenny.

À sept heures moins dix, une femme arriva au volant d'une camionnette Ford et se gara juste devant l'entrée du bureau. Elle me regarda d'un air intrigué et entra. Dix minutes plus tard, le vieux monsieur en sortit, traversa le parking à pas lents et monta à bord d'une Chevrolet complètement cabossée. Il me fit au revoir de la main avec un grand sourire et s'en fut.

Je ne pouvais pas être certaine qu'il avait parlé de moi à sa remplaçante et je ne voulais pas courir le risque qu'elle appelle la police pour signaler une présence suspecte dans son motel, aussi je m'extirpai de la Buick, gagnai la réception et fis le même laïus que la veille au soir.

J'obtins les mêmes réponses. Oui, elle avait vu cet individu. Oui, il avait pris une chambre sous le nom de John Sherman.

— Un mec pas mal, dit-elle, mais pas vraiment sympa.

— Avez-vous remarqué ce qu'il avait comme voiture ?

— J'ai remarqué pas mal de choses qu'il avait. Entre autres, une camionnette bleue. Pas le genre réaménagée tout confort. Plutôt un véhicule professionnel. Le modèle sans vitres, voyez.

— Vous avez relevé son numéro ?

— Non. J'avais mieux à regarder que sa plaque d'immatriculation.

Je la remerciai et regagnai la Buick où je sirotai mon café froid. De temps à autre, je descendais de voiture pour m'étirer et me dégourdir les jambes. Je fis une pause d'une demi-heure pour déjeuner. À mon retour, rien n'avait bougé.

À trois heures, Morelli garait sa voiture de police à côté de ma Grande Bleue.

— Bon sang, je me les caille dans cette bagnole ! pesta-t-il.

— Cette rencontre est-elle le fruit du hasard ? lui demandai-je.

— Kelly passe par ici pour venir au poste. Il a repéré ta Buick et a lancé un pari quant à savoir avec qui tu étais maquée.

Je serrai les dents.

— Han ! fis-je.

— Alors, qu'est-ce que tu fabriques ici ?

— Grâce à une enquête menée de main de maître, j'ai découvert que Kenny séjournait dans ce motel sous une fausse identité.

L'enthousiasme embrasa le visage de Morelli.

— Il a été identifié ?

— Les veilleurs de nuit et de jour l'ont reconnu d'après sa photographie. Il roule en camionnette bleue et n'est pas réapparu depuis hier matin. Je suis arrivée ici hier en début de soirée et j'ai fait le guet jusqu'à une heure. Je suis rentrée chez moi et suis revenue à six heures et demie.

— Et aucun signe de Kenny ?

— Aucun.

— Tu as fouillé sa chambre ?

— Pas encore.

— La femme de chambre est passée ?

— Pas encore.

— Alors, allons-y voir de plus près, dit Morelli, ouvrant sa portière.

Il alla se présenter à la réceptionniste qui lui donna la clef du 17. Il frappa à deux reprises. Pas de réponse. Il ouvrit la porte. On entra.

Le lit était défait. Un sac marin était posé par terre, ouvert. Il contenait des chaussettes, des shorts, et deux tee-shirts noirs. Une chemise en flanelle avait été jetée sur le dossier d'une chaise. Dans la salle de bains, un nécessaire de rasage était posé sur le rebord du lavabo, ouvert.

— On dirait bien qu'il est parti dans la précipitation, dit Morelli. Comme s'il avait eu peur. Si tu veux mon avis, il t'a repérée.

— Impossible. Je me suis toujours garée dans le coin le plus obscur du parking. Et puis, comment aurait-il su que c'était moi ?

— Mais mon petit chou, tout le monde aurait su que c'était toi.

— C'est cette satanée bagnole ! Elle me gâche la vie ! Elle sabote ma carrière !

Je fis de mon mieux pour me donner un air altier – ce qui n'est pas de la tarte quand on claque des dents.

— Et maintenant ? dis-je.

— Maintenant, je vais aller demander à la réceptionniste de me téléphoner si Kenny revient.

Il me toisa.

— Ma parole, dit-il, on dirait que tu as dormi tout habillée.

— Comment ça s'est passé hier avec Spiro et Louie Moon ?

— Je ne pense pas que Louie Moon soit impliqué. Il lui manque ce qu'il faut.

— L'intelligence ?

— Non, les contacts. Celui qui a volé les armes doit pouvoir les écouler. Moon ne fréquente pas les bons cercles. Il ne saurait même pas où s'adresser.

— Et Spiro ?

— Il n'était pas disposé à se mettre à table, fit Morelli, éteignant la lumière. Tu ferais mieux de rentrer chez toi, de prendre une bonne douche et de te changer pour le dîner.

— Quel dîner ?

— Rôti cocotte à six heures.

— Tu veux rire ?

Morelli me servit son fameux sourire.

— Je passe te prendre à moins le quart.

— Non ! J'ai ma voiture.

Morelli ôta l'écharpe en laine rouge qu'il portait

sous son blouson d'aviateur marron et me l'enroula autour du cou.

— Tu as l'air frigorifiée, me dit-il. Rentre chez toi te réchauffer.

Et le voilà parti vers la réception du motel.

Il bruinait toujours. Le ciel était d'un gris acier. Mon humeur était noire. J'avais eu un bon tuyau sur Kenny Mancuso et j'avais tout raté. Je me frappai le front du plat de la main. Conne, conne, triple conne ! Et j'étais restée bêtement assise dans cette grosse Buick à la noix ! Mais où avais-je la tête ?

Le motel se trouvait à une vingtaine de kilomètres de chez moi et je battis ma coulpe tout le long du chemin. Je fis un crochet rapide par le supermarché pour faire le plein d'essence, et quand j'arrivai dans mon parking, j'étais complètement écœurée et démoralisée. À trois reprises, j'avais eu l'occasion de coincer Kenny – chez Julia, à la galerie marchande, au motel – et à trois reprises, je l'avais laissée filer.

À ce stade, peut-être devrais-je m'en tenir aux délits de bas étage – vol à l'étalage ou conduite en état d'ivresse. Malheureusement, ces délits-là ne me rapporteraient pas assez pour joindre les deux bouts.

Je fis une séance supplémentaire de flagellation mentale dans l'ascenseur puis dans le couloir jusqu'à ma porte sur laquelle je trouvai un Post-it signé Dillon, mon gardien. « J'ai un paquet pour toi », y lus-je.

Je fis demi-tour et repris l'ascenseur jusqu'au sous-sol. Je débouchai dans un petit vestibule où se trouvaient quatre portes closes fraîchement repeintes en gris cuirassé. La première donnait sur des salles communes à la disposition des locataires ; la deuxième, sur la salle des chaudières avec ses grondements et gargouillements de mauvais augure ; la troisième, sur un long couloir et des pièces consacrées à l'entretien de l'immeuble ; et la quatrième, sur l'appartement de fonction de Dillon.

Cet endroit ravivait toujours mes tendances claustrophobes. Dillon, lui, disait que ça lui plaisait d'habiter ici, qu'il trouvait tous ces bruits apaisants. Un autre Post-it était collé sur sa porte, signalant qu'il serait de retour à cinq heures.

Je remontai à mon appartement, donnai à Rex quelques raisins secs et une chips, et pris une longue douche bien chaude. J'en ressortis rouge comme une écrevisse et l'esprit vaseux. Je m'écroulai sur mon lit et réfléchis à mon avenir. Une réflexion de courte durée. Quand je me réveillai, il était six heures moins le quart et quelqu'un tambourinait à ma porte.

Je me drapai dans un peignoir, gagnai ma porte sur la pointe des pieds et collai mon œil au judas. C'était Joe Morelli. J'entrouvris la porte sans retirer la chaîne de sécurité et le jaugeai.

— Tu me sors de la douche, lui dis-je.

— Je te serais reconnaissant de bien vouloir me faire entrer avant que Mr. Wolesky ne sorte me cuisiner pendant des heures.

Je libérai la chaîne et lui ouvris.

Morelli entra, un fin sourire aux lèvres.

— À faire peur, tes cheveux, me dit-il.

— Je me suis vaguement assoupie dessus.

— Pas étonnant que tu n'aies pas de vie sexuelle. C'est que ça vous découragerait n'importe quel homme de se réveiller le matin pour voir une tignasse pareille.

— Va t'asseoir au salon et ne bouge que lorsque je te le dirai. Ne touche pas à ma bouffe, ne fais pas peur à Rex et ne passe pas de coups de fil longue distance.

Lorsque je ressortis de ma chambre, dix minutes plus tard, je le retrouvai qui regardait la télévision. J'avais mis une robe grand-mère sur un tee-shirt blanc, des bottillons à lacets marron et un cardigan à grosses mailles trop grand pour moi. C'était mon look Annie Hall dans lequel je me sentais très féminine ; pourtant, il avait toujours sur les hommes l'effet opposé à celui escompté. Mon look Annie Hall décourageait les érections les plus tenaces. Encore plus efficace qu'une giclée de gaz lacrymogène sur un violeur potentiel.

J'enroulai l'écharpe de Morelli autour de mon cou, enfilai une veste et la boutonnai. Je pris mon sac. Éteignis la lumière.

— Qu'est-ce qu'on ne va pas entendre si on arrive en retard, dis-je.

Morelli me rejoignit dans le couloir.

— À ta place, je ne m'en ferais pas, dit-il. Quand ta mère va te voir dans cette tenue, elle en oubliera l'heure.

— C'est mon look Annie Hall.

— J'ai plutôt l'impression de voir un beignet à la confiture dans un sachet étiqueté muffin au son.

Je fonçai dans le couloir et pris l'escalier. En arrivant au rez-de-chaussée, je me souvins du paquet qui m'attendait chez Dillon.

— Attends une minute, criai-je à Morelli. Je reviens tout de suite.

Je dévalai les marches du sous-sol et cognai à la porte de chez Dillon.

Il ouvrit.

— Je suis en retard, je viens chercher mon paquet, lui dis-je.

Il me tendit une grosse enveloppe envoyée en express et je remontai par l'escalier en courant.

— À trois minutes près, un rôti cocotte peut être un délice ou un désastre, dis-je à Morelli, le prenant par la main et l'entraînant à travers le parking jusqu'à sa camionnette.

Finalement, je m'étais dit que je ferais mieux de monter en voiture avec lui. Si nous tombions dans des bouchons, il pourrait toujours utiliser son gyrophare.

— Tu as un gyro là-dessus ? lui demandai-je, montant à bord.

— Oui, me répondit Morelli en attachant sa ceinture, mais ne compte pas sur moi pour m'en servir pour les beaux yeux d'un rôti cocotte.

Je me retournai sur le siège pour regarder par la vitre arrière.

Morelli jeta un regard de côté dans le rétro extérieur.

— Tu cherches Kenny ? me demanda-t-il.

— Je suis sûre qu'il est là. Je le sens.

— Je ne vois personne.

— Ce n'est pas pour autant qu'il n'est pas ici. Il est doué pour jouer à l'Homme invisible. Il rentre chez Stiva ni vu ni connu et il découpe un mort en morceaux. Il me repère devant chez Julia Cenetta et dans le parking du motel sans que je le voie venir. Et maintenant, j'ai l'horrible sensation qu'il me surveille, qu'il me suit partout, qu'il est tout près.

— Pourquoi s'amuserait-il à ça ?

— Il se trouve que Spiro a eu l'heureuse idée de lui dire que je le tuerais s'il continuait à me harceler.

— Aïe.

— Mais je suis sans doute un peu parano.

— Les paranos n'ont pas toujours tort.

Morelli s'arrêta à un feu rouge. La pendule du tableau de bord indiquait 8 : 58. Je fis craquer mes articulations, et Morelli me lança un regard amusé.

— Oui, dis-je, ma mère me rend nerveuse, et alors ?

— Ça fait partie de son boulot. Tu ne devrais pas le prendre à titre personnel.

On quitta Hamilton Avenue pour entrer dans le Bourg, et la circulation disparut comme par enchantement. Pas de lumières de phares derrière nous. Pourtant, je ne pouvais me débarrasser du sentiment que Kenny était là et m'avait à l'œil.

Ma mère et mamie Mazur nous attendaient sur le seuil. Je les regardais tandis que Morelli manœuvrait pour garer la voiture. D'habitude, c'étaient leurs différences qui me frappaient de prime abord, mais aujourd'hui, ce furent leurs similitudes qui me sautèrent aux yeux. Elles se tenaient toutes les deux très droites, les épaules en arrière ; un maintien altier qui, je le savais, était aussi le mien. Leurs mains étaient jointes devant elles et leur regard impassible était fixé sur nous. Elles avaient un visage rond, des paupières lourdes. Des yeux de Mongol. Mes ancêtres hongrois étaient originaires des steppes. Il n'y avait pas un seul citadin parmi eux. Ma grand-mère et ma mère, qui étaient des femmes petites, s'étaient tassées avec l'âge. Elles avaient une ossature très fine, menue, et des cheveux de bébé. Elles devaient sans doute descendre de gitanes pouponnées en roulotte.

Moi, de mon côté, j'évoquais plutôt une fille de ferme n'ayant plus que la peau sur les os à force de manier la charrue.

Je soulevai ma jupe pour sauter de la camionnette

et ma mère et ma grand-mère eurent un mouvement de recul.

— Mais qu'est-ce que c'est que cette tenue ? s'écria ma mère. Tu n'as pas de quoi t'acheter des vêtements ? Tu en es à porter ceux des autres ? Frank, il va falloir que tu donnes de l'argent à ta fille. Elle n'a pas de quoi s'habiller.

— Mais si, maman. Ces vêtements sont neufs. Je viens de les acheter. C'est la mode.

— Comment veux-tu te trouver un mari attifée de la sorte ? fit ma mère. Je n'ai pas raison ? ajouta-t-elle, prenant Morelli à témoin.

— Je la trouve à croquer, dit Morelli, hilare. C'est son look Annie Drôle.

J'avais toujours mon paquet à la main. Je le posai sur la table de l'entrée et ôtai ma veste.

— Annie Hall ! rectifiai-je.

Mamie Mazur s'empara de l'enveloppe et l'examina.

— Envoyée en express, dit-elle. Ça doit être important alors. On dirait qu'il y a une boîte à l'intérieur. Expéditeur… Klein, Cinquième Avenue. J'aimerais bien qu'on m'envoie un petit cadeau en express, moi !

Ce paquet m'était un peu sorti de la tête. Je ne connaissais personne du nom de R. Klein et n'avais rien commandé à New York. Je pris l'enveloppe des mains de ma grand-mère et en décollai le rabat. Elle contenait une petite boîte en carton. Je la sortis. Elle n'était pas très lourde.

— Elle a une drôle d'odeur, dit mamie Mazur. Ça sent l'insecticide. C'est peut-être un de ces parfums dernier cri.

J'arrachai les bouts de scotch, soulevai le couvercle et eus le souffle coupé. La boîte contenait un pénis. Le membre, tranché proprement à sa base, était embaumé à la perfection et fiché sur un carré de polystyrène par une épingle à chapeau.

Tout le monde fixa la chose avec cette horreur pétrifiée qu'on réserve habituellement aux accidentés de la route et aux grands brûlés.

Ce fut mamie Mazur qui parla la première, avec un zeste de mélancolie.

— Ça faisait un bout de temps que je n'en avais plus vu, dit-elle.

Ma mère se mit à hurler, levant les bras au ciel, les yeux hors de la tête.

— Jetez-moi ça dehors ! Mais où va le monde ? Que vont dire les voisins ?

Mon père, assis au salon, se décolla de son fauteuil et vint dans l'entrée pour voir l'origine de ce tohu-bohu.

— Qu'est-ce qui vous arrive ? demanda-t-il, s'infiltrant dans la mêlée.

— Un pénis, lui répondit ma grand-mère. Stéphanie l'a reçu au courrier. On ne s'est pas fichu d'elle, soit dit en passant.

Mon père eut un mouvement de recul.

— Jésus, Marie, Joseph ! s'écria-t-il.

— Qui peut bien faire une chose pareille ? cria ma mère. C'est en quoi ? En latex ? C'est un sex-toy ?

— Du caoutchouc ? fit mamie Mazur. Non, ça m'a tout l'air d'être un vrai. Un peu plus décoloré que dans mon souvenir, peut-être.

— C'est insensé ! s'écria ma mère. Qui peut bien expédier son pénis par la poste ?

— Un certain Klein selon l'enveloppe, dit ma grand-mère. C'est plutôt un nom juif, il me semble, mais ce pénis ne m'a pas l'air très catholique pour un Juif.

Tout le monde la regarda, sidéré.

— Je ne suis pas spécialiste, s'empressa-t-elle d'ajouter, mais il me semble bien en avoir vu un dans *National Geographic*.

Morelli me prit la boîte des mains et la recoiffa de son couvercle. Nous savions tous deux quel nom accoler à ce pénis. Joseph Loosey.

— Je prends une option pour un autre dîner, dit Morelli. Cette affaire concerne la police, j'en ai peur.

Il prit mon sac sur la table de l'entrée et me le passa à l'épaule.

— Stéphanie doit venir avec moi, dit-il. Pour faire une déposition.

— Tout ça, c'est à cause de ton travail de chasseuse de primes, me dit ma mère. Tu ne rencontres que des détraqués. Trouve-toi donc un *vrai* travail, comme ta cousine Christine. On ne lui envoie jamais des trucs pareils à elle !

— Christine travaille dans une usine de vitamines. Elle passe ses journées à surveiller que la chaîne ne s'emballe pas.

— Elle gagne bien sa vie au moins.

Je boutonnai ma veste.

— Moi aussi, ça m'arrive !

11

Morelli ouvrit la portière de la camionnette à toute volée, jeta mon petit colis sur la banquette et, d'un geste teinté d'impatience, m'invita à suivre le même chemin. Son visage était impassible, mais je sentais que la colère faisait vibrer tout son corps.

— L'enfoiré ! fulmina-t-il en débrayant. Il se croit drôle avec ses jeux à la con ? Quand il était gosse, il me racontait les trucs qu'il faisait, je n'arrivais jamais à faire la part du vrai et du faux. Lui non plus, si ça se trouve. Remarque, peut-être que tout était vrai.

— Tu étais sérieux quand tu parlais d'aller porter plainte ?

— La poste voit d'un sale œil que des parties du corps humain soient expédiées à des fins humoristiques.

— C'est pour ça que tu nous as fait sortir en trombe de chez mes parents ?

— Non, c'est parce que je ne pensais pas pouvoir tenir deux heures à table avec l'attention générale fixée sur le manche à balai de Loosey stocké au frigo à côté de la compote de pommes.

— Je te serais reconnaissante de ne pas ébruiter

la chose. Je ne voudrais pas qu'on se fasse des idées sur la nature de mes rapports avec Mr. Loosey.

— Avec moi, ton secret est bien gardé.

— Tu crois qu'on devrait le dire à Spiro ?

— Je crois que *tu* devrais aller le dire à Spiro. Laisse-lui entendre qu'il n'y a que vous deux qui êtes au courant. Tu pourras peut-être apprendre quelque chose.

Morelli s'engagea dans le drive-in du Burger King et acheta deux menus à emporter. Il remonta la vitre, se coula dans la circulation et, tout de suite, l'habitacle fleura bon l'Amérique.

— On est loin du rôti cocotte, dit Morelli.

Pas faux, mais hormis les desserts, pour moi toutes les nourritures se valent. Je plantai la paille dans mon milk-shake et farfouillai dans le sac en papier pour y puiser des frites.

— Ces histoires que Kenny te racontaient, elles parlaient de quoi ?

— De rien que tu aimerais entendre. De rien dont je veuille me souvenir. De trucs de malade mental.

Il prit une poignée de frites.

— Au fait, me dit-il, tu ne m'as pas dit comment tu avais localisé Kenny dans ce motel ?

— Je ne suis pas sûre que je doive divulguer mes secrets professionnels…

— Moi, je suis sûr que si.

O.K., allons-y pour le quart d'heure relations publiques. Le moment était venu de rasséréner Morelli en lui donnant quelques miettes d'informations. Avec l'avantage supplémentaire de l'impliquer dans un acte illégal.

— Je suis rentrée chez Spiro et j'ai fouillé dans

son bordel. J'ai trouvé des numéros de téléphone, j'ai appelé et je suis tombée sur le motel.

Morelli s'arrêta à un feu et se tourna vers moi. Je ne pouvais lire son expression dans la nuit.

— Tu es rentrée chez lui ? Serait-ce par le fruit du hasard d'une porte qu'il aurait oublié de fermer à clef ?

— Plutôt par celui d'une fenêtre qui aurait eu l'imprudence de voler en éclats sous un coup de sac à main.

— Bon sang, Stéphanie, il y a des gens qui font de la prison pour ce genre de plaisanterie !

— J'ai été prudente.

— Tu me rassures !

— À mon avis, Spiro va penser que c'est l'œuvre de Kenny et il ne portera pas plainte.

— Donc, Spiro connaissait la planque de Kenny. Ça m'étonne que Kenny n'ait pas été plus discret.

— Peut-être qu'il ne sait pas que Spiro a un identificateur d'appel sur son téléphone au salon funéraire.

Le feu passa au vert. Morelli démarra et on roula en silence pendant tout le restant du trajet. Il tourna dans le parking du poste de police, se gara et coupa les phares.

— Tu veux entrer ou tu préfères rester sur la touche ? me demanda-t-il.

— Je préfère t'attendre ici.

Il prit l'enveloppe, le pénis et un des sacs du fast-food.

— Je fais au plus vite, me dit-il.

Je lui donnai le bout de papier sur lequel j'avais recopié les infos concernant les armes et les munitions que j'avais trouvées chez Spiro.

— Je suis tombée sur de la quincaillerie dans la

chambre de Spiro, lui dis-je. Vérifie si elle ne viendrait pas de Braddock par hasard.

L'idée d'aider Morelli alors que lui-même ne me disait pas tout ce qu'il savait ne m'enchantait guère, mais je n'avais pas d'autre moyen de déterminer l'origine de ces armes. De plus, s'il s'agissait bien des armes volées, Morelli me serait redevable.

Je le regardai faire un petit jogging jusqu'à la porte latérale qui s'ouvrit, dessinant brièvement un rectangle de lumière sur la façade en brique obscurcie par la nuit. Elle se referma. Je sortis mon cheeseburger de sa boîte en me demandant si Morelli allait devoir convoquer des proches du défunt pour l'identification de la partie du corps. Louie Moon ou Mrs. Loosey. J'espérais qu'il aurait la délicatesse de retirer l'épingle à chapeau avant de présenter l'objet à la veuve.

J'engloutis le cheeseburger et les frites et m'attaquai au milk-shake. Tout était calme dans le parking et dans la rue. Il régnait dans la camionnette un silence assourdissant. J'écoutai un moment le souffle de ma respiration. Je furetai dans la boîte à gants et les pochettes des portières. Ne trouvai rien d'intéressant. À en croire l'horloge du tableau de bord, Morelli était parti depuis dix minutes. Je terminai mon milk-shake et remis tous les emballages dans le sac en papier. Bon, et maintenant, que faire ?

Bientôt sept heures. C'était l'heure des visites chez Spiro. Le moment idéal pour aller l'entretenir de la zigounette de Loosey. Malheureusement, j'en étais réduite à me tourner les pouces dans la camionnette de Morelli. Mon regard fut attiré par l'éclair lancé par les clefs qui pendillaient au contact. Et si j'empruntais la camionnette pour aller au salon funéraire ?

Histoire de faire avancer l'enquête. Après tout, qui pouvait savoir combien de temps il faudrait à Morelli pour s'acquitter des formalités d'usage ? Si ça se trouve, j'allais être coincée là pendant des heures ! Nul doute que Morelli m'en saurait gré. D'un autre côté, si sa camionnette manquait à l'appel quand il sortirait, ça pourrait faire du vilain.

Je farfouillai dans mon sac et en extirpai un marqueur noir. Ne pouvant mettre la main sur le moindre bout de papier, j'écrivis un mot sur le côté du sac du Burger King. Je reculai la camionnette de quelques mètres, posai le sac bien en évidence sur l'emplacement vide, remontai au volant et filai.

Toutes les lumières brûlaient chez Spiro où une foule de gens étaient assemblés sur le perron. Spiro faisait toujours salle comble le samedi. Le parking était complet et il n'y avait pas une seule place disponible à proximité dans la rue, aussi j'entrai en trombe dans l'allée « Réservée aux Véhicules Funéraires ». Je n'en avais que pour quelques minutes, et de plus, personne n'aurait l'idée de faire enlever par la fourrière une camionnette ayant un macaron de la police sur le pare-brise arrière.

Quand il m'aperçut, Spiro eut une réaction en deux temps. Un : le soulagement de me voir ; deux : la surprise devant ma tenue.

— Joli ensemble, me dit-il. On croirait que vous venez de descendre d'un autocar venant des Appalaches.

— J'ai des nouvelles pour vous, lui dis-je.

— Ah oui ? Moi aussi.

Il fit un signe de tête en direction de son bureau.

— Par ici, me dit-il.

Il traversa le hall à toute vitesse, ouvrit d'un grand

coup la porte de son bureau et la referma aussi sec derrière nous.

— Tenez-vous bien, me dit-il. Vous ne devinerez jamais ce que ce con de Kenny a fait. Il est entré chez moi par effraction.

J'écarquillai les yeux, feignant la surprise.

— Non !

— Si. Vous vous rendez compte ? En cassant un carreau !

— Pour quelle raison se serait-il introduit chez vous ?

— Parce qu'il est dingue.

— Vous êtes sûr que c'est lui ? On vous a volé quelque chose ?

— Bien sûr que c'est Kenny ! Qui d'autre sinon ? Non, il ne manquait rien. Mon lecteur DVD est toujours là, et mon appareil photo, et mon argent, et mes bijoux. C'est du Kenny tout craché. Quel salopard cette andouille !

— Vous avez porté plainte ?

— Ce qui se passe entre Kenny et moi ne regarde absolument pas la police. Pas de police !

— Vous auriez peut-être intérêt à changer de tactique.

Spiro plissa les yeux et me fixa d'un regard éteint et circonspect.

— Ah oui ?

— Vous vous souvenez du petit incident d'hier concernant le pénis de Mr. Loosey.

— Oui…

— Kenny me l'a envoyé par la poste.

— Sans blague ?

— En express.

— Qu'en avez-vous fait ?

— Morelli l'a porté à la police. Il était présent quand j'ai ouvert le paquet.

— *Meeeeerde !*

D'un coup de pied, il envoya valdinguer la corbeille à papier à travers la pièce.

— Merde, merde, merde, merde, et merde !

— Je ne comprends pas ce qui vous ennuie tant que ça là-dedans, dis-je d'une voix suave. C'est surtout un problème pour ce fou de Kenny. Vous n'avez rien à vous reprocher, après tout.

Ménage cet abruti, pensai-je. Vois un peu jusqu'où il va pousser le bouchon.

La colère de Spiro retomba comme un soufflé. Il me regarda, et en imagination, je visualisai un mini-engrenage se mettre en branle dans sa tête.

— Effectivement, dit-il. Je n'ai rien fait de mal. C'est moi la victime, en fait. Morelli sait-il que c'est Kenny qui a envoyé ce paquet ? Il y avait un mot à l'intérieur ? Le nom de l'expéditeur ?

— Non, rien de tout ça. Et il est difficile de dire ce que sait Morelli.

— Vous ne lui avez pas dit que ça venait de Kenny ?

— Je n'en ai pas la preuve, mais la chose a été embaumée, alors il est évident que la police va enquêter dans les milieux funéraires. Je suppose qu'elle voudra savoir pourquoi vous n'aviez pas signalé ce… hum, vol.

— Je ferais peut-être mieux de cracher le morceau. De leur dire que Kenny est complètement fou. De les mettre au courant pour le doigt et pour mon appartement.

— Et Constantin, vous le lui avez dit ? Il est toujours à l'hôpital ?

— Il sort aujourd'hui. Il a huit jours de convalescence puis il reprendra le travail, mais à mi-temps.

— Il ne va pas être ravi d'apprendre que ses clients se font découper en morceaux.

— À qui le dites-vous. Il n'arrête pas de me bassiner avec ses formules du genre « la dépouille est sacrée » et autres conneries. De vous à moi, quelle importance que ce pauvre Loosey n'ait plus sa queue, il ne risque plus d'en avoir besoin là où il est.

Spiro se laissa tomber sur le fauteuil de bureau capitonné et s'y avachit. Sa civilité de façade déserta ses traits, sa peau fine se tendit un maximum sur ses pommettes saillantes et ses lèvres se pincèrent au-dessus de ses dents pointues. Il se métamorphosait en Homme Rat. Sournois, grossier, mal intentionné. Impossible de dire s'il était né rongeur ou bien si des années de railleries subies dans des cours de récréation avaient assorti son âme à son visage.

— Vous connaissez ce vieux Tintin, dit Spiro, se penchant en avant. À soixante-deux balais, n'importe qui prendrait sa retraite, mais pas Constantin Stiva. Je serai mort de ma belle mort qu'il sera encore en train de lécher les culs ! C'est un animal à sang froid. Il respire le formol comme si c'était l'élixir de vie. Il tient le coup rien que pour me faire chier ! S'il avait pu avoir un cancer au moins. Mais non, juste une sciatique. Quel intérêt ? Personne ne meurt d'une sciatique.

— Je croyais que vous vous entendiez bien ?

— Il me rend dingue avec son règlement à la con et son attitude de béni-oui-oui. Vous devriez le voir dans la salle d'embaumement. Tout y est. On se croirait dans un lieu de culte là-dedans. Constantin

Stiva et son putain d'autel des morts. Vous savez ce que j'en pense des morts ? Qu'ils puent.

— Pourquoi travaillez-vous ici en ce cas ?

— Pour le fric, cocotte. J'aime le fric.

Je dus faire un suprême effort sur moi-même pour ne pas me rétracter de dégoût. J'avais l'impression que la bouillie infâme que Spiro avait dans la tête lui sortait par tous les orifices, dégoulinant sur son cou de poulet et son plastron immaculé. Tête de nœud n'était pas la plus belle pour aller danser.

— Vous avez eu des nouvelles de Kenny depuis qu'il a visité votre appartement ?

— Non.

Spiro se renfrogna.

— Dire qu'on était potes, Kenny, Moogey et moi. Inséparables. On a fait les quatre cents coups ensemble. Et puis Kenny s'est engagé dans l'armée, et il a changé. Il s'est cru plus malin que nous. Il avait des idées géniales tout d'un coup.

— Quelles idées ?

— Je ne peux pas vous dire, mais il voyait grand. Ce n'est pas que je ne pourrais pas en avoir des comme ça, mais j'ai d'autres trucs sur le feu.

— Et il vous fait participer à ses idées de génie ? Elles vous rapportent ?

— Ça lui arrivait de me mettre sur le coup. Avec lui, on ne pouvait jamais savoir. C'était un rusé. Et un cachottier. Et on ne s'en rendait pas compte. Il était comme ça avec les femmes aussi. Elles le prenaient pour un type bien.

Spiro retroussa sa lèvre supérieure. Sa façon à lui de sourire.

— Il nous faisait marrer en nous racontant comment il jouait le rôle du « petit ami fidèle jusqu'à la mort » tout en baisant toutes celles qui passaient à sa portée. Ce qu'il pouvait les faire marcher ! Et plus il les cognait, plus elles en redemandaient. On ne pouvait qu'admirer un type pareil. Il avait un truc. Je l'ai vu brûler des femmes à la cigarette ou leur planter des aiguilles dans la peau, et elles continuaient à venir lui manger dans la main.

Je crus que j'allais vomir mon cheeseburger. Je ne savais pas ce qui me dégoûtait le plus des séances d'acupuncture de Kenny ou de l'admiration que Spiro lui vouait.

— Il faut que je parte, dis-je. J'ai des choses à faire.

Entre autres, me désinfecter les idées après cette conversation.

— Attendez une minute, fit Spiro. Je voulais vous parler du problème de ma sécurité. C'est votre spécialité, la sécurité, c'est bien ça ?

Je ne me sentais spécialiste de rien.

— C'est bien ça.

— Alors que dois-je faire vis-à-vis de Kenny ? Je songeais de nouveau à engager un garde du corps. Juste pour la nuit. Quelqu'un qui passerait me prendre ici à la fermeture et m'escorterait jusque chez moi pour être sûr qu'il n'y a pas de problème. J'ai de la chance que Kenny ne se soit pas posté chez moi pour m'attendre l'autre jour.

— Vous avez peur de lui ?

— Il est comme la fumée : impossible à saisir. Il est toujours tapi dans l'ombre à vous tenir à l'œil. À faire des plans.

Nos regards se croisèrent.

— Vous ne le connaissez pas, me dit Spiro. À certains moments, c'est le gars le plus sympa qui soit ;

à d'autres, il peut imaginer des choses diaboliques. Croyez-moi, je l'ai vu à l'œuvre. Il vaut mieux que ce ne soit pas contre vous qu'il les imagine.

— Je vous ai déjà dit que… garder votre corps ne m'intéressait pas.

Il sortit une liasse de billets de vingt dollars du tiroir central de son bureau et les compta.

— Cent dollars la nuit, dit-il. Tout ce que vous aurez à faire, c'est de me ramener chez moi sain et sauf. Après, j'assume.

Soudain, je vis l'intérêt de garder Spiro. Je serais sur place si jamais Kenny se pointait chez lui. Je serais en mesure de lui soutirer des renseignements. Et je pourrais ouvertement inspecter son appartement chaque soir. Bon d'accord, par-dessus le marché, je cédai à l'appât du gain. Mais ça aurait pu être pire. J'aurais pu dire oui pour cinquante dollars.

— Je commence quand ?

— Ce soir. Je ferme à dix heures. Soyez ici cinq à dix minutes avant.

— Pourquoi moi ? Pourquoi ne vous trouvez-vous pas un mec baraqué ?

Spiro remit l'argent dans le tiroir.

— Je ne veux pas avoir l'air d'une tante. Avec vous, les gens croiront que vous me draguez. C'est mieux pour mon image de marque. Sauf si vous continuez à vous habiller comme ça. Je pourrais me raviser.

Super.

Je quittai son bureau et aperçus Morelli nonchalamment adossé contre un mur près de la porte d'entrée, les mains fourrées dans les poches de son pantalon, l'air furax. Il me repéra, mais ne changea pas d'expression pour autant. Je lui bidonnai un sourire, traversai le hall à toute vitesse, et franchis la porte avant que Spiro ait une chance de nous voir ensemble.

— Je vois que tu as eu mon message, lui dis-je, en arrivant à la camionnette, accentuant mon sourire cent mille volts.

— Non seulement tu me voles ma camionnette, mais en plus, tu la gares en stationnement interdit.

— Mais tu te gares toujours en stationnement interdit !

— Seulement quand je suis en service et que je n'ai pas le choix… ou quand il pleut.

— Je ne vois pas pourquoi tu es énervé. Tu voulais que je parle à Spiro. C'est ce que j'ai fait.

— Primo, j'ai dû arrêter une voiture de police pour me faire déposer ici, et deuzio, je n'aime pas que tu partes en solo. Je ne veux pas te perdre de vue avant qu'on ait alpagué Mancuso.

— Je suis très touchée de voir que ma sécurité te préoccupe tant.

— Ta sécurité n'a rien à voir là-dedans, baby. Tu as l'art de tomber sur les gens que tu recherches mais tu es infoutue de les arrêter. Je ne tiens pas à ce que tu gâches une nouvelle rencontre avec Kenny. Je veux être là quand tu croiseras de nouveau sa route.

Je m'assis dans la camionnette en poussant un soupir. Quand on a raison, on a raison. Et Morelli avait raison. Je n'étais pas vraiment rapide comme chasseuse de primes.

On garda le silence pendant tout le trajet jusque chez moi. Je connaissais ces rues comme ma poche. La plupart du temps, je faisais la route les yeux fermés et me rendais compte tout d'un coup que j'étais arrivée dans mon parking, en me demandant par où j'étais passée. Ce soir, mon attention était en éveil. Si Kenny était dans les parages, je ne voulais pas le manquer. Spiro l'avait comparé à de la fumée et avait dit qu'il vivait dans l'ombre. C'était une vision romanesque. Kenny était l'inadapté moyen qui zonait un peu partout en se racontant qu'il était le petit cousin de Dieu.

Le vent s'était levé, et les nuages filaient au-dessus de nos têtes, nous masquant le croissant argenté de la lune à intervalles réguliers. Morelli se gara à côté de ma Buick et coupa le moteur. Il tendit le bras vers moi et tripota le col de mon blouson.

— Tu as des projets pour ce soir ?

Je le mis au courant de mon nouvel emploi de garde du corps.

Morelli me dévisagea.

— Pourquoi tu fais ça ? me dit-il. Comment t'es-tu laissé entraîner là-dedans ? Si tu savais ce que tu faisais, tu serais morte de trouille.

— Disons que je vis une vie de rêve.

Je jetai un coup d'œil à ma montre. Sept heures et demie et Morelli était toujours en train de travailler.

— Tu fais des heures sup' ? lui demandai-je. Je croyais que les flics faisaient les trois-huit.

— On a des horaires flexibles à la Brigade des mœurs.

— Tu n'as pas de vie privée ?

Il haussa les épaules.

— J'aime mon boulot, dit-il. Quand j'ai besoin de faire un break, je pars en week-end à la plage ou je vais passer huit jours dans les Îles.

Intéressant. Je n'avais jamais imaginé Morelli en amateur d'îles.

— Qu'est-ce que tu fais quand tu vas aux Îles ? Qu'est-ce qui t'attire là-bas ?

— J'aime bien plonger.

— Et la plage ? À quoi tu passes le temps sur les plages de Jersey ?

Morelli sourit.

— Je me planque sous la promenade en planches et je me branle. Les vieilles habitudes ont la peau dure.

Autant j'avais du mal à imaginer Morelli plongeant du haut d'une falaise de la Martinique, autant la vision de lui se masturbant sous la promenade était claire comme de l'eau de roche. Je l'imaginais, gamin de onze ans tout excité traînant devant les bars de la plage, écoutant les orchestres, reluquant les femmes en débardeurs et shorts moulants. Et plus tard, se faufilant sous la promenade en planches avec son cousin Mooch, et tous deux se paluchant avant d'aller retrouver tonton Manny et tatie Florence et de rentrer au bungalow à Seaside Heights. Deux ans plus tard, il aurait substitué sa cousine Sue Ann Beale à son cousin Mooch, mais la routine de base resterait identique.

Je poussai la portière de la camionnette et sautai par terre d'un bond mal assuré. Le vent qui sifflait autour de l'antenne de Morelli fouetta ma jupe. Mes cheveux volèrent à travers mon visage en une explosion de boucles folles.

Une fois dans l'ascenseur, je tentai de les mater sous le regard impassible de Morelli, intrigué par les efforts que je faisais pour coincer cette belle pagaille dans un élastique que j'avais déniché dans la poche de ma veste. La porte de l'ascenseur s'ouvrit. Morelli sortit dans le couloir et attendit que j'aie trouvé ma clef.

— Spiro a très peur ? me demanda-t-il.

— Suffisamment peur pour me demander de le protéger.

— Ce n'est peut-être qu'un stratagème pour t'attirer chez lui.

Je me glissai dans l'entrée de mon appartement, appuyai sur l'interrupteur et ôtai ma veste.

— Un stratagème qui lui revient cher, fis-je remarquer.

Morelli alla tout droit à la télévision, l'alluma et zappa. Les maillots bleus des Rangers apparurent sur l'écran. Les Caps jouaient à domicile en blanc. J'assistai à une remise en jeu avant de filer à la cuisine pour voir si j'avais des messages sur mon répondeur.

J'en avais deux. Le premier était de ma mère qui me disait qu'elle avait entendu que la First National recherchait des caissières et de ne pas oublier de bien me laver les mains si j'avais touché Mr. Loosey. Le deuxième était de Connie. Vinnie, rentré de la Caroline du Nord, voulait que je passe à l'agence demain. Compte là-dessus. Vinnie se faisait du mouron pour la caution de Mancuso. Si je passais le voir, il me retirerait l'affaire pour la confier à un agent plus expérimenté que moi.

J'appuyai sur le bouton « off », pris un paquet de chips dans le placard et deux bières dans le frigo. Je me laissai tomber sur le canapé à côté de Morelli et posai les chips entre nous. On se serait cru un samedi soir chez un vieux couple.

À la moitié de la première mi-temps, le téléphone sonna.

— Alors, ça boume ? me dit mon correspondant. Morelli te prend par-derrière ? Il paraît qu'il aime ça. T'en es une sacrée, toi. Te faire à la fois Spiro et petit Joe.

— Kenny ?

— J'appelais juste pour savoir si ma pochette-surprise t'avait fait plaisir ?

— C'était super. Et quel était le but de la manœuvre ?

— Me marrer. Je te regardais pendant que tu ouvrais l'enveloppe. Bonne idée d'avoir fait participer la vioque. J'aime bien les vioques. On pourrait même dire que c'est ma spécialité. Faudra que tu demandes à Joe de te raconter ce que je leur fais aux petites vieilles. Non, attends, j'ai une meilleure idée : et si je te le montrais moi-même ?

— Tu es complètement malade, Kenny. Tu devrais te faire soigner.

— C'est ta mamie que je vais soigner. Et toi aussi peut-être. Je voudrais pas que t'aies l'impression que je te néglige. Au début, j'étais furax que tu fasses foirer mes petites affaires. Maintenant, je vois les choses sous un autre angle. Maintenant, je pense que je vais bien m'amuser avec toi et mamie Tourne-pas-Rond. C'est toujours mieux quand quelqu'un regarde en attendant son tour.

— Tu en profiterais pour me raconter comment Spiro s'y est pris pour arnaquer ses potes.

— Comment tu sais que ce n'est pas Moogey qui nous a arnaqués ?

— Il n'en savait pas assez long pour ça.

Cliquetis sur la ligne. Kenny avait raccroché.

Morelli, qui m'avait rejoint à la cuisine, se tenait

debout à côté de moi, canette de bière en main, l'air dégagé mais le regard dur.

— C'était ton cousin, lui dis-je. Il voulait savoir comment j'avais réagi à son paquet-cadeau et me dire qu'il avait le projet de « s'amuser » avec ma grand-mère et moi.

Je me dis que je faisais une assez bonne imitation de la chasseuse de primes dure à cuire même si intérieurement je tremblais comme une feuille. Je n'avais pas l'intention de demander à Morelli de me raconter ce que Mancuso faisait subir aux vieilles dames. Je préférais ne pas le savoir. Et quoi que ce soit, je ne voulais pas que mamie Mazur le subisse.

Je téléphonai chez mes parents pour m'assurer que ma grand-mère était en sécurité à la maison. Oui, elle regardait la télévision, me dit ma mère. Je lui jurai que je m'étais lavé les mains et m'excusai de ne pouvoir venir pour le dessert.

Je troquai ma robe contre un jean, une chemise en flanelle et des tennis. Je pris mon .38 dans la boîte à biscuits, vérifiai qu'il était bien chargé, et le glissai dans mon sac.

Quand je revins dans le salon, Morelli donnait une chips à Rex dans le creux de sa main.

— Je vois que tu as mis ta tenue de combat, me dit-il. J'ai entendu que tu ouvrais ta boîte à biscuits.

— Mancuso a proféré des menaces concernant ma grand-mère.

Morelli coupa les pattes aux Rangers.

— La frustration le rend nerveux… et con. C'était con de t'aborder à la galerie marchande ; con de s'introduire chez Stiva ; et très con de te téléphoner. Chaque fois qu'il fait un truc comme ça, il prend le risque de se faire repérer. Kenny peut être très rusé quand il est au mieux de sa forme, mais quand il perd, il n'obéit plus qu'à son amour-propre et à son impulsion. Il est en train de craquer parce qu'il s'est planté avec ses armes volées. Il cherche un bouc émissaire. Soit un acheteur lui avait versé une avance, soit il n'a pu livrer qu'un lot d'armes avant que le reste n'ait disparu. Je penche sur la théorie de l'acheteur. À mon avis, il est aux cent coups parce qu'il ne peut pas respecter le contrat et qu'il a claqué son avance.

— Il pense que Spiro a la marchandise.

— Ces deux-là vendraient père et mère pour sauver leur peau.

J'allais enfiler mon blouson quand le téléphone sonna. C'était Louie Moon.

— Il était ici, dit-il. Mancuso. Il est revenu et il a planté Spiro avec un couteau.

— Où est Spiro ?

— À l'hôpital St. Francis. Je l'ai emmené là-bas et je suis revenu fermer la boutique.

Un quart d'heure plus tard, Morelli et moi arrivions à l'hôpital. Deux policiers, Vince Roman et un nouveau que je ne connaissais pas, étaient en faction devant le bureau d'accueil des urgences, lestés de leurs ceinturons.

— Qu'est-ce qui se passe ? leur demanda Morelli.

— On est venus prendre la déposition du gus de chez Stiva, lui répondit Vince. Ton cousin l'a salement tailladé.

Il lança un regard vers la porte derrière le bureau d'accueil.

— Spiro est là, en train de se faire recoudre.

— C'est grave ?

— Ça aurait pu être pire. Kenny a dû vouloir lui

trancher la main, mais la lame a glissé sur la gourmette en or de Face de Rat. Attends de voir le bijou, tu comprendras. Tout droit sorti de chez Tiffany's.

Ce qui eut pour effet de faire pouffer Vince et son acolyte.

— Je suppose qu'on n'a pas arrêté Kenny ? fit Morelli.

— C'est un vrai courant d'air, ce mec.

On trouva Spiro sur un lit d'hôpital au service des urgences, adossé contre l'oreiller. Il y avait deux autres personnes alitées dans la pièce, et Spiro était séparé d'elles par un rideau partiellement tiré. Son avant-bras droit était pris dans un énorme bandage. Sa chemise blanche, ouverte au col, était tachée de sang. Une cravate et un torchon imbibé de sang avaient été jetés par terre à côté du lit.

Quand il me vit, Spiro sortit de sa stupeur.

— Vous étiez censée me protéger ! beugla-t-il. Vous n'êtes jamais là quand j'ai besoin de vous !

— Je ne prends mon service qu'à dix heures moins dix, vous l'avez oublié ?

Il tourna les yeux vers Morelli.

— Il est barje. Votre cousin est complètement barje ! Il a voulu me couper la main, ce con ! Il est mûr pour l'asile. J'étais dans mon bureau, en train de faire tranquillement la facture de Mrs. MacKey, quand j'ai relevé la tête et j'ai vu Kenny devant moi. Et le voilà qui se met à délirer comme quoi je l'aurais volé. Je ne sais absolument pas de quoi il veut parler. Il est fou à lier. Et là-dessus, il me dit qu'il va me découper en rondelles jusqu'à ce que je lui dise ce qu'il veut savoir. Une chance que je portais ma gourmette sinon je serais en train d'apprendre à écrire de la main gauche, moi. Je me suis mis à crier,

Louie est arrivé et Kenny a filé. J'exige la protection de la police. Mademoiselle Monts et Merveilles ici présente ne fait pas l'affaire !

— Je peux vous faire raccompagner chez vous, dit Morelli. Mais ensuite, vous serez seul.

Il tendit sa carte à Spiro.

— Au moindre problème, appelez-moi, lui dit-il. Et en cas d'extrême urgence, faites le 911.

Spiro souffla avec ironie et me fusilla du regard. Je lui souris gentiment.

— On se voit demain ? lui dis-je.

— Ouais, c'est ça. À demain.

Quand on sortit de l'hôpital, le vent était tombé et il bruinait.

— Retour du front chaud, fit Morelli. Après la pluie le beau temps.

On grimpa à bord de la camionnette et, une fois assis, on regarda l'hôpital. La voiture de police était garée dans l'allée réservée aux ambulances. Au bout d'une dizaine de minutes, Roman et son collègue partirent avec Spiro. On les suivit jusqu'à Demby et on attendit qu'ils aient vérifié que l'appartement de Spiro ne présentait aucun danger.

Les policiers quittèrent les lieux. On resta encore quelques minutes.

— On devrait le surveiller, dit Morelli. Kenny ne va pas s'en tenir là. Il va le harceler jusqu'à ce qu'il obtienne ce qu'il veut.

— Peine perdue. Spiro n'a pas ce que veut Kenny.

Morelli, indécis, regardait à travers le pare-brise battu par la pluie.

— Il me faut une autre bagnole, dit-il. Kenny a repéré ma camionnette.

Il allait de soi qu'il avait aussi repéré ma Buick. Qui ne l'avait pas repérée ?

— Et ta voiture banalisée beige ?

— Il la connaît sans doute aussi. Il me faut un truc qui me donne plus d'invisibilité. Une camionnette ou un Bronco aux vitres teintées.

Il mit le contact et débraya.

— Tu sais à quelle heure Spiro ouvre le matin ?

— À neuf heures, en temps normal.

Morelli frappa à ma porte à six heures et demie, et j'avais déjà pris de l'avance. Je m'étais douchée, avais revêtu ce que j'en étais venue à considérer comme ma tenue de travail : jean, chemise chaude, chaussures du jour. J'avais nettoyé la cage de Rex et mis du café à chauffer.

— Bon, je t'explique mon plan, me dit Morelli. Tu suis Spiro et moi je te suis.

Je pensais qu'on pouvait trouver mieux en matière de plan, mais n'en ayant pas d'autre à proposer, je gardai mes réflexions pour moi. Je remplis ma bouteille Thermos de café, mis deux sandwiches et une pomme dans ma petite glacière et branchai mon répondeur.

Il faisait toujours nuit quand je sortis sur le parking. Dimanche matin. Pas de circulation. Ni Morelli ni moi n'étions d'humeur loquace. Sa camionnette n'était pas en vue.

— Tu roules en quoi ? lui demandai-je.

— En Explorer noire. Je l'ai garée dans la rue sur le côté de l'immeuble.

J'ouvris la portière de la Buick et jetai mon barda sur la banquette arrière, y compris une couverture qui, apparemment, ne me serait d'aucune utilité. La pluie avait cessé et le fond de l'air était chaud. Dans les dix degrés.

Je n'étais pas sûre que Spiro avait le même emploi du temps le dimanche. Le salon funéraire était ouvert sept jours sur sept, mais je me doutais que le week-end, les horaires variaient selon les arrivages. Et Spiro n'avait pas une tête à aller à la messe. Je me signai. Je n'arrivais même pas à me rappeler la dernière fois où j'avais mis les pieds dans une église.

— À quoi tu joues ? me fit Morelli. Ça veut dire quoi ce signe de croix ?

— On est dimanche et je ne vais pas à la messe une fois de plus.

Morelli posa une main sur ma tête. Un geste ferme et rassurant. Une chaleur se répandit sous mon crâne.

— Dieu t'en voudra pas, me dit-il.

Il fit glisser sa main jusqu'à ma nuque, attira ma tête vers lui et m'embrassa sur le front. Il m'étreignit et partit à grandes enjambées à travers le parking où il disparut dans la nuit.

Je me carrai dans la Buick, me sentant toute chose et me demandant si mon trouble avait à voir avec Morelli. Mais un bisou sur le front, qu'est-ce que cela voulait dire ? Rien, assurément. Sinon que, de temps en temps, Morelli pouvait être un type bien. Alors, pourquoi est-ce que je souriais comme une idiote ? Parce que j'étais en manque. Ma vie amoureuse était inexistante. Je partageais mon appartement avec un hamster. Bon, ça aurait pu être pire. Je pourrais être toujours mariée à Dickie Orr, l'étalon de ces dames.

Le trajet jusqu'à Century Court se passa sans encombre. Le ciel commençait à s'éclaircir. Traînées de nuages sombres sur bandes de ciel bleu. Dans l'immeuble de Spiro, seul son appartement était éclairé. Je me garai et levai les yeux vers mon rétroviseur pour regarder si je voyais les phares de Morelli. Non. Je me tournai sur mon siège, balayai le parking du regard. Pas d'Explorer.

Aucune importance. Morelli était là, quelque part, pas loin. Enfin, je l'espérais.

Je ne me faisais aucune illusion sur le rôle que me faisait jouer Morelli : celui de l'appât. Je me plaçai bien en évidence sur le devant de la scène dans ma Grande Bleue et ainsi Kenny ne se soucierait pas trop de savoir s'il y avait un autre danger.

Je me servis un café, me préparant mentalement à une longue attente. Une lumière s'alluma dans l'appartement mitoyen à celui de Spiro. Une autre un peu plus bas. Le ciel charbonneux vira au bleu azur. Le jour aussi se levait.

Les jalousies de chez Spiro étaient toujours baissées. Aucun signe de vie dans son appartement. Je commençais à me poser des questions quand la porte de chez lui s'ouvrit et qu'il apparut sur le seuil. Après avoir vérifié qu'il avait bien fermé sa porte à clef, il gagna sa voiture à petits pas pressés. Il conduisait une Lincoln bleu marine – avec vitre de séparation coulissante entre sièges avant et banquette arrière. La voiture de prédilection de tous les jeunes croque-morts. Une location-vente passant dans les frais généraux, sans doute.

Il arborait une tenue plus décontractée que de coutume. Jean noir délavé et baskets. Épais pull-over vert foncé. Un bandage blanc jaillissait d'une des manches.

Il sortit du parking et s'engagea dans Klockner Street.

Je m'étais attendue à ce qu'il fasse cas de ma

présence d'une façon ou d'une autre, mais il passa devant moi sans daigner m'accorder un regard. Il devait surtout se soucier de ne pas salir son pantalon du dimanche.

Je le suivis à une vitesse de croisière. Le trafic était fluide et, de plus, je savais où Spiro se rendait. Je me garai non loin de chez Stiva, à une place d'où j'avais vue sur l'entrée principale, l'entrée latérale ainsi que sur le petit parking et l'allée qui menait à la porte de derrière.

Spiro se gara devant et entra par la porte latérale qui demeura ouverte le temps qu'il compose le code pour débrancher l'alarme. Elle se referma, puis la lumière s'alluma dans son bureau.

Dix minutes plus tard, Louie Moon arrivait.

Je me servis un autre café et mangeai la moitié d'un sandwich. Personne d'autre n'entra ni ne sortit de chez Stiva. À neuf heures et demie, Louie Moon partit au volant du fourgon funéraire. Il revint une heure plus tard, et fit rouler un mort par la porte de derrière. Voilà donc pourquoi Spiro et lui étaient venus travailler un dimanche matin.

À onze heures, je mis mon téléphone à contribution pour appeler ma mère et m'assurer que mamie Mazur allait bien.

— Elle est sortie, me dit ma mère. Je m'absente dix minutes et ton père ne trouve rien de mieux à faire que de laisser ta grand-mère sortir avec Betty Greenburg.

À quatre-vingt-neuf ans, Betty Greenburg était un cauchemar ambulant.

— Depuis son attaque en août dernier, Betty perd la boule, poursuivit ma mère. La semaine dernière, elle a pris sa voiture pour aller au supermarché et on l'a retrouvée à Asbury Park. Elle a dit qu'elle avait raté l'embranchement.

— Elles sont parties depuis combien de temps ?

— Bientôt deux heures ! Elles ont dit à ton père qu'elles allaient à la boulangerie. Tu crois que je devrais appeler la police ?

J'entendis, en fond sonore, le claquement d'une porte et des cris.

— C'est elle ! s'écria ma mère. Et elle a une main bandée !

— Passe-la-moi.

Mamie Mazur vint à l'appareil.

— Tu ne le croiras jamais, dit-elle d'une voix tremblante de colère et d'indignation. Il nous est arrivé une chose affreuse. Betty et moi sortions de la boulangerie avec une boîte de biscuits italiens quand tout à coup Kenny Mancuso en personne a surgi de derrière une voiture, crâneur comme pas deux, et a foncé droit sur moi. Alors, il me fait : « Mais regardez donc qui va là, c'est mamie Mazur ! » « Oh, moi aussi je vous connais, que je lui ai dit, vous êtes ce bon à rien de Kenny Mancuso. » « Bien vu, la vieille, qu'il me dit. Et tu sais quoi ? Je suis venu hanter tes cauchemars. »

Elle s'interrompit. Je l'entendis qui reprenait sa respiration.

— Maman m'a dit que tu avais la main bandée ? lui demandai-je.

J'essayais de ne pas la brusquer, mais j'étais pressée de savoir ce qui s'était passé.

— C'est Kenny qui m'a frappée. Avec un pic à glace. Il me l'a planté dans la main, me dit-elle d'une voix où perçait la douleur qu'elle avait ressentie.

Je reculai mon siège au maximum et laissai tomber ma tête entre mes genoux.

— Allô ? fit ma grand-mère. Tu es toujours là ?

Je tâchai de me ressaisir.

— Et maintenant, tu vas bien ? lui demandai-je.

— Oui, oui, ça va. Ils m'ont rafistolée à l'hôpital. Ils m'ont donné du Tylenol, tu sais, c'est à base de codéine. Avec ça, un poids lourd pourrait te rouler dessus que tu ne sentirais rien. Et puis compte tenu du fait que j'étais choquée, ils m'ont donné un décontractant. Les médecins m'ont dit que j'avais eu de la chance que le pic n'ait rien touché d'important. Il est passé entre les os. Du travail bien fait, si l'on peut dire.

— Et Kenny ? Qu'est-ce qu'il est devenu ?

— Il a détalé comme le chien galeux qu'il est. En disant qu'il reviendrait. Que ce n'était qu'un début.

Sa voix se brisa.

— Non mais tu te rends compte ? gémit-elle.

— Le mieux serait que tu ne sortes plus pendant un moment.

— C'était bien mon intention. Je suis très fatiguée. Je vais me faire un thé bien chaud.

Ma mère reprit l'appareil.

— Où va le monde ? dit-elle. Une vieille dame se fait agresser en plein jour en sortant de chez son boulanger à deux pas de chez elle !

— Je vais laisser mon téléphone sur chargeur. Ne laisse pas sortir mamie et appelle-moi s'il se passe quelque chose.

— Tu trouves que ce n'est pas suffisant ?

Je raccrochai et branchai mon portable. Mon cœur battait à tout rompre et mes paumes étaient moites de sueur. Je m'efforçai de raisonner calmement mais j'avais les idées brouillées par l'émotion. Je descendis de la Buick et cherchai la voiture de Morelli des yeux. J'agitai les bras au-dessus de ma tête en un signal de détresse.

Mon téléphone sonna. C'était Morelli. Sa voix était empreinte d'impatience ou d'anxiété. Difficile de trancher.

— Quoi ? fit-il.

Je lui racontai les déboires de mamie Mazur et attendis sa réaction tandis que le silence se tendait à craquer entre nous. Finalement, il poussa un juron et un soupir de dégoût. Ce devait être dur pour lui. Mancuso faisait partie de sa famille.

— Je suis désolé, dit-il. Je peux faire quelque chose ?

— M'aider à choper Mancuso.

— On va le choper, ne t'en fais pas.

Notre crainte commune de ne pas l'arrêter assez vite demeura dans le non-dit.

— Tu es toujours partante pour continuer à servir de gibier ? me demanda Morelli.

— Jusqu'à six heures. Je vais dîner chez mes parents ce soir. Je veux aller voir ma grand-mère.

Il n'y eut aucun autre signe d'activité jusqu'à une heure, moment où le salon funéraire ouvrit ses portes pour les visites d'après-midi. Je braquai mes jumelles sur les fenêtres de la pièce sur rue et aperçus Spiro en costume-cravate. Il devait avoir des vêtements de rechange sur son lieu de travail. Des voitures entraient et sortaient régulièrement du parking et je me rendis compte à quel point il serait très facile pour Kenny de se fondre dans ces allées et venues. Il lui suffisait de se coller une fausse barbe ou une fausse moustache, de mettre un chapeau, une perruque, et le tour était joué. Qui prêterait attention à un visiteur de plus sortant de chez Stiva ?

À deux heures, je gagnai le trottoir d'en face.

Spiro poussa un soupir en me voyant et, instinctivement, il rapprocha son bras blessé de son corps. Ses gestes étaient d'une brusquerie inhabituelle ; sa mine, lugubre. Il me donnait l'impression d'avoir l'esprit troublé. Il était le rat lâché dans un labyrinthe, grattant avec ses pattes pour franchir des obstacles, courant dans des galeries sans issues, cherchant désespérément la sortie.

Un homme était assis, seul, à la table où était servi le thé. La quarantaine, de taille moyenne, de l'embonpoint. Il était en tenue sport. Sa tête me disait quelque chose. Il me fallut un petit moment pour le resituer. Je l'avais vu à la station-service de Delio au moment où on emportait le cadavre de Moogey Bues dans une housse en plastique. J'avais pensé qu'il faisait partie de la brigade criminelle, mais peut-être travaillait-il à celle des mœurs, ou peut-être était-il un agent fédéral.

Je m'approchai de lui et me présentai.

— Andy Roche, dit-il, me tendant la main.

— Vous travaillez avec Morelli.

Il se figea un bref instant, le temps qu'il se reprenne.

— Ça m'arrive, dit-il.

Je pris un biscuit.

— Agent fédéral ? fis-je.

— Trésor public.

— Vous allez rester ici ?

— Le plus longtemps possible. On a amené un

mort bidon aujourd'hui. Je suis son frère éploré qui ne l'avait pas vu depuis longtemps.

— Très malin.

— Ce type, ce Spiro, toujours aussi pisse-froid ?

— La journée d'hier a été rude pour lui. Et il n'a pas beaucoup dormi cette nuit.

12

Donc, Morelli ne m'avait pas mise au courant pour Andy Roche. Et alors ? Quoi de neuf sous le soleil ? Morelli cachait toujours son jeu. C'était son style. Il ne montrait jamais toutes ses cartes. À personne. Ni à son chef, ni à ses coéquipiers, encore moins à moi. Alors, pas de quoi prendre la mouche. Après tout, le but était d'arrêter Kenny. Les moyens d'y parvenir n'avaient pas beaucoup d'importance.

Je n'insistai pas auprès de Roche et allai échanger quelques mots avec Spiro. Oui, Spiro voulait toujours que j'aille le border. Non, Kenny ne s'était pas remanifesté.

J'allai aux toilettes puis regagnai la Buick. À cinq heures, je pliai bagage, incapable de chasser des visions de mamie Mazur se faisant poignarder au pic à glace. Je passai chez moi, jetai des vêtements dans une corbeille à linge, y ajoutai du maquillage, du gel coiffant et mon sèche-cheveux, et portai le tout à ma voiture. Je remontai chercher Rex, branchai mon répondeur, laissai la lumière de la cuisine allumée et sortis en verrouillant la porte. Le seul moyen que j'avais de protéger ma grand-mère était encore de retourner chez mes parents.

— Qu'est-ce que c'est que ça ? fit ma mère quand elle vit la cage de Rex.

— Je viens passer quelques jours ici.

— Tu as enfin laissé tomber ce travail ! Ce n'est pas trop tôt ! J'ai toujours pensé que tu méritais mieux.

— Ce n'est pas ça. J'ai besoin de me changer les idées.

— J'ai installé la machine à coudre et la planche à repasser dans ta chambre. Comme tu disais que tu ne reviendrais jamais vivre à la maison…

Je tenais la cage de Rex à pleins bras.

— J'avais tort. Me revoilà. Je m'arrangerai, ne t'en fais pas.

— Frank ! cria ma mère. Viens aider ta fille, elle revient habiter chez nous !

Je la poussai du coude pour passer et m'engageai dans l'escalier.

— Pour quelques jours seulement. C'est provisoire.

— La fille de Stella Lombardi disait la même chose et ça fait trois ans qu'elle est chez ses parents.

Je sentis un cri se former au tréfonds de moi.

— Si tu m'avais prévenue, poursuivit ma mère, j'aurais fait un peu de ménage. J'aurais changé le dessus-de-lit.

D'un coup de genou, j'ouvris la porte de ma chambre.

— Pas la peine de changer le dessus-de-lit, dis-je. Celui-là est très bien.

Je zigzaguai dans le fouillis ambiant et posai Rex sur le lit, le temps de dépoussiérer le plateau de la coiffeuse.

— Comment va mamie ? demandai-je.

— Elle fait la sieste.

— Je *faisais* la sieste, cria mamie Mazur de sa chambre. Vous faites un boucan à réveiller les morts. Qu'est-ce qui se passe ?

— Stéphanie revient habiter avec nous.

— Qu'est-ce qui lui prend ? On s'ennuie à cent sous de l'heure ici.

Ma grand-mère passa la tête par l'entrebâillement de ma porte.

— Tu n'es pas enceinte au moins ?

Mamie Mazur se faisait faire une indéfrisable une fois par semaine. Entre deux séances chez le coiffeur, elle devait dormir la tête dans le vide sur le côté du lit car si les bouclettes perdaient de leur fermeté au fil de la semaine, elles n'étaient jamais tout à fait aplaties. Aujourd'hui, on avait l'impression qu'on lui avait laqué ses cheveux à l'amidon avant de la faire passer dans une tornade. Sa robe était froissée suite à sa sieste, elle portait des chaussons en velours rose et sa main gauche était recouverte d'un bandage.

— Comment va ta main ? lui demandai-je.

— Elle recommence à trembler. Il faut que je reprenne de leurs pilules.

En dépit de la planche à repasser et de la machine à coudre qui occupaient une grande partie de l'espace, ma chambre n'avait pas beaucoup changé au cours de ces dix dernières années. Elle était petite et n'avait qu'une seule fenêtre. Les rideaux blancs étaient doublés d'un tissu plastifié. La première semaine de mai, on les remplaçait par des voilages. Les murs étaient peints en vieux rose ; les plinthes et les moulures en blanc. Le lit à deux places était recouvert d'un dessus-de-lit à fleurs roses dont la texture et les couleurs avaient été fanées par le temps et les essorages en machine. J'avais une petite penderie pleine de vêtements pour les quatre saisons, une coiffeuse et une table de chevet en érable sur laquelle était posée une lampe en pâte de verre d'un blanc laiteux. La photo de la remise de mon diplôme au lycée était toujours accrochée au mur. Ainsi qu'une autre de moi en majorette. Je n'avais jamais complètement réussi à maîtriser l'art de lancer le bâton, mais j'étais parfaite quand je me pavanais en bottes le long d'un terrain de football. Un jour, pendant le défilé entre les deux mi-temps, j'avais perdu le contrôle de mon bâton qui était allé valdinguer parmi les joueurs de trombone. J'en frémissais encore.

Je montai ma corbeille de linge dans ma chambre et la fourrai dans un coin, vêtements et le reste. La maison était pleine d'odeurs de cuisine et de bruits de couverts qu'on dressait. Au salon, mon père zappait d'une chaîne sur l'autre, augmentant le volume pour dominer le brouhaha venant de la cuisine.

— Baisse ! lui cria ma mère. Tu vas tous nous rendre sourds !

Mon père se concentra sur l'écran, faisant celui qui n'entendait pas.

Au moment où je prenais place à table pour dîner, mes plombages vibraient et ma paupière gauche tressautait spasmodiquement.

— Comme ça fait plaisir d'être tous à nouveau réunis, dit ma mère. Quel dommage que Valérie ne soit pas là.

Valérie, ma sœur, mariée au même homme depuis un siècle avait deux enfants. Valérie était la fille normale de la famille.

Mamie Mazur, assise en face de moi, faisait vraiment peur à voir, les cheveux toujours décoiffés et le regard dans le vide. Comme dirait mon père, encore une qui s'était levée en oubliant d'allumer la lumière.

— Combien de comprimés de codéine a-t-elle pris ? demandai-je à ma mère.

— Un seul, à ce que je sache.

Je sentis ma paupière tressaillir et posai un doigt dessus.

— Elle a l'air… ailleurs.

Mon père cessa de beurrer une tranche de pain et leva les yeux. Il ouvrit la bouche pour dire quelque chose, puis se ravisa et reprit son activité.

— Maman, cria ma mère, tu as pris combien de comprimés ?

La tête de ma grand-mère pivota en direction de ma mère.

— Quels comprimés ?

— C'est terrible qu'une vieille dame ne puisse plus être en sécurité dans la rue, dit ma mère. On se croirait à Washington ! Bientôt, on va nous tirer dessus depuis des voitures. Le Bourg n'était pas comme ça dans ma jeunesse.

Je ne voulais pas lui détruire ses illusions, mais dans sa jeunesse, au Bourg, il y avait une voiture de mafiosi garée toutes les trois rues. Les hommes étaient sortis de chez eux manu militari, encore en pyjama, et emmenés sous la menace d'un revolver jusqu'à Meadowlands ou à la décharge de Camden pour un sacrifice rituel. Normalement, les voisins ne couraient aucun danger mais il y avait toujours le risque de se prendre une balle perdue.

Le Bourg était ni plus ni moins qu'avant à la merci des Mancuso et des Morelli. Kenny était plus fou et plus tête brûlée que les autres, mais je soupçonnais qu'il n'était pas le premier Mancuso à laisser une cicatrice sur le corps d'une femme. À ma connaissance, aucun autre homme de sa famille n'avait jamais lardé une vieille dame de coups de pic à glace, mais les Mancuso et les Morelli étaient réputés pour leur tempérament violent, alcoolique, et pour leur bagou pour attirer une femme dans une relation masochiste.

Je le savais d'expérience. Lorsque Morelli avait passé à l'abordage de mon Petit Bateau quatorze ans plus tôt, il n'avait pas été violent, certes, mais il n'avait pas été d'une extrême douceur non plus.

À sept heures, ma grand-mère dormait comme une souche, ronflant comme un sapeur ivre mort.

Je mis ma veste et pris mon sac.

— Où vas-tu ? me demanda ma mère.

— Chez Stiva. Il m'a embauchée pour l'aider.

— Ah, ben voilà un travail, fit ma mère. Il pourrait y avoir pire que travailler pour Stiva.

Je sortis, fermai la porte derrière moi et pris une profonde inspiration histoire de changer d'air. Il faisait frais. Mon tic oculaire s'apaisa sous le ciel noir de la nuit. Poochie était assis dans la véranda de la maison d'en face, à mener sa vie de chien, attendant d'entendre l'appel de la nature.

Je roulai jusque chez Stiva et me garai au parking. À l'intérieur, Andy Roche avait repris sa place à la table à thé.

— Comment ça va ? lui demandai-je.

— Une vieille dame vient de me dire que je ressemblais à Harrison Ford.

Je choisis un biscuit dans l'assiette posée derrière lui.

— Vous ne devriez pas être auprès de feu votre frère ?

— On n'était pas tellement proches.

— Où est Morelli ?

Roche parcourut la pièce d'un regard nonchalant.

— Une question à laquelle personne ne peut jamais répondre.

Je retournai à ma voiture. À peine m'étais-je installée que le téléphone sonnait.

— Comment va ta grand-mère ? me demanda Morelli.

— Elle dort.

— Ton retour chez papa-maman est temporaire, j'espère. J'avais des projets pour toi en chaussures violettes.

Je restai sans voix. J'étais persuadée que Morelli avait surveillé Spiro alors qu'en fait il m'avait suivie. Je fis la moue. J'étais nulle comme chasseuse de primes.

— Je ne voyais pas d'autre solution, lui dis-je. Je me fais du souci pour ma grand-mère.

— Tu as une famille formidable, mais je ne te donne pas deux jours avant d'être sous Valium.

— On ne marche pas au Valium chez nous ; on se shoote au flan au fromage blanc.

— À chacun son trip, fit Morelli.

Et il raccrocha.

À dix heures moins dix, je m'engageai dans l'allée de chez Stiva et me garai sur le côté, laissant juste assez de place pour que la voiture de Spiro puisse passer. Je verrouillai les portières de la Buick et entrai dans le salon funéraire par la porte latérale.

Spiro, l'air nerveux, disait des au revoir. Louie Moon n'était pas en vue. Andy non plus. Je me glissai dans la cuisine et fixai mon étui à revolver à ma ceinture. Après avoir mis une cinquième balle dans le barillet de mon .38, je l'enfonçai dans l'étui. Je fixai un deuxième étui pour ma bombe lacrymogène et un troisième pour ma torche électrique. Je me disais que pour cent dollars la prestation, Spiro méritait bien la totale. J'aurais une crise de tachycardie si jamais je devais me servir de mon arme, mais ça, c'était mon petit secret.

Je portais une veste longue qui masquait mon attirail. Juridiquement, cela signifiait que je pouvais être inculpée pour dissimulation d'armes. Malheureusement, l'autre solution ferait sauter le standard du téléphone arabe du Bourg pour dire que je braquais Stiva à main armée. La menace d'une arrestation n'était rien en comparaison.

Lorsque le dernier des endeuillés fut parti, je fis monter Spiro dans les pièces ouvertes au public situées dans les deux derniers étages du bâtiment, en fermant portes et fenêtres à clef. Seules deux pièces étaient occupées. Dont l'une par le faux frère.

Le silence qui régnait était stressant et la présence de Spiro ne faisait que renforcer le malaise que j'éprouvais face à la mort. Spiro Stiva, le Croque-Mort Démoniaque. Je gardais la main posée sur la crosse de mon petit Smith & Wesson en me disant que j'aurais peut-être mieux fait de le charger avec des balles d'argent.

On traversa la cuisine jusque dans le couloir du fond. Spiro ouvrit la porte menant à la cave.

— Minute ! lui dis-je. Où allez-vous ?

— Nous devons aller vérifier la porte de la cave.

— « Nous ? »

— Oui, nous. Comme dans moi et mon putain de garde du corps.

— Je ne crois pas.

— Vous voulez être payée ou pas ?

Bon argument.

— Il y a des cadavres là en bas ?

— Navré, on est en rupture de stock.

— Alors qu'est-ce qu'il y a en bas ?

— La chaudière, bordel !

Je dégainai mon arme.

— Je vous suis, dis-je à Spiro.

Spiro lorgna mon petit cinq coups.

— Nom d'un chien, voilà bien une arme de gonzesse !

— Je parie que vous ne diriez pas ça si je vous tirais une balle dans le pied.

Ses yeux d'obsidienne se fixèrent sur les miens.

— Bon, on descend ou quoi ? dit-il.

La cave consistait en une vaste pièce et ressemblait, en gros, à n'importe quelle cave. À part qu'il y avait des cercueils empilés dans un coin.

La porte qui donnait sur l'extérieur se trouvait à droite au pied de l'escalier. Je m'assurai que le verrou était bien tiré.

— Il n'y a personne, dis-je à Spiro, rengainant mon arme.

Je n'étais pas trop sûre de savoir sur qui j'avais envie de tirer. Sur Kenny, sans doute. Sur Spiro, peut-être. Sur des fantômes, qui sait ?

On remonta au rez-de-chaussée et j'attendis dans le couloir pendant que Spiro farfouillait dans son bureau. Il en ressortit vêtu d'un pardessus et portant un sac de sport.

Je le suivis jusqu'à la porte de derrière que je maintins ouverte pendant qu'il branchait l'alarme et coupait l'interrupteur. L'éclairage intérieur baissa au minimum ; l'éclairage extérieur subsista.

Spiro ferma la porte et sortit ses clefs de voiture de la poche de son pardessus.

— On va prendre la mienne, dit-il. Vous montez avec moi.

— Et si vous preniez la vôtre et moi la mienne ?

— Pas question. Pour les cent dollars que je vous paie, je veux avoir Calamity Jane à côté de moi. Vous pourrez rentrer chez vous avec ma voiture et repasser me chercher demain matin.

— Ce n'est pas ce dont nous étions convenus.

— Vous étiez bien dans mon parking ce matin. Je vous ai vue en train d'attendre que Kenny se montre pour le ramener en prison à coups de pied au cul. Alors pourquoi faire tout un plat à l'idée de devoir m'accompagner au travail !

La Lincoln de Spiro était garée tout près de la porte. Il la visa avec sa télécommande et les portières se déverrouillèrent. Il se détendit une fois qu'on fut installés à l'intérieur sans problème.

Nous étions au beau milieu d'une flaque de lumière dans l'allée déserte. Pas un bon endroit où s'attarder. Surtout si Morelli, d'où il était, ne pouvait voir cette partie du bâtiment.

— Démarrez, dis-je à Spiro. On est une cible facile pour Kenny ici.

Il mit le moteur en route mais n'avança pas d'un pouce.

— Que feriez-vous si Kenny bondissait tout à coup à côté de la voiture et pointait un revolver sur vous ? me demanda-t-il.

— Je n'en sais rien. On ne peut jamais prévoir ce qu'on ferait en pareille situation… jusqu'à ce qu'elle se présente.

Spiro réfléchit un petit moment, tira une bouffée de sa cigarette et débraya.

On s'arrêta à un feu à l'angle de Hamilton Avenue et de Gross Street. Spiro ne tourna pas la tête, mais je vis son regard obliquer en direction de la station-service de Delio. Les pompes à essence et le bureau étaient éclairés ; les ateliers de réparation fermés. Plusieurs voitures et une camionnette étaient garées devant le dernier, en attente d'être réparées le lendemain.

Spiro garda le silence. Son visage ne trahissait aucune émotion. Je ne pus m'empêcher de me demander ce qu'il ressentait.

Le feu passa au vert et l'on franchit le carrefour. Nous avions parcouru la moitié de la rue quand soudain je fis le rapprochement.

— Oh, mon Dieu ! m'écriai-je. Faites demi-tour ! Retournez à la station-service !

Spiro pila et s'arrêta sur le côté.

— Que se passe-t-il ? Vous avez vu Kenny ?

— Non, pas Kenny, une camionnette. Grosse, blanche, avec une raison sociale en lettres noires !

— Vous n'avez pas mieux à me proposer ?

— Quand j'ai interrogé la femme qui dirige l'entrepôt, elle m'a dit qu'elle avait vu une camionnette comme celle-là faire plusieurs allers-retours dans le coin de votre hangar. C'était trop vague pour être significatif sur le moment.

Dès que la circulation lui en donna l'occasion, Spiro exécuta un demi-tour en règle et alla se garer à l'entrée de la voie d'accès à la station-service, derrière les voitures laissées en dépôt. Il y avait peu de chances que Sandeman soit toujours là, mais je tendis le cou pour voir dans le bureau au cas où. Je ne tenais pas à avoir une altercation avec lui.

On descendit de voiture et on s'approcha de la camionnette. Elle était aux Meubles Macko. Je connaissais le magasin. C'était une petite entreprise familiale qui était résolument restée dans le centre-ville quand ses concurrents partaient s'installer dans des galeries marchandes en bord de nationales.

— Ça vous dit quelque chose ? demandai-je à Spiro.

— Non. Je ne connais personne aux Meubles Macko.

— Elle pourrait contenir des cercueils.

— On peut en dire autant d'une cinquantaine de camionnettes à Trenton.

— Oui, seulement celle-ci se trouve au garage où travaillait Moogey. Et Moogey était au courant pour les cercueils. C'est lui qui vous les avait ramenés de Fort Braddock.

Ravissante idiote refile infos à lèche-bottes, songeai-je. Allez, lèche-bottes, laisse-toi aller, et refile-moi infos à ton tour.

— Donc, vous pensez que Moogey était de mèche avec quelqu'un des Meubles Macko et qu'ils ont décidé de voler mes cercueils, dit-il.

— C'est possible. Ou peut-être que Moogey a emprunté la camionnette pendant qu'elle était en révision.

— Qu'aurait bien pu vouloir faire Moogey de vingt-quatre cercueils ?

— À vous de me le dire.

— Même avec le vérin hydraulique, il faudrait être au moins deux pour soulever les cercueils.

— Ça ne me paraît pas être un problème insurmontable. Vous trouvez un gros lard, vous lui donnez la pièce et il vous aide à transbahuter les cercueils.

— Je ne sais pas, fit Spiro, les mains enfoncées dans ses poches. J'ai quand même du mal à croire que Moogey ait pu faire ça. Il y avait deux choses dont on pouvait être sûr avec lui : il était dévoué et con. Moogey était un gros trouduc bouché. Kenny et moi, on le laissait sortir avec nous parce qu'il nous faisait marrer. Il nous obéissait au doigt et à l'œil. On lui disait, hé Moogey, et si on faisait passer une tondeuse à gazon sur les poils de ta queue ? Et il nous répondait, ouais, d'accord, faut que je bande d'abord ?

— Il était peut-être moins bête que vous ne croyiez.

Spiro resta silencieux pendant quelques secondes, puis il tourna les talons et repartit en direction de la Lincoln. On ne dit mot pendant tout le restant du trajet. En arrivant au parking de chez Spiro, je ne pus résister à la tentation de revenir sur la question.

— C'est quand même drôle votre trio, dis-je. Kenny est persuadé que vous avez quelque chose à lui. Et maintenant nous pensons que Moogey avait peut-être quelque chose à vous.

Spiro se glissa dans une place, coupa le contact et se tourna vers moi. Il passa son bras gauche pardessus le volant, les pans de son pardessus s'écartèrent et j'aperçus la crosse d'un revolver et un holster.

— Où voulez-vous en venir ? me demanda Spiro.

— Nulle part. Je pensais à voix haute. Je me disais que Kenny et vous aviez beaucoup de points communs.

Nos regards se croisèrent, et un frisson de peur glacée parcourut ma colonne vertébrale et alla mourir dans mon ventre. Morelli avait raison au sujet de Spiro. Il vendrait père et mère, et n'hésiterait pas à brûler ma cervelle d'oiseau. J'espérais de toutes mes forces que je n'étais pas allée trop loin.

— Vous feriez peut-être mieux d'arrêter de penser à haute voix, dit-il. Voire de penser tout court.

— Je vais augmenter mes tarifs si vous le prenez comme ça…

— Bordel, fit Spiro, vous êtes déjà surpayée. Pour cent dollars la nuit, je pensais que c'était pipe comprise.

Ce seraient de longues années derrière les barreaux qui allaient être comprises, et ce fut cette idée réconfortante qui me permit de faire mon numéro de garde de corps, allumant les lumières de chez lui à coups secs, passant ses placards au peigne fin, comptant les moutons sous son lit, et ayant un haut-le-cœur devant les traces de mousse de savon sur son rideau de douche.

Après lui avoir assuré que la voie était libre, je repris la Lincoln et retournai au salon funéraire pour récupérer ma voiture.

À quelques rues de chez mes parents, j'aperçus Morelli dans mon rétro. Il s'arrêta, laissa tourner le moteur pendant que je faisais mon créneau, et ne vint se garer derrière moi qu'une fois que je fus descendue de la Buick. Je me dis que je ne pouvais lui en vouloir d'être prudent.

— Qu'est-ce que t'es allée faire à la station-service ? me demanda-t-il. Tu voulais voir la réaction de Spiro devant la camionnette ?

— On ne peut rien te cacher.

— Et alors ?

— Il dit qu'il ne connaît personne aux Meubles

Macko. Et il ne croit pas en la possibilité que Moogey ait pu voler les cercueils. Apparemment, Moogey était le souffre-douleur du trio. Je ne suis même pas certaine qu'il soit impliqué dans cette affaire.

— C'est quand même lui qui a amené les cercueils dans le New Jersey.

Je m'adossai à la Buick.

— Peut-être que Kenny et Spiro n'avaient pas mis Moogey dans le coup mais qu'à un moment il a découvert ce qui se tramait et il a voulu en tirer parti.

— Et tu penses qu'il a « emprunté » la camionnette pour transporter les cercueils ?

— C'est une version possible, dis-je, me détachant de la Buick et remontant mon sac sur mon épaule. Je passe chercher Spiro chez lui à huit heures demain matin pour l'accompagner à son travail.

— Je t'attendrai dans son parking.

J'entrai dans la maison plongée dans l'obscurité et m'immobilisai un moment dans le hall d'entrée. C'est toujours endormie qu'elle était la plus belle, dégageant un air de contentement. Même si la journée ne s'était pas très bien passée, elle l'avait menée à bien et avait tenu bon pour sa famille.

Je suspendis ma veste dans le placard de l'entrée et gagnai la cuisine sur la pointe des pieds. Trouver de quoi manger dans ma cuisine était toujours un quitte ou double. Chez ma mère, c'était un « à tous les coups l'on gagne ». J'entendis un grincement venant de l'escalier et reconnus le pas de ma mère.

— Comment ça s'est passé chez Stiva ? me demanda-t-elle.

— Bien. Je l'ai aidé à fermer et je l'ai accompagné chez lui.

— Je suppose qu'il ne peut pas conduire avec sa blessure. Il paraît qu'on lui a mis vingt-trois agrafes.

Je sortis du jambon et du provolone du frigo.

— Attends, je te les fais, dit ma mère, prenant le pain de seigle sur le comptoir.

— Je peux me débrouiller, protestai-je.

— Tu ne coupes pas le jambon assez fin.

Elle fit un sandwich pour chacune, servit deux verres de lait et posa le tout sur la table.

— Tu aurais pu l'inviter à manger un sandwich, dit-elle.

— Qui ? Spiro ?

— Non. Joe Morelli.

Ma mère ne cessait de m'étonner.

— À une époque, tu l'aurais fichu dehors de chez nous à coups de balai.

— Il a changé.

Je mordis dans mon sandwich à belles dents.

— C'est ce qu'il me dit.

— Il paraît que c'est un flic bien.

— Ne pas confondre flic bien et mec bien.

Je m'éveillai, ne sachant plus où j'étais, les yeux fixés sur un plafond d'une vie antérieure. La voix de mamie Mazur me ramena à la réalité.

— Si je ne rentre pas dans la salle de bains tout de suite, il va y avoir des cochonneries dans le couloir, criait-elle. Le dîner d'hier dégouline en moi comme de la graisse d'oie.

J'entendis la porte s'ouvrir, puis mon père marmonner quelque chose d'incompréhensible. Ma paupière se mit à tressauter. J'y plaquai une main et braquai mon autre œil sur mon réveil sur la table de nuit. Sept heures et demie. Merde ! Moi qui voulais arriver tôt chez Spiro. Je sautai du lit et fouillai dans ma corbeille à linge en quête d'un jean et d'une chemise propres. Je me donnai un coup de brosse et fonçai dans le couloir non sans avoir pris mon sac au passage.

— Mamie ! braillai-je à travers la porte. Tu en as pour longtemps ?

— Est-ce qu'on demande au pape s'il est catholique ? me cria-t-elle.

Bon, je pouvais repousser la salle de bains d'une demi-heure. Après tout, si je m'étais levée à neuf heures, je ne l'aurais utilisée que dans une heure et demie.

— Où vas-tu ? me demanda ma mère qui me surprit, veste en main. Tu n'as pas pris ton petit déjeuner.

— J'ai dit à Spiro que je passais le chercher.

— Il peut attendre. Les morts ne lui en voudront pas s'il arrive avec un quart d'heure de retard. Viens manger !

— Je n'ai pas le temps.

— J'ai fait une bonne bouillie d'avoine. C'est déjà sur la table. Je t'ai servi ton jus d'orange.

Elle avisa mes chaussures.

— Mais qu'est-ce que tu as aux pieds ?

— Des Doc Martens.

— Ton père portait des chaussures comme ça quand il était à l'armée.

— Ce sont des super chaussures, dis-je. Je les adore. Tout le monde en porte.

— Les femmes qui aiment les autres femmes en portent, oui. Pas celles qui veulent se trouver un bon mari. Tu n'es pas lesbienne, au moins ?

Je m'appliquai une main sur l'œil.

— Qu'est-ce qui ne va pas, tu as un problème aux yeux ?

— J'ai la paupière qui tressaute.

— Mais tu es trop nerveuse aussi ! C'est à cause de ton travail. Regarde comme tu pars dans la précipitation dès le matin. Et qu'est-ce que tu portes à ta ceinture ?

— Une bombe lacrymogène.

— Quoi ? Ta sœur ne sort pas avec ce genre d'accessoires.

Je consultai ma montre. En mangeant très vite, je pouvais toujours être chez Spiro à huit heures.

Mon père, attablé devant un café, lisait son journal.

— Alors, comment va la Buick ? me demanda-t-il. Tu lui donnes bien du super ?

— La Buick va bien. Pas de problème.

Je bus le jus d'orange d'un trait et goûtai à la bouillie d'avoine. Elle manquait de quelque chose. De chocolat, peut-être. Ou de glace. J'ajoutai trois cuillerées de sucre et du lait.

Mamie Mazur vint nous rejoindre.

— Ma main va un peu mieux, dit-elle. Mais j'ai un mal de tête carabiné.

— Tu n'as qu'à rester à la maison aujourd'hui, lui dis-je. Tu te reposeras.

— Je vais aller me reposer chez Clara. J'ai l'air d'un épouvantail à moineaux. Je me demande comment j'ai fait pour avoir mes cheveux dans cet état.

— Personne ne le verra si tu ne sors pas d'ici, avançai-je.

— Et si quelqu'un vient ? Si le beau Morelli revenait me faire une petite visite ? Tu crois que j'ai envie qu'il me voie avec cette tête-là ? Et puis de toute façon, il faut que je me montre tant que j'ai encore mon pansement et que je défraye la chronique. Ce n'est pas tous les jours qu'une vieille se fait agresser chez son boulanger.

— J'ai des trucs urgents à faire ce matin, mais je vais revenir et je t'accompagnerai chez le coiffeur, dis-je à ma grand-mère. D'ici là, tu ne sors pas.

J'ingurgitai le restant de bouillie d'avoine et une demi-tasse de café. Je pris mon blouson, mon sac et filai. J'avais la main sur la poignée de la porte que le téléphone sonnait.

— C'est pour toi, me dit ma mère. C'est Vinnie.

— Je ne veux pas lui parler. Dis-lui que je suis partie.

Mon téléphone sonna quand je débouchai dans Hamilton Avenue.

— Tu aurais pu me prendre avant de sortir, me dit Vinnie. Ça m'aurait coûté moins cher.

— Quoi ? Je n'entends rien… ça va couper…

— Arrête tes conneries, tu veux.

Je fis des bruits de friture.

— Et je ne marche pas non plus à ton numéro de bruiteuse, dit Vinnie. Radine tes fesses à l'agence dans la matinée.

Je ne vis Morelli nulle part dans le parking de chez Spiro, mais je supposai qu'il était là. Je repérai deux camionnettes et un camion bâché. Trois possibilités.

J'allai chercher Spiro et on partit pour le salon funéraire. Quand je m'arrêtai au feu à l'angle de Hamilton Avenue et de Gross Street, on tourna tous deux la tête vers la station-service.

— On devrait peut-être aller poser quelques questions, suggéra Spiro.

— Lesquelles ?

— Au sujet de la camionnette de livraison. Juste

comme ça. Ça pourrait être intéressant de voir si c'était bien Moogey qui avait volé les cercueils.

J'avais deux possibilités. Soit je le mettais au supplice en disant « À quoi bon, laissons tomber », et passais mon chemin ; soit je pouvais entrer dans son jeu pour voir ce qu'il en sortirait. Il était indéniable que j'aurais du mérite à torturer Spiro, mais mon intuition me dicta de laisser la balle dans son camp et de suivre le mouvement.

Les ateliers de réparation étaient ouverts. Sandeman devait donc être là. Je m'en moquais. Comparé à Kenny, Sandeman était un enfant de chœur. Cubby Delio travaillait dans le bureau. Spiro et moi entrâmes d'un même pas.

À la vue de Spiro, Cubby nous accorda instantanément toute son attention. Spiro était peut-être un enfoiré mais il représentait le salon funéraire qui était un des plus gros clients du garage. C'était ici que Stiva faisait réviser tous ses véhicules et venait faire le plein d'essence.

— On m'a dit pour votre bras, dit Cubby à Spiro. Si c'est pas une honte ! Je sais que Kenny et vous étiez potes. Il a dû tomber sur la tête. C'est ce que tout le monde pense.

Spiro éluda d'un geste de la main signifiant que tout cela n'était rien de plus qu'un fâcheux contretemps. Il pivota sur ses talons et regarda par la fenêtre la camionnette toujours garée devant l'atelier de révision.

— Je m'interrogeais sur ce véhicule, dit-il à Cubby. Macko est un de vos clients habituels ?

— Oui, oui. Ils ont un compte chez nous, comme vous. Ils ont deux camionnettes comme celle-là, et on s'occupe des deux.

— Qui vous les amène ? Toujours le même gars ?

— En général, c'est soit Bucky soit Biggy. Ça fait des années qu'ils sont chauffeurs chez Macko. Pourquoi ? Y a un problème ? Vous cherchez à vous meubler ?

— J'y songe, fit Spiro.

— C'est une bonne boîte. Une entreprise familiale. Ils les bichonnent, leurs véhicules.

Spiro glissa son avant-bras blessé sous sa veste. Le petit homme se donnait des airs du grand empereur.

— Vous n'avez toujours pas remplacé Moogey à ce que je vois ? dit Spiro.

— J'avais bien trouvé quelqu'un, mais il n'a pas fait l'affaire. Pas facile à remplacer, Moogey. Quand il tenait la station, ce n'était même pas la peine que je vienne. Je pouvais prendre une journée une fois par semaine et aller à l'autodrome. Même après qu'on lui a tiré dans le genou, je pouvais compter sur lui. Il continuait à venir bosser.

Je soupçonnai Spiro de penser la même chose que moi, à savoir que c'était peut-être lors d'une de ces journées autodrome que Moogey avait emprunté la camionnette de chez Macko. Ce qui, évidemment, impliquait que quelqu'un d'autre était resté pour tenir la station-service. Ou que c'était ce quelqu'un d'autre qui était parti au volant de la camionnette.

— C'est dur de trouver un bon employé de nos jours, dit Spiro. J'ai le même problème, vous savez.

— J'ai un bon mécanicien, dit Cubby. Sandeman a ses jours, mais c'est un super mécano. Avec les autres, c'est le va-et-vient permanent. J'ai pas besoin d'un ingénieur en aérospatiale pour faire des pleins ou changer des pneus. Si je pouvais trouver quelqu'un pour tenir le bureau à plein temps, ce serait bon.

Spiro tint encore quelques propos huileux à souhait et se glissa hors du bureau.

— Vous connaissez les gars qui travaillent ici ? me demanda-t-il.

— J'ai eu l'occasion de parler à Sandeman. Il se donne des airs. Il consomme des drogues douces, à l'occasion.

— Vous vous entendez bien avec lui ?

— Je ne crois pas être son genre de femme.

Spiro baissa les yeux vers mes pieds.

— C'est peut-être à cause de ces pompes, dit-il.

Je dus tirer de toutes mes forces sur la portière de la Buick pour réussir à l'ouvrir.

— Vous avez d'autres réflexions à me faire ? Au sujet de ma voiture peut-être ?

Spiro se carra dans son siège.

— Je dois dire qu'elle est impressionnante, dit-il. Au moins vous savez choisir vos bagnoles.

J'escortai Spiro jusqu'à l'intérieur du salon funéraire où toutes les alarmes paraissaient intactes. On fit un examen superficiel de ses deux clients pour être sûrs que personne ne les avait délestés d'une quelconque partie de leur anatomie, puis je dis à Spiro que je repasserais le soir et qu'il pouvait me biper en cas de pépin.

J'aurais bien aimé pouvoir surveiller Spiro, car j'étais sûre qu'il allait vouloir suivre la piste que je lui avais donnée, et qui sait où elle allait le mener ? Et surtout, si Spiro bougeait, peut-être Kenny allait-il bouger lui aussi ? Malheureusement, je ne pouvais pas assurer une surveillance efficace avec ma Grande

Bleue. Il allait falloir que je me dégote un autre véhicule si je voulais pouvoir filer Spiro.

La demi-tasse de café que j'avais engloutie au petit déjeuner suivait son petit bonhomme de chemin dans mon organisme. Je décidai de rentrer chez mes parents pour utiliser la salle de bains. Je pourrais toujours réfléchir à mon problème de voiture sous la douche. Et à dix heures, j'accompagnerais ma grand-mère au salon de coiffure pour une remise en forme.

Quand j'arrivai à la maison, la salle de bains était occupée par mon père. Ma mère était dans la cuisine, en train d'éplucher des légumes pour un minestrone.

— J'ai besoin d'aller aux toilettes, lui dis-je. Tu crois que papa en a pour longtemps ?

Ma mère leva les yeux au ciel.

— Je ne sais pas ce qu'il fabrique là-dedans, dit-elle. Il s'enferme avec le journal et on ne le voit plus pendant des heures.

Je chipai un morceau de carotte et un de céleri pour Rex et courus au premier. Je frappai à la porte de la salle de bains.

— Tu en as encore pour longtemps ? criai-je à mon père.

Pas de réponse.

Je frappai plus fort.

— Tu vas bien ? criai-je.

— Nom de Dieu, fit mon père d'une voix étouffée, on ne peut même pas chier tranquille dans cette baraque !

Je regagnai ma chambre. Ma mère avait fait mon lit et rangé mes vêtements. Je me dis que c'était quand même chouette de revenir chez ses parents et d'être chouchoutée de la sorte. Je devrais leur en être reconnaissante. Je devrais profiter de ce bonheur…

— C'est-y pas amusant ? murmurai-je à Rex qui sommeillait. Ce n'est pas tous les jours que je t'emmène chez papi et mamie, hein ?

Je soulevai le couvercle de sa cage pour lui donner son petit déjeuner, mais ma paupière tressautait tant que je ratai mon coup et que son bout de carotte tomba par terre.

À dix heures, mon père n'était toujours pas ressorti de la salle de bains et j'avais la danse de Saint-Guy dans le couloir.

— Dépêche-toi, dis-je à ma grand-mère. Je vais exploser si je ne trouve pas des toilettes très vite !

— Tu n'auras qu'à y aller chez Clara, me dit-elle. Ses toilettes sont très jolies : elle y laisse des fleurs séchées en permanence et il y a une poupée faite au crochet assise sur un rouleau de papier-toilette. Je suis sûre qu'elle voudra bien que tu les utilises.

— Je sais, je sais. Allons-y.

Ma grand-mère portait son manteau bleu en laine et avait noué une écharpe grise en foulard sur sa tête.

— Tu vas crever de chaud dans ce manteau, lui dis-je. On n'est quand même pas au pôle Nord !

— Je n'ai rien d'autre à me mettre, dit-elle. Tout est usé. Je pensais qu'on pourrait aller faire les boutiques après le coiffeur. Je viens de recevoir mon allocation vieillesse.

— Tu es sûre que tu n'as pas trop mal à la main pour aller faire du shopping ?

Elle leva sa main blessée à hauteur de ses yeux et examina le pansement.

— Non, ça va. Le trou n'était pas si gros que ça. Pour tout te dire, ce n'est qu'une fois arrivée à l'hôpital que je me suis rendu compte que la blessure était profonde. C'est arrivé si vite… J'ai toujours pensé que je pouvais me débrouiller toute seule en toutes circonstances, mais maintenant je ne sais plus. Je suis moins rapide qu'avant. Je suis restée sans bouger, comme une empotée, et je l'ai laissé me planter son truc dans la main.

— Je suis sûre que tu ne pouvais pas faire grand-chose, mamie. Kenny est plus fort que toi et tu n'étais pas armée.

Ses yeux s'embuèrent de larmes.

— Il m'a donné l'impression que je n'étais plus qu'une vieille chose.

En sortant du salon de coiffure, je trouvai Morelli avachi contre la Buick.

— Qui a eu l'idée d'aller interroger Cubby Delio ? me demanda-t-il tout de go.

— Spiro. Et si tu veux mon avis, il ne va pas s'arrêter en si bon chemin. Il tient à remettre la main sur les armes pour ne plus avoir Kenny sur le dos.

— Tu as appris quelque chose d'intéressant ?

Je lui rapportai la conversation qu'on avait eue.

— Je connais Bucky et Biggy, dit-il. Ils ne tremperaient pas dans un coup pareil.

— Cette camionnette est peut-être une fausse piste.

— Je ne crois pas. Je suis passé à la station-service tôt ce matin et j'ai pris des photos. Roberta affirme que c'est bien celle qu'elle a vue.

— Je croyais que tu étais censé me suivre ! Et si je m'étais fait agresser ? Et si Kenny m'avait attaquée à coups de pic à glace ?

— Je t'ai suivie à mi-temps. De toute façon, Kenny aime bien faire la grasse matinée.

— Ce n'est pas une raison ! Tu aurais pu au moins

me prévenir que tu me laissais me débrouiller toute seule.

— Quel est ton plan pour aujourd'hui ? me demanda-t-il.

— Ma grand-mère en a pour une heure chez Clara. Ensuite, je lui ai promis de l'emmener faire du shopping. Et il va falloir que je passe voir Vinnie à un moment ou à un autre.

— Il va te reprendre l'affaire ?

— Non. J'emmène mamie Mazur avec moi. Elle va lui remettre les idées en place.

— Je repensais à ce Sandeman…

— Oui, moi aussi. Au départ, je croyais qu'il aurait pu cacher Kenny chez lui. Mais c'est peut-être le contraire. Peut-être qu'il l'a doublé dans les grandes largeurs.

— Tu crois que Moogey aurait pu être de mèche avec Sandeman ?

Je haussai les épaules.

— C'est dans le domaine du possible. Celui qui a volé les armes a forcément des contacts dans la rue.

— Tu disais que Sandeman n'avait montré aucun signe d'enrichissement personnel.

— Si tu veux mon avis, sa fortune, il se la fourre dans les trous de nez.

13

— Ah, je me sens beaucoup mieux avec cette nouvelle coupe, dit ma grand-mère, prenant place sur le siège passager de la Buick. J'ai même demandé à Clara de me faire un rinçage. On voit la différence ?

Ses cheveux étaient passés du gris métallisé à l'orange abricot.

— C'est un peu blond vénitien, lui dis-je.

— Oui, c'est ça ! J'ai toujours rêvé d'être une blonde vénitienne.

L'agence de Vinnie était juste en bas de la rue. Je me garai le long du trottoir et entrai, traînant ma grand-mère à ma suite.

— C'est la première fois que je viens, dit-elle. Ça valait le déplacement !

— Vinnie est au tel', dit Connie. Il en a pour une minute.

Lula vint voir ma grand-mère de plus près.

— Alors, comme ça, c'est vous la grand-mère de Stéphanie, dit-elle. J'ai beaucoup entendu parler de vous.

Le regard de ma grand-mère s'illumina.

— Ah oui ? fit-elle. Et qu'est-ce qu'on vous a raconté de beau ?

— Eh bien, pour commencer, qu'on vous avait cognée au pic à glace.

Ma grand-mère lui mit sa main bandée sous le nez.

— C'était cette main-là et elle a été transpercée de part en part.

Lula et Connie zieutèrent la main en question.

— Et ce n'est pas tout, ajouta ma grand-mère. L'autre soir, Stéphanie a reçu un sexe d'homme au courrier. J'étais là quand elle a ouvert le paquet. J'ai tout vu. Il était fixé sur du polyester par une épingle à chapeau.

— San déc' ! fit Lula.

— C'est comme je vous le dis. Tranché comme un cou de poulet et épinglé comme un papillon. Ça m'a rappelé mon pauvre mari.

Lula dut se pencher en avant pour pouvoir chuchoter à l'oreille de ma grand-mère :

— Vous voulez parler de la dimension ? Votre homme en avait une aussi grosse ?

— Il en avait plutôt une aussi morte !

Vinnie passa la tête par l'entrebâillement de la porte de son bureau et se renfrogna en voyant ma grand-mère.

— Oh, non ! soupira-t-il.

— Je suis passée la chercher chez son coiffeur, lui dis-je. On doit aller faire des courses, alors comme on était dans le quartier, j'ai pensé en profiter pour venir voir ce que tu voulais.

Le mètre soixante-quatorze de Vinnie se tassa quelque peu. Ses cheveux bruns et clairsemés étaient plaqués en arrière par du gel et avaient le même lustre que ses chaussures noires à bout pointu.

— Ce que je veux, c'est savoir où tu en es avec Mancuso, dit-il. Tu étais censée aller le cueillir chez lui, et en attendant, moi, je perds un maximum de fric.

— Ça se termine, lui dis-je. Parfois, il faut du temps.

— Le temps, c'est de l'argent, fit Vinnie. Le mien, en l'occurrence.

Connie leva les yeux au ciel.

— Répétez-nous ça, fit Lula.

Nous savions toutes que l'agence de Vinnie était financée par une compagnie d'assurances.

Vinnie se balança sur ses talons, bras ballants. Homme des villes. Mollasson. Radin.

— Cette affaire n'est pas dans tes cordes, me dit-il. Je la refile à Mo Barnes.

— Je ne connais ce Mo Barnes ni d'Eve ni d'Adam, intervint ma grand-mère, mais je suis sûre et certaine qu'il n'arrive pas à la cheville de ma petite-fille. On ne fait pas mieux comme chasseuse de primes, et tu serais le dernier des idiots de lui retirer cette affaire. Surtout que, maintenant, je travaille avec elle. On est sur le point de découvrir le pot aux roses.

— Sans vouloir vous vexer, ta petite-fille et toi, je dirais plutôt que vous êtes dans les choux, et que vous ne risquez pas d'arrêter Mancuso.

Ma grand-mère releva le menton d'un air de défi.

— Oh, oh, fit Lula.

— Le malheur s'abat sur ceux qui spolient la famille, dit-elle.

— Quel genre de malheur ? fit Vinnie. Je vais perdre mes cheveux ? Mes dents vont pourrir dans mes gencives ?

— Peut-être, dit ma grand-mère, peut-être que je vais mettre sur toi le mauvais œil. Ou alors, je vais me contenter d'aller raconter à ta grand-mère comment tu causes aux vieilles dames.

Vinnie se mit à tourner comme un lion en cage. Il savait qu'il ne valait mieux pas déplaire à sa mamie Bella. Elle était encore plus effrayante que mamie Mazur. Plus d'une fois, elle avait tiré l'oreille d'un homme jusqu'à ce qu'il mette genou à terre et demande pardon. Vinnie poussa un soupir résigné, serra les dents, plissa les yeux, marmonna quelques paroles incompréhensibles et battit en retraite dans son bureau dont il claqua la porte.

— Eh bien, conclut ma grand-mère, je vois que le sang Plum a parlé dans ses veines.

On revint de notre tournée des magasins en fin d'après-midi. Ma mère nous ouvrit et changea de tête.

— Je n'y suis pour rien pour les cheveux, lui dis-je. C'est elle qui a voulu.

— À chacun sa croix, ta grand-mère est la mienne, dit ma mère.

Elle avisa les chaussures que portait ma grand-mère et se signa.

Mamie Mazur portait des Doc Martens. Et aussi un gilet de ski matelassé, un jean dont le bas était relevé et maintenu par des pinces à vélo et une chemise en flanelle identique à la mienne.

— Je vais faire un petit somme avant le dîner, dit ma grand-mère. Ces courses m'ont rétamée !

— Si tu veux venir m'aider à la cuisine, je ne dirai pas non, me dit ma mère.

Aïe. Ma mère ne voulait jamais qu'on l'aide à la cuisine. Quand elle avait besoin d'un coup de main, c'est que quelque chose la tracassait et qu'elle avait l'intention de forcer une pauvre âme à rendre les armes. Ou qu'elle voulait aller à la pêche aux renseignements. Prends du pudding au chocolat, me dirait-elle. Et, au fait, Mrs. Herrel m'a dit qu'elle t'avait vue entrer dans le garage des Morelli avec Joe. Et fais voir… comment se fait-il que ta petite culotte soit devant derrière ?

Je la suivis à contrecœur jusque dans sa tanière où des pommes de terre cuisaient à l'eau. La vapeur avait complètement embué la fenêtre au-dessus de l'évier. Ma mère ouvrit le four pour vérifier la cuisson du gigot d'agneau et une odeur de viande rôtie fondit sur moi. Mon regard s'embua autant que le carreau de la fenêtre et l'eau me vint à la bouche.

Ma mère passa du four au réfrigérateur.

— Je vais faire des carottes avec le gigot. Tu n'as qu'à les éplucher, me dit-elle, me tendant le sachet de légumes et un économe. Au fait, pourquoi quelqu'un t'a-t-il envoyé un pénis ?

Je faillis m'écorcher le doigt.

— Beeeen…

— L'adresse d'expédition était à New York, mais l'enveloppe avait été affranchie en ville.

— Je ne peux rien te dire sur ce pénis, maman. Tant que la police n'a pas bouclé son enquête…

— Richie, le fils de Thelma Biglo, a dit à sa mère que c'était le pénis de Joe Loosey. Et que Kenny Mancuso le lui aurait coupé pendant qu'on préparait sa dépouille chez Stiva.

— Où Richie Biglo est-il aller pêcher ça ?

— Il est barman à la pizza Pino. Il est au courant de tout.

— Je n'ai pas envie de parler de ça.

Ma mère me prit l'économe des mains.

— Non mais regarde comment tu m'épluches ces

carottes ! Que veux-tu que j'en fasse ? Tu laisses plein de peau.

— Tu ne devrais pas les peler, tu sais. C'est la peau qui contient toutes les vitamines.

— Va dire ça à ton père. Il refuse d'en manger si elles ne sont pas parfaitement épluchées. Tu sais comme il est difficile.

Mon père mangerait de la merde de chat si elle était salée, frite ou panée, mais il fallait un vote du Congrès pour le forcer à ingurgiter un légume.

— Il me semble que Kenny Mancuso en a après toi, me dit ma mère. Ce n'est pas une chose à faire que d'envoyer un sexe d'homme à une femme. C'est un manque de respect élémentaire.

J'allais et venais dans la cuisine en quête d'une activité quelconque. En vain.

— Et je sais très bien ce qui se passe avec ta grand-mère, ajouta-t-elle. Mancuso essaie de t'atteindre à travers elle. C'est pour ça qu'il l'a agressée l'autre jour ; pour ça que tu es venue t'installer ici… pour être près d'elle au cas où il recommencerait.

— Il est fou.

— Évidemment qu'il est fou. Tout le monde te le dira. Chez les Mancuso, tous les hommes sont frappadingues. Son oncle Roco s'est pendu. Il était pédophile, figure-toi. Mrs. Ligatti l'avait surpris avec sa petite Tina. Et le lendemain, on le retrouvait au bout d'une corde. Une bonne chose, parce que si Al Ligatti lui était tombé dessus…

Ma mère secoua la tête.

— Je préfère ne pas y songer, acheva-t-elle.

Elle coupa le gaz sous les pommes de terre et se tourna vers moi.

— Comment tu t'en sors comme chasseuse de primes ? me demanda-t-elle.

— J'apprends le métier.

— Tu crois que tu es assez douée pour arrêter Kenny ?

— Oui.

Enfin, faut voir.

— Je veux que tu le coinces, ce petit salopard, dit-elle, baissant d'un ton. Je ne veux plus qu'il traîne dans le quartier. Il est inadmissible que cet agresseur de vieilles dames soit en liberté.

— Je vais faire le maximum.

— C'est bien.

Elle prit un pot de canneberges dans le garde-manger.

— Bon, maintenant que les choses sont claires, tu peux mettre la table, me dit-elle.

Morelli surgit à six heures moins une.

J'allai lui ouvrir et me campai dans l'entrebâillement de la porte, lui barrant le passage.

— Qu'est-ce qu'il y a ? lui demandai-je.

Morelli se pressa contre moi, me forçant à reculer.

— Je faisais ma ronde dans le quartier, j'ai vu de la lumière et j'ai senti une bonne odeur de gigot d'agneau.

— C'est qui ? cria ma mère.

— Morelli ! Le grand méchant loup passait en voiture et a été attiré par l'odeur de l'agneau. Et il repart IL-LI-CO !

— Elle est d'une impolitesse ! s'excusa ma mère à Morelli. Je ne sais pas ce qui lui prend. Je ne l'ai pas élevée comme ça. Rajoute un couvert, Stéphanie.

Je partis de la maison à sept heures et demie en compagnie de Morelli. Il me suivit dans une camionnette beige et alla se garer dans le parking de chez Stiva et moi dans l'allée.

Je verrouillai les portières de la Buick et le rejoignis.

— Tu as du nouveau ? lui demandai-je.

— J'ai potassé les facturiers du garage. Macko a fait faire la vidange de sa camionnette en fin de mois dernier. Bucky l'a amenée vers sept heures du matin et est venu la rechercher le lendemain.

— Laisse-moi deviner. Cubby Delio ne travaillait pas ce jour-là. Moogey et Sandeman, oui.

— Exact. C'est Sandeman qui s'est occupé de la camionnette. C'est lui qui a signé la facture.

— Tu l'as interrogé ?

— Non. Il avait déjà fini sa journée quand je suis passé au garage. Je suis allé chez lui et j'ai fait quelques bars, mais je ne l'ai pas trouvé. Je referai la tournée plus tard.

— Tu as vu quelque chose d'intéressant dans son studio ?

— La porte était fermée à clef.

— Tu n'as pas regardé par la fenêtre ?

— Je me suis dit que j'allais te laisser ce plaisir. Je sais à quel point tu aimes faire ce genre d'exercice.

En d'autres termes, Morelli ne voulait pas risquer de se faire surprendre sur un escalier de secours.

— Tu seras là quand je fermerai avec Spiro ? lui demandai-je.

— Le passage d'un troupeau de mustangs ne me délogerait pas.

Je traversai le parking et entrai dans le salon funéraire par la porte latérale. Apparemment, la nouvelle de la mutilation commise par Kenny Mancuso sur le cadavre de Joe Loosey s'était répandue comme une traînée de poudre, car la foule, rassemblée autour de sa dépouille mortelle dans le salon des VIP, rivalisait avec le record d'audience détenu jusqu'alors par Silvestor Bergen qui était mort à mi-parcours de son mandat de grand mamamouchi de l'Association des Anciens Combattants des Guerres en Outre-Mer.

Spiro était entouré de sa cour à l'autre bout du hall d'entrée, jouant à la perfection son rôle de croque-mort star. Les gens l'écoutaient intensément raconter Dieu savait quoi.

Quelques personnes regardèrent dans ma direction puis se mirent à chuchoter derrière leurs programmes des festivités funèbres.

Spiro salua son public d'une courbette et, d'un geste, m'invita à le suivre dans la cuisine. Au passage, il prit le grand plat à biscuits en argent, ignorant Roche qui avait repris son poste à table.

— Vous avez vu cette bandes de tocards ? fit Spiro, vidant un gros sac de biscuits de supermarché dans le plat. Ils vont me mettre sur la paille. Je devrais faire payer un droit d'entrée pour qui veut voir le moignon de Loosey !

— Des nouvelles de Kenny ?

— Aucune. Je pense qu'il a brûlé toutes ses cartouches. Ce qui arrange bien mes affaires. Je n'ai plus besoin de vos services.

— Pourquoi ce revirement soudain ?

— Les choses se sont tassées.

— Comme ça ?

— Eh oui, comme ça.

Il sortit de la cuisine d'un pas allègre et flanqua le plateau de biscuits sur la table.

— Comment allez-vous ? demanda-t-il à Roche. J'ai vu que votre « frère » recevait des visites des gens en surnombre chez Loosey. Je suppose que certains vont le voir pour vérifier où en sont ses petites affaires, si vous voyez ce que je veux dire. Vous avez remarqué que je n'ai exposé que la partie supérieure du corps de façon que personne ne s'avise d'aller toucher plus bas.

Roche faillit s'étouffer.

— Merci, dit-il. Vous pensez à tout.

Je retournai auprès de Morelli pour lui faire part des dernières nouvelles. Il était invisible dans l'obscurité de l'habitacle de la camionnette.

— C'est inattendu, dit-il.

— Je pense que Kenny a les armes. Je pense qu'on a donné à Spiro une piste à suivre, qu'il a fait passer le message à Kenny et que Kenny a récupéré la marchandise. Et donc que maintenant, Spiro peut dormir sur ses deux oreilles.

— Possible.

— Je vais faire une petite visite à Sandeman, dis-je, sortant mes clefs de voiture. Au cas où il serait déjà rentré chez lui.

Je me garai non loin de l'immeuble de Sandeman, mais de l'autre côté de la rue. Morelli s'arrêta juste derrière moi. On resta quelques instants sur le trottoir à regarder l'immeuble qui se dressait devant nous, noir sur fond de ciel bleu nuit. Une lumière crue se déversait d'une fenêtre sans store du rez-de-chaussée. À l'étage, deux rectangles orangés attestaient d'une trace de vie dans les pièces côté rue.

— Il a quoi comme voiture ? me demanda Morelli.

— Une camionnette Ford et une moto.

Ni l'une ni l'autre n'étaient en vue. On fit le tour de l'immeuble en empruntant l'allée et on tomba sur la Harley. Aucune lumière côté cour. Le noir complet chez Sandeman, à l'étage. Personne n'était assis dans la véranda. La porte de derrière n'était pas fermée à clef. À l'intérieur, le couloir était faiblement éclairé par une ampoule nue qui pendait du plafond du hall d'entrée. Des échos d'un poste de télévision nous parvinrent des étages.

Morelli s'attarda un moment dans l'entrée, à l'écoute, puis il monta au premier étage, puis au second. Là, régnaient le silence et l'obscurité. Morelli colla son oreille contre la porte de chez Sandeman. Il fit non de la tête. Aucun bruit chez lui.

Il alla à la fenêtre du palier qu'il ouvrit et regarda au-dehors.

— Entrer chez lui par effraction irait contre mes principes, dit-il.

Alors que, pour moi, ce serait purement et simplement illégal.

Morelli jaugea la grosse torche électrique que j'avais en main.

— Évidemment, une chasseuse de primes est habilitée à entrer chez le hors-la-loi qu'elle poursuit.

— Seulement si elle a la certitude que l'individu en question est chez lui.

Morelli me regarda d'un air interrogateur. Je m'approchai et lorgnai l'escalier de secours.

— Ça m'a l'air très branlant, dis-je.

— Oui, j'ai remarqué. Il ne supporterait pas mon poids.

Et, me relevant le menton d'un doigt, il ajouta :

— Mais je parie qu'il portera sans problème un petit bout de chou comme toi.

On peut dire de moi que je suis beaucoup de choses, mais pas un petit bout de chou. Je pris une profonde inspiration et enjambai la fenêtre. L'escalier gémit sous mes pieds et des éclats de métal rouillé allèrent s'écraser par terre. Je poussai un juron à mi-voix et avançai à tout petits pas vers la fenêtre de chez Sandeman.

Je plaquai mes mains sur la vitre pour mieux voir à l'intérieur. Plus noir, tu meurs. Je tentai d'ouvrir la fenêtre. Elle n'était pas bloquée. Je poussai le châssis inférieur, il se releva… mais se coinça à mi-hauteur.

— Tu peux entrer ? me chuchota Morelli.

— Non. La fenêtre est coincée.

Je m'accroupis pour regarder par l'ouverture, promenant le faisceau de ma torche électrique tous azimuts. À première vue, pas de changement depuis ma dernière visite. Toujours le même foutoir, la même crasse, la même odeur nauséabonde de vêtements pas lavés et de cendriers archipleins. Aucune trace de lutte, ni de fuite, ni d'enrichissement.

Je décidai de faire une deuxième tentative avec la fenêtre. Je pris fermement appui sur mes pieds et poussai de toutes mes forces sur le cadre de bois. Des boulons se détachèrent du mur aux briques effritées et la galerie en lamelles de l'escalier de secours se pencha à un angle de quarante-cinq degrés. Les marches se démantelèrent, la rampe se descella, les fers d'angle cédèrent sous la pression et je dégringolai, pieds les premiers, dans le vide. Ma main rencontra une barre transversale, et par réflexe, s'y accrocha… dix secondes… au bout desquelles tout le deuxième étage de l'escalier de secours s'effondra sur le palier du premier. Il y eut un moment de silence qui me laissa le temps de murmurer : et merde !

Au-dessus de moi, je vis la tête de Morelli penchée à la fenêtre.

— Ne-bou-ge-pas !

Et BADABOUM ! Le premier étage de l'escalier de secours se descella de la façade et s'effondra par terre, m'entraînant dans sa chute. Je tombai à plat dos avec un *woufff* sonore qui me bloqua la respiration.

Je restai étendue, immobile, et le visage de Morelli réapparut bientôt au-dessus de moi, à quelques centimètres du mien cette fois.

— Nom de Dieu, Stéphanie, murmura-t-il. Dis-moi quelque chose.

Je regardai droit devant moi, incapable de parler, toujours incapable de respirer.

Morelli me prit le pouls à la carotide. Puis je sentis qu'il m'attrapait par les chevilles et me soulevait les jambes.

— Tu peux remuer les orteils ? me demanda-t-il.

Pas quand sa main remontait ainsi sur l'intérieur de ma cuisse. J'avais la sensation que ma peau était à vif sous sa paume, et que mes doigts de pied étaient recroquevillés par une crampe. Je m'entendis haleter.

— Si tes doigts montent plus haut, je t'attaque pour harcèlement sexuel, dis-je, dans un souffle.

Morelli se redressa et s'épongea le front.

— Tu m'as fichu une de ces trouilles, me dit-il.

— Qu'est-ce qui se passe, là ? cria-t-on d'une fenêtre. J'appelle les flics si vous continuez vos conneries. On a un décret antibruit dans le quartier !

Je me redressai sur un coude.

— Fichons le camp, dis-je.

Morelli m'aida à me relever avec douceur.

— Tu es sûre que tu vas bien ? me demanda-t-il.

— Je crois que je n'ai rien de cassé.

Je plissai les narines.

— Qu'est-ce que c'est que cette odeur ? dis-je. Oh, non ne me dis pas que je me suis souillée !

Morelli me fit tourner devant lui.

— Hou là ! s'exclama-t-il. À vue d'œil, un des locataires doit avoir un gros toutou, un très gros toutou, et j'ai bien l'impression que tu es tombée en plein dans le mille !

J'ôtai mon blouson et le tins à bout de bras.

— Ça va, là ?

— Oui, à part les éclaboussures que tu as sur ton jean.

— Pas ailleurs ?

— Non, à part dans tes cheveux.

Cette nouvelle me propulsa dans un état hystérique.

— Retire-moi ça ! Retire-moi ça ! RETIRE-MOI ÇAAAAAA !

Morelli me plaqua une main sur la bouche.

— Chut.

— Re-ti-re-moi-ça.

— Comment veux-tu que je fasse ? Il faut que tu te laves les cheveux.

Il me tira vers la rue.

— Tu peux marcher ?

Je titubai à sa suite.

— Bon, ça va, fit Morelli. Continue comme ça. Tu seras à la camionnette en moins de temps qu'il ne faut pour le dire. Et après, je t'emmène à la douche. Une ou deux heures de récurage, et tu brilleras comme un sou neuf.

— Un dessous neuf ?

Mes oreilles bourdonnaient et ma voix me semblait venir de très loin… comme si j'avais la tête dans un bocal. Un dessous neuf ?

On arriva à la camionnette et Morelli ouvrit les portes arrière.

— Tu ne vois pas d'inconvénient à voyager à l'arrière ? me demanda-t-il.

Je le dévisageai, la tête vide. Morelli me braqua la torche électrique dans les yeux.

— Tu es sûre que ça va ?

— Quelle race, le chien, à ton avis ? lui demandai-je.

— Gros.

— Quelle race ? !

— Un rottweiller. Mâle. Vieux et suralimenté. Dents pourries. A mangé beaucoup de thon ces derniers temps.

Je fondis en larmes.

— Ah non, implora Morelli, ne chiale pas. Je n'aime pas quand tu pleures.

— J'ai de la merde de rottweiler dans les cheveux, sanglotai-je.

Du pouce, Morelli sécha mes larmes sur ma joue.

— Te bile pas, trésor. Ce n'est pas si terrible que ça. Je blaguais pour le thon.

Il me hissa dans la camionnette.

— Accroche-toi, me lança-t-il. Tu vas être chez toi en moins de deux.

Il me ramena à mon appartement.

— J'ai pensé que tu ne voudrais pas que ta mère te voie dans cet état, me dit-il.

Il chercha la clef de chez moi dans mon sac et ouvrit la porte.

Il faisait frais dans l'appartement qui avait un vague air abandonné. Et silencieux. Pas de Rex sprintant dans sa roue. Pas de lampe allumée pour me souhaiter la bienvenue.

La cuisine me fit signe à ma gauche.

— Il me faut une bière, dis-je à Morelli.

Je n'étais plus pressée de passer sous la douche. Mon odorat s'était émoussé. Je m'étais résignée à avoir les cheveux cacateux.

J'allai mollement dans ma cuisine et tirai sur la porte du réfrigérateur. Elle s'ouvrit sans problème. La petite loupiote s'alluma comme de coutume, et je regardai, hébétée, le pied qui se trouvait sur une clayette… un gros panard crasseux qui trônait entre un bloc de margarine et un bocal de canneberges rempli aux trois quarts.

— Y a un pied dans mon frigo ! criai-je à Morelli.

J'entendis un concert de cloches, vis un feu d'artifice, sentis des fourmis dans mes lèvres et m'écroulai par terre.

Je me débattis pour sortir des limbes de l'inconscience et ouvris les yeux.

— Maman ?

— Pas tout à fait, me dit Morelli.

— Que s'est-il passé ?

— Tu es tombée dans les pommes.

Je me relevai en flageolant sur mes jambes.

— Et si tu passais sous ta douche pendant que je m'occupe du reste ? fit Morelli. Tiens, prends ta bière.

Je considérai la canette qu'il me tendait.

— Elle ne sort pas de mon frigo ? lui demandai-je.

— Mais non. Elle vient d'ailleurs.

— Bien. Sinon, je n'aurais pas pu la boire.

— Je sais, dit Morelli, me poussant vers la salle de bains. Bon maintenant, va boire ça sous ta douche.

Quand j'en ressortis, je retournai à la cuisine où

je tombai sur deux policiers en uniforme, un type du laboratoire de police et deux autres en civil.

— J'ai ma petite idée sur le propriétaire de ce pied, dis-je à Morelli, en train d'écrire sur un clipboard.

— J'ai la même que toi, me dit-il.

Il me tendit le clipboard.

— Signe ici.

— Qu'est-ce que c'est ?

— Une déposition préliminaire.

— Comment Kenny s'y est-il pris pour mettre ce pied dans mon frigo ?

— En cassant le carreau de ta chambre. Tu devrais faire installer une alarme.

L'un des flics en uniforme partit en emportant une grosse glacière en polystyrène. Je ravalai une vague de dégoût.

— C'est le pied ? demandai-je.

Morelli me répondit par un signe de tête affirmatif.

— J'ai nettoyé ton frigo vite fait, me dit-il. Tu le récureras à fond quand tu auras le temps.

— Merci de ton aide.

— On a fouillé ton appartement. On n'a rien trouvé d'autre.

Le deuxième flic partit à son tour, suivi par ses collègues en civil.

— Alors ? fis-je à Morelli. Prochaine étape ? Ça n'a pas servi à grand-chose d'aller chez Sandeman.

— Maintenant, on va surveiller Spiro.

— Ce n'est pas ce que fait Roche ?

— Roche reste au salon funéraire. Nous, on va lui coller aux fesses.

On scotcha un gros sac-poubelle en plastique sur le carreau cassé, on éteignit la lumière et on sortit en verrouillant la porte. Il y avait un attroupement dans le couloir.

— Alors ? fit Mr. Wolesky. Qu'est-ce qui se passe ? Personne ne nous dit rien.

— On a cassé une de mes fenêtres, lui dis-je. Je pensais que ça pouvait être plus grave, alors j'ai appelé la police.

— Vous vous êtes fait cambrioler ?

— Non, on ne m'a rien pris.

Pour autant que je sache.

Mrs. Boyd ne semblait pas prête à me croire sur parole.

— Et la glacière que portait le flic ? fit-elle. Qu'est-ce qu'elle contenait ?

— Des bières, lui répondit Morelli. On va à une soirée chez des amis à moi.

On plongea dans l'escalier et on regagna la fourgonnette au petit trot. Morelli ouvrit la portière côté chauffeur, et une odeur de chien malade déferla sur nous, nous forçant à battre en retraite.

— Tu aurais dû laisser les vitres baissées, dis-je à Morelli.

— On va attendre un peu. Ça devrait se tasser.

Au bout de quelques minutes, on s'approcha du bout des pieds.

— Ça sent toujours aussi mauvais, dis-je.

— Bon, je n'ai pas le temps de laver la caisse. On n'aura qu'à rouler vitres baissées, le vent devrait chasser l'odeur.

Cinq minutes plus tard, ça puait toujours autant.

— Je craque, finit par dire Morelli. Je ne supporte plus cette odeur. Je vais changer de véhicule.

— Tu veux passer chez toi pour prendre la camionnette ?

Il tourna à gauche dans Skinner Street.

— 'peux pas. Je l'ai prêtée au gars à qui j'ai emprunté cette caisse.

— Et la voiture de police banalisée ?

— En réparation. On va prendre ta Buick.

Tout soudain, je la voyais d'un œil plus indulgent.

Morelli se gara juste derrière ma Grande Bleue. J'ouvris la portière de la fourgonnette et avais déjà le pied par terre avant qu'elle soit arrêtée. Je sortis dans l'air vivifiant, respirant à pleins poumons, agitant les bras et secouant la tête pour me débarrasser de toute puanteur résiduelle.

On monta dans la Buick d'un même allant et on resta assis un long moment sans bouger, appréciant l'air pur qui y régnait. Je mis le contact.

— Il est onze heures, dis-je à Morelli. Tu veux qu'on aille directement chez Spiro ou qu'on passe d'abord au salon funéraire ?

— Deuxième proposition. J'ai téléphoné à Roche pendant que tu prenais ta douche, et Spiro était encore à son bureau.

À notre arrivée chez Stiva, le parking était désert. Il y avait plusieurs voitures garées dans la rue. À première vue, toutes étaient inoccupées.

— Où est Roche ? demandai-je.

— Dans l'appartement de l'autre côté de la rue. Au-dessus de l'épicerie fine.

— Il peut pas voir la porte de derrière de là.

— Non, mais l'éclairage extérieur est réglé sur un capteur de mouvements. La lumière s'allume dès que quelqu'un s'approche de la porte.

— Spiro peut couper ce système, je suppose ?

Morelli s'avachit sur son siège.

— Il n'y a pas d'endroit d'où on ait une bonne

vue sur la porte de derrière, dit-il. Même si Roche était dans le parking, il ne la verrait pas.

La Lincoln de Spiro se trouvait dans l'allée. De la lumière brûlait dans son bureau.

Je me garai en douceur le long du trottoir et coupai le contact.

— Il travaille bien tard, dis-je. Il est déjà parti à cette heure d'habitude.

— Tu as ton téléphone portable ?

Je le lui donnai et il composa un numéro.

Quelqu'un décrocha à l'autre bout de la ligne, et Morelli demanda s'il y avait du nouveau. Après avoir eu sa réponse, il raccrocha et me rendit l'appareil.

— Spiro est toujours là, me dit-il. Et Roche n'a vu personne entrer depuis la fermeture des portes à dix heures.

Nous étions garés dans une rue adjacente bordée de modestes maisons attenantes, hors d'atteinte du halo des réverbères. Aucune lumière aux fenêtres. Le Bourg était une communauté de couche-tôt/lève-tôt.

On resta assis dans un silence reposant pendant une petite demi-heure à observer le salon funéraire. Le vieux tandem de justiciers qui faisait son travail.

Minuit passa. Rien à signaler à part des fourmis dans mes jambes.

— Il y a quelque chose qui ne colle pas, dis-je. Spiro ne reste jamais aussi tard. Il aime l'argent gagné facilement. Il n'est pas du genre à se tuer à la tâche.

— Il attend peut-être quelqu'un ?

— Je vais jeter un coup d'œil, dis-je, m'apprêtant à ouvrir ma portière.

— Non !

— Je veux m'assurer que le capteur est branché.

— Tu vas tout faire foirer. Tu vas faire fuir Kenny s'il est dans les parages.

— Peut-être que Spiro a coupé le système et que Kenny est déjà à l'intérieur ?

— Non.

— Comment peux-tu en être aussi sûr ?

— Mon flair.

Je fis craquer mes articulations.

— Il te manque une qualité de base pour être une bonne chasseuse de primes, me dit Morelli.

— À savoir ?

— La patience. Regarde, tu es nouée de partout.

Il appuya avec son pouce à la base de ma nuque et remonta lentement jusqu'à la racine de mes cheveux. Mes yeux devinrent plus lourds et ma respiration plus régulière.

— Ça va mieux ? fit-il.

— Mm, mm.

Il me massa lentement les épaules.

— Il faut que tu te relaxes, me dit-il.

— Si je me relaxe plus que ça, je vais fondre.

Ses mains s'immobilisèrent.

— J'aime bien quand tu fonds, dit-il.

Je tournai la tête vers lui et nos regards se croisèrent.

— Non, lui dis-je.

— Pourquoi pas ?

— Parce que j'ai déjà vu ce film et que je déteste la fin.

— Peut-être qu'elle sera différente cette fois.

— Ou peut-être pas.

Il fit glisser son pouce le long de mon cou et quand il parla, ce fut d'une voix basse et aussi râpeuse que la langue d'un chat.

— Et le milieu du film ? demanda-t-il. Tu avais aimé ?

Il s'était envolé en fumée.

— J'en ai vu de plus prenants.

Morelli se fendit d'un grand sourire.

— Menteuse !

— De toute façon, on est venus ici pour surveiller Spiro et Kenny, pas pour autre chose.

— Ne t'en fais pas. Roche les a à l'œil. S'il voit quoi que ce soit, il m'envois un SMS.

Était-ce de cela dont j'avais envie ? Faire l'amour avec Joe Morelli dans une Buick ? Non ! Quoique…

— Je vais attraper froid, protestai-je d'une petite voix. Le moment est mal choisi.

Morelli se moqua de moi en minaudant.

Je poussai un soupir et levai les yeux au ciel.

— C'est tellement ado ! m'écriai-je. Je ne m'attendais pas à ce que tu aies cette attitude.

— Je sais, fit Morelli. Ce que tu attends de moi, c'est de l'action.

Il m'embrassa de nouveau et je me dis, bof, après tout, s'il veut choper la crève, ça le regarde. Et puis, c'était curieux, mais, le froid, je ne le sentais plus. Peut-être qu'il faisait meilleur que je ne pensais…

Morelli m'enleva ma chemise et fit glisser les bretelles de mon soutien-gorge.

Un frisson me parcourut et je me racontai que c'était à cause du froid… et non à cause du pressentiment d'une catastrophe imminente.

— Tu es absolument sûr que Roche va te contacter s'il voit Kenny ?

— Mais oui, marmonna Morelli, qui faisait glisser sa bouche jusqu'à mes seins. Ne t'inquiète de rien…

Que je ne m'inquiète de rien ? Il avait sa main dans ma culotte et il me disait de ne m'inquiéter de rien !

Mes yeux se révulsèrent de nouveau. Mais quel était le problème ? J'étais adulte. J'avais des besoins. Qu'y avait-il de plus normal à ce que je les satisfasse une fois de temps en temps ? Ce n'était pas tous les jours que j'avais l'occasion de connaître un orgasme de qualité. Et ce n'était pas comme si je me faisais des idées. Je n'étais pas une petite gourgandine de seize ans qui s'attend à ce qu'on lui propose le mariage. Tout ce que je voulais, c'était un putain d'orgasme. Et je le méritais bien. Mon dernier orgasme mondain remontait à l'élection de George W. Bush, c'est dire.

Je vérifiai l'état des vitres. Toutes embuées. Parfait. Bon, me dis-je, vas-y. Je me déchaussai du bout du pied, puis tombai tous mes vêtements sauf mon string noir.

— À toi maintenant, dis-je à Morelli. Je veux te voir.

Il lui fallut moins de dix secondes pour se déshabiller, dont cinq consacrées aux revolvers et menottes.

Je restai bouche bée et vérifiai discrètement que je ne salivais pas. Morelli était encore plus superbe que dans mon souvenir. Et, dans mon souvenir, il était à tomber par terre.

Il glissa un doigt sous mon string et, d'un geste fluide, le retira. Il voulut se mettre sur moi, mais se cogna contre le volant.

— Ça fait un bail que je n'ai pas fait ça dans une bagnole, dit-il.

On enjamba les sièges avant et on s'écroula tous les deux sur la banquette arrière, Morelli en chemise en jean déboutonnée et en chaussettes de sport blanches, et moi en proie à un regain d'incertitude.

— Et si Spiro coupe l'éclairage et que Kenny entre par la porte de derrière ? fis-je.

— Roche le saurait, dit Morelli, m'embrassant sur l'épaule.

— Comment pourrait-il le savoir ?

Morelli poussa un soupir excédé.

— Parce qu'il a truffé le salon funéraire de micros.

Je le repoussai.

— Quoi ? Et tu ne me l'avais pas dit ? Depuis quand ?

— Bon, tu ne vas pas en faire un fromage !

— Tu me caches autre chose ?

— Non. Je te jure que non.

Je ne le crus pas une seule seconde. Il arborait sa tête de flic. Je repensai tout à coup au dîner, chez mes parents, où il avait surgi à l'improviste.

— L'autre soir, lui dis-je, comment savais-tu que ma mère avait fait un gigot d'agneau ?

— À l'odeur quand tu m'as ouvert.

— Tu me prends pour une conne ?

J'attrapai mon sac posé sur le siège avant et en vidai le contenu entre nous. Brosse à cheveux, laque, rouge à lèvres, bombe lacrymo, Kleenex, Taser, chewing-gums, lunettes de soleil… émetteur en plastique noir.

Je sautai sur le mouchard.

— Salaud ! fis-je à Morelli. Tu m'espionnais !

— C'était pour ton bien. Je me faisais du souci pour toi.

— C'est inadmissible ! Comment as-tu osé me faire ça ? C'est une atteinte à la vie privée !

Et aussi un mensonge. Il avait surtout la trouille

que je sois sur une piste et que je ne le mette pas au courant. Je baissai la vitre et jetai le bitonio sur le trottoir.

— Tes pas folle ? fit Morelli. Ça vaut quatre cents dollars ce truc.

Il descendit le récupérer. Je refermai la portière et la verrouillai. Qu'il aille au diable ! J'aurais dû réfléchir à deux fois avant d'accepter de faire équipe avec lui. Je repassai par-dessus les sièges et m'installai au volant.

Morelli tenta d'ouvrir la portière côté passager. En vain. Elles étaient toutes verrouillées et elles allaient le rester. Sa bite pouvait bleuir de froid, et je m'en fichais ! Ça lui servirait de leçon. Je fis tourner le moteur et démarrai, laissant Morelli au beau milieu de la rue, en chemise, chaussettes, la quéquette en berne.

À l'intersection suivante, je réfléchis. Ce n'étais peut-être pas une très bonne idée d'abandonner un flic nu comme un ver en pleine rue, en pleine nuit ? Et s'il se faisait agresser par une bande de voyous ? Probable qu'il ne pourrait même pas courir vu son état. Très bien, me dis-je. Je vais le tirer de là. Je fis demi-tour et revint dans la petite rue. Je trouvai Morelli à l'endroit où je l'avais laissé, mains sur les hanches, l'air écœuré.

Je ralentis à sa hauteur, baissai la vitre et lui lançai son revolver.

— Tiens, lui-dis-je. Ça peut toujours servir.

Sur ce, j'appuyai sur le champignon et repartis pleins gaz.

14

Je gravis l'escalier en catimini et poussai un soupir de soulagement une fois en sécurité, enfermée à double tour dans ma chambre. Je n'aurais pas eu envie de devoir raconter à ma mère ma séance je-me-suis-fait-peloter-dans-la-Buick. Ni que son regard au laser ne détecte ma petite culotte roulée en boule dans la poche de mon blouson. Je me déshabillai sans allumer la lumière, me laissai tomber sur mon lit et ramenai mes couvertures sous mon menton.

Je m'éveillai en ayant deux regrets. Le premier était d'avoir laissé tomber la surveillance et donc de ne pas savoir si Kenny avait été arrêté. Le deuxième, d'avoir raté mon créneau horaire pour l'utilisation de la salle de bains et d'être, une fois encore, la dernière de la file d'attente.

Je restai couchée, écoutant les allées et venues dans la salle de bains… d'abord les pas traînants de ma mère, puis ceux de mon père et enfin ceux de ma grand-mère. Lorsque l'escalier grinça quand elle le descendit, je me drapai dans le peignoir matelassé rose qu'on m'avait offert pour mes seize ans, et gagnai la salle de bains sans me presser. La petite fenêtre qui se trouvait au-dessus de la baignoire était fermée contre le froid, et l'air ambiant était chargé d'une odeur de mousse à raser et de Saintol.

Je me douchai rapidement, me séchai les cheveux à la serviette, et enfilai un jean et un sweat-shirt. Je n'avais aucun projet pour la journée, outre garder l'œil sur ma grand-mère et sur Spiro. À supposer, bien entendu, que Kenny ne se soit pas fait choper hier soir.

J'allai à la cuisine en me laissant guider par l'arôme du café et je trouvai Morelli attablé, en train de prendre un petit déjeuner. Je déduisis de l'aspect de son assiette qu'il venait de finir des œufs au bacon. Il se carra dans sa chaise en me voyant, tasse de café à la main, et me dévisagea d'un air supputatif.

— B'jour, me lança-t-il, d'une voix neutre, le regard indéchiffrable.

Je me servis un mug de café.

— Bonjour.

Pas de commentaires.

— Quoi de neuf ? demandai-je.

— Rien. Ce n'est pas aujourd'hui que tu toucheras ta commission.

— C'est pour me dire ça que tu es venu ?

— Non. Pour récupérer mon portefeuille que je crois avoir oublié dans ta voiture.

— Ah oui.

Avec divers autres effets personnels.

Je bus une gorgée de café et reposai la tasse sur le comptoir.

— Je vais te le chercher, lui dis-je.

Morelli se leva.

— Je vous remercie pour ce délicieux petit déjeuner, dit-il à ma mère, dont le visage s'illumina d'un sourire béat.

— Ma maison vous est ouverte, lui dit-elle. Les amis de Stéphanie sont toujours les bienvenus.

Il me suivit dehors et me regarda sortir ses vêtements de la Buick.

— Tu disais vrai pour Kenny ? lui demandai-je. Il ne s'est pas pointé hier soir ?

— Spiro est resté jusqu'à deux heures passées. D'après le son, on aurait dit qu'il jouait à un jeu sur son ordinateur. C'est tout ce que Roche a entendu grâce au micro. Pas de coups de fil. Pas de Kenny.

— Spiro devait attendre quelque chose qui ne s'est pas produit.

— On le dirait bien.

L'épave d'une voiture de police était garée derrière ma Buick.

— Je vois que tu as récupéré ta bagnole, fis-je à Morelli.

Elle était toujours aussi cabossée et le pare-chocs se trouvait toujours sur la banquette arrière.

— Je croyais que tu l'avais donnée à réparer, lui dis-je.

— Oui. Ils ont réparé les phares.

Il jeta un coup d'œil en direction de la maison.

— Ta mère nous regarde de la porte, dit-il.

— J'ai vu.

— Si elle n'était pas là, je te secouerais comme un prunier jusqu'à ce que tes plombages te sautent de la bouche.

— Brutalité policière.

— Ça n'a rien à voir avec le fait que je sois flic. Mais avec le fait que je suis italien.

Je lui tendis ses chaussures.

— J'aimerais vraiment que tu me tiennes au courant en cas d'arrestation.

— Je ferai le maximum pour que tu y participes.

Nos regards se croisèrent. Devais-je le croire ? Non.

— Tu ferais mieux de réfléchir à une bonne histoire pour expliquer à ta mère pourquoi mes fringues étaient dans ta bagnole, me dit-il, sortant ses clefs de voiture de sa poche.

— Elle ne me posera pas de question. Des vêtements d'homme dans ma voiture, j'en ai tous les jours.

Morelli me fit un sourire forcé.

— Qu'est-ce que c'était que ces vêtements ? voulut savoir ma mère quand j'arrivai à sa hauteur. Un pantalon, des chaussures ?

— Ça ne te regarde pas, lui dis-je.

— Moi, ça me regarde ! fit mamie Mazur. Je parie que c'est une histoire qui vaut le détour.

— Comment va ta main ? lui demandai-je. Tu as mal ?

— Uniquement quand je serre le poing, ce que je ne peux pas faire avec ce gros bandage. Je serais dans de beaux draps si ça avait été la main droite.

— Tu as des projets pour aujourd'hui ?

— Pas avant ce soir. Joe Loosey est toujours exposé. Je n'ai vu que son pénis, tu comprends, alors j'aimerais bien voir le reste de la bête…

— À ma mort, je veux être incinéré ! nous cria mon père du salon où il lisait le journal. Pas d'exposition dans aucun salon funéraire !

— Depuis quand ? lui demanda ma mère, se détournant de ses fourneaux.

— Depuis que Loosey a perdu sa bite. Je ne tiens pas à courir ce risque. Je veux aller directement de mon lit de mort au crématorium.

Ma mère posa devant moi une assiette d'œufs brouillés. Elle y ajouta une tranche de bacon, du pain grillé et un jus de fruit.

Je mangeai les œufs en réfléchissant aux choix que j'avais pour la journée. Je pouvais rester cloîtrée à la maison et materner ma grand-mère ; je pouvais la materner en la faisant suivre ; je pouvais vaquer à mes occupations en espérant que Kenny n'avait pas noté mamie Mazur sur son emploi du temps de la journée.

— Tu veux encore des œufs ? me demanda ma mère. Du pain grillé ?

— Non, ça va.

— Tu as la peau sur les os. Tu devrais manger davantage.

— Je n'ai pas la peau sur les os, je ne peux même pas boutonner mon jean.

— Tu as trente ans, Stéphanie. C'est normal qu'on épaississe à ton âge. Qu'est-ce que tu fais en jean de toute façon ? À trente ans, on ne s'habille plus comme une gamine.

Elle se pencha vers moi et scruta mon visage.

— Mais qu'est-ce que tu as à l'œil ? Ta paupière n'arrête pas de tressauter.

Bon, très bien. Solution numéro un exclue.

— Je dois faire une surveillance, dis-je à ma grand-mère. Tu veux être de la partie ?

— Ça devrait être dans mes cordes. Tu crois qu'il va y avoir du grabuge ?

— Je crois que ça va être chiant comme la pluie.

— Si c'est pour m'ennuyer, autant que je reste ici. On cherche qui ? Toujours ce misérable Kenny Mancuso ?

En réalité, mon idée était de coller aux fesses de

Morelli. Par ricochet, je suppose que cela revenait au même.

— Mancuso, oui.

— Alors, je suis partante. J'ai un compte à régler avec lui.

Une demi-heure plus tard, ma grand-mère était fin prête : jean, gilet de ski, Doc Martens.

Je repérai la voiture de Morelli garée non loin de chez Stiva, dans Hamilton Avenue. Apparemment, il n'était pas au volant. Il devait être avec Roche en train d'échanger des souvenirs de régiment. Je me garai derrière lui, en me gardant bien de m'approcher trop près pour ne pas lui recasser ses feux arrière. J'avais vue sur les portes principale et latérale du salon funéraire et sur celle de l'immeuble où était planqué Roche.

— Toutes ces histoires de surveillance n'ont plus aucun secret pour moi, dit ma grand-mère. Ils ont interviewé des détectives privés l'autre soir à la télé, et ils ont tout raconté en détail.

Elle plongea la tête dans le fourre-tout en toile qu'elle avait emmené avec elle.

— J'ai tout ce qu'il faut là-dedans, dit-elle. Des revues pour passer le temps, des sandwiches pour la faim, des Coca pour la soif. J'ai même pensé au bocal.

— Au bocal ?

— Il contenait des olives, me dit-elle en me le montrant. C'est au cas où on aurait envie de faire pipi. Tous les privés font ça.

— Seuls les hommes peuvent pisser dans un bocal, mamie.

— Mince, mais où avais-je la tête ? Et moi qui me suis forcée à manger toutes les olives !

On parcourut les magazines, déchirant quelques fiches-cuisine au passage. On mangea les sandwiches. On but les Coca.

Après quoi, on eut toutes les deux envie d'aller aux toilettes, alors on retourna chez mes parents pour une pause-pipi. Puis on alla reprendre notre surveillance dans Hamilton Avenue où l'on put se garer juste à la même place, derrière la voiture de Morelli.

— Tu avais raison, me dit ma grand-mère au bout d'une heure. C'est mortel !

On joua au pendu, on compta les voitures qui passaient, et on cassa du sucre sur le dos de Joyce Barnhardt. On venait de commencer à jouer au portrait chinois quand, regardant une voiture qui arrivait face à nous, je reconnus Kenny Mancuso au volant d'un 4X4 Chevrolet aussi gros qu'un bus.

— Merde ! m'écriai-je, tournant maladroitement la clef de contact et pivotant sur mon siège pour ne pas le perdre de vue.

— Mais démaaaarre, bon sang ! brailla ma grand-mère. Ne laisse pas ce fils de pute nous échapper !

Je faillis déboîter le levier de vitesses en passant la première et j'étais sur le point d'élancer la voiture quand je vis que Kenny faisait demi-tour au carrefour et revenait vers nous à toute allure. Il n'y avait pas de voiture garée derrière la nôtre. Je vis le 4X4 se rapprocher du trottoir et je dis à ma grand-mère de s'accrocher.

Le 4X4 emboutit l'arrière de la Buick qui fit une embardée, télescopa la voiture de Morelli qui alla percuter celle qui était garée devant. Kenny fit une marche arrière, appuya sur le champignon et recommença l'opération.

— Bon, ça suffit, dit ma grand-mère. J'ai passé l'âge de jouer aux autos-tamponneuses.

Elle sortit un .45 de son fourre-tout, poussa la portière d'un coup d'épaules et descendit le plus vite qu'elle put.

— Tu ne perds rien pour attendre, mon garçon, dit-elle, visant le 4X4.

Elle appuya sur la détente, le coup partit, et le recul la fit tomber sur le cul.

Kenny recula à toute vitesse jusqu'au carrefour et fila sans demander son reste.

— Je l'ai eu ? s'enquit ma grand-mère.

— Non, lui dis-je, l'aidant à se relever. Tu l'as raté.

— De beaucoup ?

— Difficile à dire.

Elle porta une main à son front.

— Je me suis donné un coup sur la tête avec ce foutu revolver. Je ne m'attendais pas à une telle puissance.

On fit le tour des voitures pour constater l'ampleur des dégâts. La Buick avait tout juste une égratignure sur le chrome de son gros pare-chocs arrière. Aucun bobo à l'avant.

La voiture de Morelli était en accordéon. Le capot et le coffre étaient froissés, et tous les phares étaient réduits en miettes. La première voiture avait été poussée en avant sur quelques centimètres, mais n'avait pas l'air abîmée, à part une petite bosse sur le pare-chocs arrière qui n'était peut-être pas due à ce carambolage.

Je regardai des deux côtés de la rue, m'attendant à voir Morelli débouler au pas de course, mais non.

— Ça va bien ? demandai-je à ma grand-mère.

— Bien sûr que ça va, me dit-elle. Je l'aurais eu, ce salaud, si je n'avais pas eu la main bandée.

— D'où sors-tu ce .45 ?

— C'est mon amie Elsie qui me l'a prêté. Elle l'a acheté dans un vide-grenier quand elle habitait à Washington. Je saigne à la tête ?

— Non, mais tu as une coupure au front. Il vaudrait mieux que je te ramène à la maison.

— Ce n'est pas une mauvaise idée. J'ai les jambes en compote. Bah, je ne suis pas aussi coriace que ceux qu'on nous montre à la télé. Ils ont l'air de tirer au revolver les doigts dans le nez, eux.

J'aidai ma grand-mère à remonter en voiture et lui attachai sa ceinture. Je jetai un dernier regard à la tôle froissée et me demandai dans quelle mesure ma responsabilité était engagée en ce qui concernait la première voiture. Les dégâts étaient minimes, inexistants, pour ainsi dire, mais je coinçai tout de même ma carte sous un essuie-glace au cas où le propriétaire du véhicule découvrirait que son pare-chocs était un peu cabossé et voudrait une explication.

Je jugeai superflu de faire de même pour Morelli, étant donné qu'il penserait à moi tout de suite.

— Il vaut mieux qu'on ne parle pas de l'épisode du revolver à la maison, dis-je à ma grand-mère. Tu sais comment est maman avec les armes à feu.

— Pas de problème. Je préfère ne plus y penser d'ailleurs. Je n'arrive pas à croire que j'ai pu manquer cette voiture. Je n'ai même pas fait éclater un pneu !

Ma mère nous décocha un regard surpris quand elle nous vit débarquer.

— Qu'est-ce qui se passe encore ? fit-elle à ma grand-mère. Et qu'est-ce que tu t'es fait au front ?

— Je me suis donné un coup avec une boîte de Coca. Un accident bête.

Une demi-heure plus tard, Morelli frappait à notre porte.

— J'aimerais te dire deux mots… dehors, fit-il, me prenant par le bras et m'entraînant de force.

— Ce n'est pas ma faute, lui dis-je d'emblée. Ma grand-mère et moi, on attendait dans la Buick, et Kenny est arrivé derrière nous et nous a foncé dessus.

— Tu veux bien répéter ?

— Il conduisait un 4X4 Chevrolet de deux tonnes. Il nous a vues en stationnement. Il a fait demi-tour et il nous est rentré dedans. Deux fois. Ma grand-mère lui a tiré dessus mais il est reparti.

— C'est l'histoire la plus débile que j'aie jamais entendue.

— C'est la vérité !

— Qu'est-ce qui se passe ? nous cria ma grand-mère, de la porte.

— Morelli croit que je lui raconte des bobards à propos de sa voiture.

Ma grand-mère attrapa son fourre-tout sur la table de l'entrée, fouilla dedans, sortit le .45 et visa Morelli.

— Bon sang ! s'écria ce dernier, faisant un saut de côté et lui arrachant le revolver des mains. Où donc avez-vous eu ça ?

— Un emprunt, lui dit ma grand-mère. Je m'en suis servie contre votre bon à rien de cousin, mais je l'ai manqué.

Morelli regarda longuement les Doc Martens de ma grand-mère, et dit :

— Et je suppose que cette arme n'est pas déclarée ?

— Déclarée où ? À qui ? fit ma grand-mère.

— Débarrasse-t'en, me fit Morelli. Que je ne le revoie plus.

Je redonnai le revolver à ma grand-mère, la poussai à l'intérieur puis refermai la porte.

— Je vais m'en occuper, dis-je à Morelli. Je le rendrai moi-même à sa propriétaire.

— Donc, cette histoire abracadabrante est vraie ?

— Mais toi, tu étais où ? Comment se fait-il que tu n'aies rien vu ?

— Je relayais Roche. Je surveillais le salon funéraire, pas ma bagnole. Et la Buick, pas de bobo ?

— Rien qu'une éraflure sur le pare-chocs arrière.

— Dis, l'armée est au courant qu'une telle bagnole existe ?

J'estimai que le moment était venu de lui rappeler que je n'étais pas là pour faire de la figuration.

— Tu as vérifié le statut des armes de Spiro ?

— Tout ce qu'il y a de plus légales. Déclarées en bonne et due forme.

Au temps pour moi.

— Stéphanie, cria ma mère de l'intérieur. Tu es sortie sans mettre de manteau ? Tu veux attraper la mort ?

— En parlant de mort, fit Morelli. Le propriétaire de ton pied a été retrouvé ce matin. Son corps flottait sur la rivière coincé contre une des piles du pont.

— Sandeman ?

— En personne.

— À ton avis, Kenny est autodestructeur, il cherche à se faire choper ?

— Je crois que c'est beaucoup plus simple. Il est branque. Au départ, pour lui, c'était un moyen de gagner gros très facilement. Il y a eu un os, le coup a foiré et Kenny a disjoncté. Maintenant, il est tellement tourneboulé qu'il en devient bigleux et qu'il cherche quelqu'un à qui faire porter le chapeau... Moogey, Spiro, toi.

— Il a perdu la partie, hein ?

— Dans les grandes largeurs.

— Tu crois que Spiro est aussi dingue que Kenny ?

— Spiro n'est pas dingue. C'est un minus.

Il avait raison. Spiro était un furoncle que le Bourg avait sur le cul. Je jetai un regard à la voiture de Morelli. Elle avait l'air inutilisable.

— Je te dépose quelque part ? lui demandai-je.

— Je vais me débrouiller.

Le parking de chez Stiva était déjà archi plein à sept heures et il n'y avait aucune place disponible sur cinq cents mètres des deux côtés de Hamilton Avenue. Je me garai en double file à deux pas de l'allée de service, et dis à ma grand-mère que je l'attendrais dans la voiture.

Elle s'était changée au profit d'une robe et de son grand manteau bleu et, avec ses cheveux abricot, elle faisait une jolie tache de couleurs tandis qu'elle gravissait le perron du salon funéraire. Elle avait son sac à main en cuir véritable coincé dans le creux du coude, et sa main bandée pointait tel un drapeau blanc l'instituant en invalide de la guerre menée contre Kenny Mancuso.

Je dus faire deux fois le tour du pâté de maisons avant de dégoter une place. Je me hâtai vers le salon funéraire et entrai par la porte latérale, me blindant contre la chaleur étouffante et les messes basses. Une fois que tout ça serait terminé, je me jurai de ne plus jamais mettre les pieds dans un salon funéraire.

Quelle que soit l'identité du défunt. Je ne marchais plus. Que ce soit ma mère ou ma grand-mère. Elle allaient devoir se débrouiller sans moi.

Je rejoignis Roche, toujours attablé à la même place.

— J'ai vu que ton « frère » allait être enterré demain matin.

— Ouais. Si tu savais comme ce coin de table va me manquer. Et ces biscuits bon marché à la sciure de bois. Sans oublier le thé. Il est si bon, ce thé.

Il regarda autour de lui.

— Enfin, soupira-t-il, faut pas se plaindre. J'ai connu pire, comme mission. L'an dernier, j'ai dû assurer une surveillance déguisé en clochard, et je me suis fait agresser. Résultat des courses : deux côtes brisées.

— Tu as vu ma grand-mère ?

— Je l'ai vue passer, et puis elle s'est noyée dans la foule. Je suppose qu'elle essaie de jeter un œil sur le… hum, châtré de service.

Je rentrai la tête dans les épaules et m'élançai dans le salon où la dépouille mortelle de Joe Loosey était exposée. Je jouai des coudes jusqu'au cercueil à côté duquel se tenait la veuve. Je m'attendais à ce que ma grand-mère se soit immiscée dans l'espace réservé à la famille du défunt, son raisonnement étant qu'ayant vu le pénis de Joe, elle faisait dorénavant partie de ses intimes.

— Sincères condoléances, dis-je à Mrs. Loosey. Vous n'auriez pas vu ma grand-mère par hasard ?

— Edna est ici ? fit-elle, l'air affolé.

— Je l'ai déposée à l'entrée il y a une dizaine de minutes. Je pensais qu'elle serait auprès de vous.

— Non, je ne l'ai pas vue, dit Mrs. Loosey, posant

une main sur le cercueil de son mari en un geste protecteur.

Je refendis la foule en sens inverse et gagnai le salon où était exposé le faux frère de Roche. Une poignée de gens gravitaient dans le fond de la pièce. Vu leur animation, j'en conclus qu'ils devaient être en train de parler de l'affaire du pénis. Je demandai à la cantonade si quelqu'un avait vu ma grand-mère. Non. Je retournai dans l'entrée et allai voir si elle était à la cuisine, aux toilettes, dans la partie latérale de la véranda. Non. J'interrogeai tous ceux que je trouvais sur mon chemin. Personne n'avait vu de petite vieille dame en manteau bleu.

Des picotements d'inquiétude avaient commencé à danser leur danse de Saint-Guy le long de ma colonne vertébrale. Cela ne ressemblait pas à ma grand-mère. Elle aimait être aux premières loges. Je l'avais vue traverser le hall d'entrée, donc j'étais sûre qu'elle était à l'intérieur… en tout cas, qu'elle y avait été un certain laps de temps. J'estimai qu'il y avait peu de chances qu'elle soit ressortie car je l'aurais vue dans la rue pendant que je cherchais une place. Et il me paraissait inconcevable qu'elle soit repartie sans être allée jeter un coup d'œil sur Loosey.

Je montai à l'étage et visitai les pièces de stockage et d'archivage. J'entrouvris la porte du bureau de Spiro et allumai la lumière. Personne. Les toilettes ? Personne. Et personne dans le placard à linge qui contenait diverses fournitures de bureau.

Je redescendis dans le hall et remarquai que Roche ne s'y trouvait plus. Spiro se tenait à côté de la porte d'entrée, seul, l'air revêche.

— Ma grand-mère a disparu, lui dis-je.

— Félicitations.

— Très drôle. Je suis inquiète.

— Il y a de quoi, c'est une folle.

— Vous l'avez vue ?

— Non. Et c'est bien la seule chose agréable qui me soit arrivée ces deux derniers jours.

— Je pensais aller jeter un œil dans les pièces du fond.

— Inutile. Je les laisse fermées à clef pendant les heures d'ouverture au public.

— Ma grand-mère peut se montrer très astucieuse quand elle a une idée derrière la tête.

— Même si elle avait réussi à y entrer, elle n'y aurait pas fait de vieux os. Fred Dagusto est sur la table numéro un et il n'est pas beau à voir. Cent cinquante-cinq kilos de chair pas fraîche. De la graisse à perte de vue. Il va falloir le huiler et le faire entrer dans le cercueil à l'aide de chausse-pieds.

— Je veux quand même aller voir.

Spiro consulta sa montre.

— Vous allez devoir attendre la fermeture. Je ne peux pas me permettre de laisser cette bande de vampires sans surveillance. Quand il y a autant de monde, certains s'en vont en emportant un petit souvenir. Si on ne surveille pas la sortie, on y laisserait jusqu'à sa dernière chemise.

— Je n'ai pas besoin d'un guide. Donnez-moi les clefs.

— C'est hors de question. Je risque un procès quand il y a un macchabée sur la table. Je ne prends plus aucun risque après l'affaire Loosey.

— Où est Louie ?

— C'est son jour de congé.

Je sortis sur le perron et regardai de l'autre côté de la rue. Pas de lumière aux fenêtres de la planque.

Roche devait être en train de regarder et d'écouter. Morelli était peut-être avec lui. J'étais inquiète pour ma grand-mère, mais pas au point d'appeler Morelli à la rescousse. Autant le laisser surveiller les alentours pour le moment.

Je longeai l'allée latérale, fouillai le parking du regard, puis m'approchai des garages, au fond, et collai mes mains en rond sur les vitres teintées des corbillards, examinai l'intérieur du véhicule des fleurs et couronnes dont les portes arrière étaient ouvertes, donnai de petits coups sur le coffre de la Lincoln de Spiro.

La porte de la cave était fermée à clef, mais la porte de service donnant sur la cuisine, par contre, était ouverte. J'entrai par là et refis le tour des pièces, essayant d'ouvrir la porte des salles de travail. Fermée à double tour comme promis.

Je me glissai dans le bureau de Spiro d'où je téléphonai à mes parents.

— Mamie Mazur est avec vous ? demandai-je à ma mère.

— Oh, mon Dieu ! Tu l'as perdue ! Où es-tu ?

— Chez Stiva. Je suis sûre qu'elle n'est pas bien loin, mais il y a foule et je n'arrive pas à la retrouver.

— Elle n'est pas ici.

— Si elle rentre, téléphone-moi au salon funéraire.

J'appelai Ranger et lui racontai mon problème en lui disant qu'il serait bien possible que j'aie besoin de son aide.

Je rejoignis Spiro et lui dis que s'il ne me donnait pas accès à la salle d'embaumement, je sortais mon boîtier paralysant et je lui balançais une bonne décharge dans le squelette. Il parut réfléchir, puis pivota sur lui-même et passa devant les salons d'exposition avec raideur. Il poussa la porte du couloir qui s'ouvrit avec fracas, se retourna vers moi et me fit signe de me grouiller.

Comme si j'avais envie de m'attarder auprès de Fred Dagusto.

— Elle n'est pas là, dis-je à Spiro qui, resté sur le seuil, gardait son œil de lynx fixé sur les manteaux, à l'affût d'inhabituels renflements qui pourraient signaler qu'un endeuillé filait en emportant un rouleau de papier-toilette.

— Qu'est-ce que je vous disais ! fit-il.

— Le seul endroit où je n'ai pas regardé, c'est la cave.

— Elle n'y est pas, je vous dis. La cave est fermée à clef tout comme cette pièce.

— Je veux y descendre.

— Écoutez, soupira Spiro, elle est sans doute partie avec un de ses vieux copains. Elle doit être dans un restau ou un autre à l'heure qu'il est, en train de mener la vie dure à une pauvre serveuse.

— Laissez-moi descendre à la cave et je vous jure que je ne vous embête plus.

— Une perspective qui me réchauffe le cœur !

Un vieil homme agrippa Spiro par l'épaule.

— Comment va Constantin ? lui demanda-t-il. Toujours à l'hôpital ?

— Non, fit Spiro. Il est sorti. Il revient travailler lundi prochain.

— Ah, ben voilà qui doit vous faire plaisir !

— Ouais. J'en saute de joie.

Spiro traversa le hall d'entrée, glissant entre des groupes, snobant les uns, léchant les pompes des autres. Je le suivis jusqu'à la porte de la cave et attendis impatiemment qu'il trouve la bonne clef.

Mon cœur battait à tout rompre tant j'avais peur de ce que j'allais peut-être découvrir au bas de l'escalier.

Je priais que Spiro ait raison ; que ma grand-mère soit en train de dîner quelque part avec un de ses anciens flirts, mais je doutais fort que ce soit le cas.

Si quelqu'un l'avait forcée à sortir de chez Stiva, Morelli ou Roche seraient intervenus. À moins qu'on ne l'ait fait passer par la porte de derrière, la seule qu'ils ne pouvaient voir. Mais ils avaient compensé ce manque en plaçant des micros qui, s'ils étaient branchés, devaient leur avoir signalé que j'avais perdu ma grand-mère et ils devaient avoir pris une décision... quelle qu'elle soit. J'allumai la lumière de l'escalier et appelai.

— Mamie ?

La chaudière ronronnait en bas et des murmures me parvenaient des salons derrière moi. Un petit cercle de lumière éclairait le sol de la cave juste en bas des marches. Je plissai les yeux et tendis l'oreille, à l'affût du moindre bruit qu'aurait à m'offrir la cave.

Le silence qui régnait me donna une crampe d'estomac. Il y avait quelqu'un en bas. J'en étais sûre. Aussi sûre que le souffle de Spiro que je sentais sur ma nuque.

Pour tout dire, je n'ai pas l'étoffe d'une héroïne. J'ai une peur bleue des araignées, des extraterrestres, et certains soirs, je ressens le besoin de regarder sous mon lit pour vérifier qu'il ne s'y trouve pas de créatures baveuses et griffues. Si jamais j'en trouvais une, je prendrais mes jambes à mon cou et ne remettrais une peur bleue des araignées, des extraterrestres, et
– Le compteur tourne, me dit Spiro. Vous descendez ou pas ?

Je sortis mon .38 de mon sac et m'engageai dans

l'escalier. Stéphanie Plum, la chasseuse de primes pétocharde, descendait les marches une à une, le cœur battant si fort à ses tempes qu'elle en voyait flou.

Je m'arrêtai sur la dernière marche, tendis le bras sur ma gauche et appuyai sur l'interrupteur. Rien ne se passa.

— Hé, Spiro ! criai-je. Il n'y a pas d'électricité.

Je le vis se baisser en haut des marches.

— Ça doit être le disjoncteur.

— Il est où ?

— Sur votre droite. Derrière la chaudière.

Zut. C'était le noir complet sur ma droite. Je cherchai ma torche électrique dans mon sac, mais avant que j'aie eu le temps de mettre la main dessus, Kenny jaillit de l'obscurité et bondit sur moi. Il me frappa de côté et on roula tous les deux par terre. L'impact de la chute me coupa la respiration et envoya mon .38 valdinguer hors d'atteinte. Je tentai de me relever mais je fus réexpédiée à plat ventre au tapis. Je sentis la pression d'un genou entre mes omoplates et celle d'un objet pointu dans mon cou.

— Ne bouge plus, conasse, fit Kenny. Au moindre geste, je te tranche la gorge.

J'entendis la porte de la cave se refermer et Spiro dévaler l'escalier.

— Kenny ? dit-il. Mais qu'est-ce que tu fous ici ? Comment es-tu rentré ?

— Par la porte. Avec la clef que tu m'as donnée. Par où veux-tu que je rentre ?

— Je ne savais pas que tu repasserais. Je croyais que tu avais apporté toute la marchandise hier soir.

— Je suis venu vérifier que tout était toujours là.

— Ça veut dire quoi, au juste ?

— Ça veut dire que tu me fous les boules, fit Kenny.

— Les boules ? Celle-là, c'est la meilleure. C'est toi qui es barje et c'est *moi* qui *te* fous les boules.

— Fais gaffe à ce que tu dis.

— Laisse-moi t'expliquer la différence entre nous, dit Spiro. Tout ça, pour moi, c'est du travail. Je me comporte en professionnel. Quelqu'un avait volé les cercueils, donc j'ai engagé un expert pour les retrouver. Je ne me suis pas amusé à tirer dans les genoux de mon associé, moi ! Je n'ai pas été con au point de le canarder avec une arme volée et de me faire surprendre par un flic même pas en service ! Je ne suis pas débile au point d'imaginer que mes partenaires jouent un double jeu, moi ! Je ne me suis pas dit que c'était un coup monté, moi ! Et je ne m'amuse pas à foutre la trouille à un petit bout de chou ici présent. Tu veux que je te dise quel est ton problème, Kenny ? Quand tu as une idée derrière la tête, tu ne l'as pas ailleurs ! Tu te bourres le mou avec tes conneries, tu ne vois pas plus loin que le bout de ta folie ! Et il faut toujours que tu cherches à te rendre intéressant. Tu aurais pu te débarrasser de Sandeman ni vu ni connu, mais non il a fallu que tu lui tranches le pied !

Kenny pouffa de rire.

— Et moi, je vais te dire quel est *ton* problème, Spiro. Tu sais pas t'amuser. Faut toujours que tu fasses une tête d'enterrement. Tu devrais essayer d'enfoncer une de tes aiguilles d'embaumeur dans des tissus vivants pour changer.

— Tu es complètement malade.

— Ouais, et toi t'es pas très sain. Depuis le temps que tu me regardes faire mes tours de magie…

J'entendis Spiro bouger dans mon dos.

— Tu parles trop, dit-il.

— C'est pas grave. Petit bout de chou ne racontera rien à personne. Sa mère-grand et elle vont disparaître de la circulation.

— D'accord, mais pas ici. Je ne veux pas être mêlé à ça.

Spiro s'approcha du disjoncteur, le rebrancha et la lumière fut.

Cinq cercueils dans leur caisse étaient alignés contre un mur ; la chaudière et le cumulus trônaient au milieu de la pièce ; des caisses et des cartons étaient empilés à côté de la porte de derrière. Inutile d'être un génie pour en deviner le contenu.

— Je ne comprends pas, dis-je. Pourquoi avoir amené la marchandise ici ? Constantin reprend le travail lundi. Comment allez-vous faire pour lui cacher tout ça ?

— Ce ne sera plus là lundi, dit Spiro. On a tout amené ici hier pour faire l'inventaire. Sandeman transportait toute cette cargaison dans sa camionnette et l'écoulait au détail, ce con ! Une chance pour nous que vous ayez repéré sa camionnette au garage. Encore quinze jours à ce rythme, et il ne nous serait plus rien resté.

— Je ne sais pas comment vous vous y êtes pris pour apporter tout ça ici, mais vous ne pourrez jamais le ressortir. Morelli surveille le salon.

Kenny ricana.

— On va les sortir comme on les a rentrés, dit-il. Dans le wagon à bestiaux.

— Nom de Dieu, fit Spiro, je t'ai déjà dit que ça ne s'appelait pas comme ça !

— Ah ouais, c'est vrai. Le corbillard.

Kenny se releva et me tira violemment pour me remettre debout.

— Les flics surveillent Spiro et la baraque, mais pas le corbillard ni Louie Moon. Enfin, celui qu'ils prennent pour Moon. Mettez un chapeau à Cheeta et foutez-la derrière les vitres teintées du fourgon, et les flics croiront que c'est Louie Moon. Il faut dire que ce bon vieux Louie est très coopératif. Vous lui donnez un chiffon en lui disant de faire la poussière, et ça l'occupe pendant des heures. Il ne cherche pas à savoir qui prend le volant de son satané fourgon.

Pas con. Kenny s'est fait passer pour Louie Moon, a amené les armes et les munitions au salon funéraire dans le corbillard, l'a laissé au garage et a tranquillement transporté les caisses jusqu'à la cave en passant par la porte de derrière. Que Morelli et Roche ne voient pas. Et il est probable qu'ils n'entendent rien de ce qui se passe à la cave. Peu de chances que Roche y ait placé un micro.

— Et la vieille ? demanda Spiro à Kenny.

— Elle cherchait un sachet de thé à la cuisine et elle m'a vu traverser la pelouse.

Spiro se rembrunit. .

— Elle l'a dit à quelqu'un ?

— Non. Elle est sortie en gesticulant et en gueulant que je lui avais transpercé la main et qu'elle allait m'apprendre à vivre.

Apparemment, ma grand-mère n'était pas dans la cave. J'espérais qu'il fallait en conclure que Kenny l'avait enfermée dans le garage. Si c'était le cas, elle pouvait être encore vivante. Même pas blessée peut-être. Si elle se trouvait dans un coin de la cave, hors de ma vue, elle était anormalement tranquille.

Je me refusais à envisager les raisons possibles

de cette tranquillité inhabituelle, préférant étouffer la panique qui me nouait l'estomac au profit d'une émotion plus constructive. Le raisonnement à froid ? Non. J'étais en rupture de stock. L'humour ? Désolée, j'étais à court. La colère ? Est-ce que j'étais en colère ? Oh oui, avec un grand C ! Colère pour ma grand-mère. Colère pour toutes les femmes que Kenny Mancuso avait malmenées. Colère pour les flics abattus avec les armes volées. J'aiguisai ma colère jusqu'à ce qu'elle soit aussi affilée que la lame d'un coupe-chou.

— Et maintenant ? dis-je à Kenny. Qu'est-ce qu'on fait ?

— Maintenant, on va te foutre au frigo jusqu'à ce que tout le monde ait décanillé. Après, on verra selon mon humeur. On a le choix dans un salon funéraire. Hé, on pourrait te ligoter sur la table et t'embaumer vivante. Ce serait marrant, ça.

Il exerça une pression sur la lame du couteau contre mon cou.

— Avance, dit-il.

— Où ça ?

— Dans le coin, dit-il, le montrant d'un brusque mouvement de tête.

Là où étaient empilés les cercueils.

— Jusqu'aux cercueils ? dis-je.

Il sourit et m'aiguillonna pour que j'avance.

— Le cercueil, ce sera pour plus tard, dit-il.

Je plissai les yeux pour essayer de percer l'obscurité qui régnait dans le coin de la pièce et me rendis compte que les cercueils n'étaient pas accolés au mur. Entre les deux se trouvait une chambre froide. Ses deux tiroirs étaient fermés ; les plateaux en métal invisibles derrière de lourdes portes.

— Il va faire bon là-dedans, dit Kenny. Ça te donnera le temps de réfléchir.

Un frisson de peur courut le long de ma colonne vertébrale à m'en donner la nausée.

— Mamie Mazur…

— … est en train de se transformer en esquimau pendant qu'on cause.

— NON ! Sortez-la de là ! Je ferai tout ce que vous voudrez !

Des larmes ruisselaient sur mes joues et des gouttes de sueur mouillaient mon front.

— C'est une vieille dame, dis-je. Elle n'est pas dangereuse. Laissez-la sortir.

— Pas dangereuse ? fit Kenny. Tu déconnes ? Si vous aviez vu le cirque pour la foutre dans ce tiroir !

— De toute façon, elle doit être déjà morte à l'heure qu'il est, dit Spiro.

— Tu crois ? fit Kenny.

— Ça fait combien de temps qu'elle est là-dedans ?

— Une dizaine de minutes, répondit Kenny, après avoir jeté un coup d'œil à sa montre.

— Tu as baissé le thermostat ?

— J'y ai pas touché.

— On ne laisse pas les casiers mortuaires réglés sur « froid » s'ils sont inoccupés, expliqua Spiro. Économie d'énergie. Ils doivent être à peu près à température ambiante.

— Ouais, mais elle est peut-être morte de peur, dit Kenny. Qu'est-ce que t'en penses ? Tu crois que ta mamie est morte ?

Je réprimai un sanglot.

— Alors ? dit Kenny. Petit bout de chou a perdu

sa langue ? On ferait peut-être mieux d'ouvrir pour voir si la vioque respire encore.

Spiro libéra le loquet de la porte, l'ouvrit, attrapa l'extrémité du plateau en acier inoxydable et le fit glisser lentement vers lui. La première chose que je vis de ma grand-mère fut d'abord ses chaussures, pointées vers le ciel, puis ses mollets osseux, son grand manteau bleu, et ses bras raides le long de son corps, mains cachées dans les plis du manteau.

Je me sentis vaciller sous une vague de chagrin. Je me forçai à respirer calmement et clignai des yeux pour refouler mes larmes.

Le plateau, arrivé en bout de course, se bloqua en cliquetant. Ma grand-mère, raide comme un piquet, avait les yeux grands ouverts et les mâchoires serrées.

Nous la contemplâmes en silence pendant quelques instants.

Kenny fut le premier à retrouver l'usage de la parole.

— Elle m'a l'air bien morte, dit-il. Referme le tiroir.

Un son de rien du tout se fit entendre. Un son sifflant. On tendit l'oreille. Je vis l'œil de ma grand-mère cligner imperceptiblement. Encore ce son sifflant. Plus fort cette fois. Mamie inspirant entre ses dentiers !

— Hmmm, fit Kenny. Elle est peut-être pas encore tout à fait morte.

— Tu aurais dû baisser le thermostat, fit remarquer Spiro. Cette poupée n'aurait pas tenu plus de dix minutes à zéro degré.

Ma grand-mère remua faiblement sur son plateau.

— Qu'est-ce qu'elle fait ? demanda Spiro.

— Elle essaie de s'asseoir, dit Kenny. Mais elle

est trop vieille. Tes vieux os t'obéissent plus, hein, mémé ?

— Vieux, murmura-t-elle. Attends de voir ce que tu vas voir.

— Referme ce tiroir, dit Kenny à Spiro. Et mets la vieille à congeler.

Spiro donna une poussée sur le plateau, mais ma grand-mère, du pied, l'empêcha de coulisser. Elle avait les jambes repliées et se débattait comme un beau diable.

Spiro marmonna dans sa barbe et poussa violemment le plateau qui glissa, mais il manquait toujours quelques centimètres pour qu'il puisse refermer la porte.

— Quelque chose coince, dit-il. Je ne peux pas aller plus loin.

— Rouvre, fit Kenny. Qu'on voie ce qui cloche.

Spiro retira le plateau vers lui.

Apparurent le menton de mamie Mazur, son nez, ses yeux… et ses bras qu'elle avait tendus au-dessus de sa tête.

— Tu cherches les ennuis, mémé ? fit Kenny. Tu t'amuses à coincer le tiroir ?

Ma grand-mère ne répondit pas, mais je voyais qu'elle grinçait des dentiers.

— Allonge les bras sur le côté, lui ordonna Kenny. Et me cherche pas, parce que tu pourrais bien me trouver !

Ma grand-mère gigota pour décoincer ses bras. Finalement, elle libéra sa main bandée, et l'autre suivit, tenant le .45. Elle rabattit son bras tendu et fit feu.

On se coucha tous à terre et elle tira un autre coup.

Puis, ce fut le silence. Personne ne bougea sauf ma

grand-mère. Elle prit appui sur un coude, se redressa et il lui fallut un petit moment pour s'asseoir.

— Je sais ce que vous vous demandez, dit-elle, rompant le silence. Est-ce qu'elle a d'autres balles dans son barillet ? Eh bien, dans toute cette confusion, et d'être enfermée dans ce frigo, j'en avais oublié ce que j'avais sur moi. Mais étant donné qu'il s'agit d'un .45 magnum, à savoir le revolver le plus puissant du monde, et qu'il peut vous arracher la tête, vous n'avez plus qu'une question à vous poser : est-ce que c'est mon jour de chance, aujourd'hui ? Hein, qu'en dites-vous, minables ?

— Bordel, chuchota Spiro, voilà qu'elle se prend pour Clint Eastwood maintenant.

Bang ! mamie tira et dégomma une ampoule.

— Mince, fit-elle, y a vraiment un problème avec ce viseur.

Kenny crapahuta jusqu'aux caisses pour prendre un revolver. Spiro remonta l'escalier quatre à quatre. Quant à moi, je m'avançai en rampant vers mamie Mazur.

Bang ! Autre coup de feu. La balle manqua Kenny mais se ficha dans l'une des caisses. Il y eut une explosion et un feu d'artifice embrasa la cave jusqu'au plafond.

Je bondis sur mes pieds et aidai ma grand-mère à descendre du plateau.

Une autre caisse explosa. Des balles crépitèrent sur le sol et tracèrent des pointillés sur le bois des caisses qui renfermaient les cercueils. J'ignorais ce qui explosait ainsi, mais je me disais que nous avions de la chance de ne pas être touchées par des échardes de bois. Des volutes de fumée s'élevaient des caisses en flammes, nous obstruant la lumière, nous piquant les yeux.

J'entraînai ma grand-mère vers la porte de derrière et la poussai dans la cour.

— Ça va ? lui criai-je.

— Il allait me tuer, dit-elle. Et toi aussi. Nous tuer toutes les deux.

— Oui.

— Les gens ne respectent plus la vie humaine, c'est terrible !

— Oui.

Ma grand-mère se retourna vers la cave.

— Heureusement que tout le monde n'est pas comme ce Kenny. Il y a encore des gens normaux.

— Comme nous ?

— Oui, je suppose. Mais je pensais plutôt à l'inspecteur Harry.

— Bravo pour ton laïus.

— J'avais toujours rêvé de dire un truc comme ça. Je suppose que tout vient à point à qui sait attendre…

— Tu peux aller dans le bâtiment d'en face dire à Morelli que je suis là ?

Ma grand-mère s'éloigna vers la rue.

— S'il est là, je mettrai la main dessus ! dit-elle.

Kenny était à l'autre bout de la cave quand nous nous étions précipitées dehors. Soit il était remonté au rez-de-chaussée, soit il était toujours en bas en train de ramper vers la porte de derrière. Je penchais plutôt pour la deuxième solution. Il y avait trop de monde au rez-de-chaussée.

Je me trouvais à cinq ou six mètres de la porte, et je ne savais pas trop quoi faire si Kenny surgissait. Je n'avais ni revolver ni bombe lacrymogène. Pas même ma torche électrique. Je ferais peut-être mieux de filer dare-dare et d'oublier Kenny. L'argent, ce n'est pas tout dans la vie, me dis-je.

Qu'est-ce que je racontais ? Il n'était pas question d'argent. Il était question de ma grand-mère.

Il y eut une nouvelle explosion, plus faible que les précédentes, et des flammes jaillirent des fenêtres de la cuisine. Des gens criaient dans la rue et j'entendis des sirènes qui approchaient. De la fumée se déversait par la porte de la cave et s'enroulait autour d'une silhouette humaine. Une créature de l'enfer cernée par le feu. Kenny.

Il se plia en avant, en proie à une quinte de toux, puis inspira profondément, bras ballants. Apparemment, il n'avait pas réussi à prendre une arme. Bonne nouvelle. Je le vis regarder à droite et à gauche, puis marcher droit sur moi. J'avais l'impression que mon cœur allait bondir hors de ma poitrine, puis je me rendis compte que Kenny ne m'avait pas encore vue. Je me dressai, perdue dans l'ombre, sur sa voie de sortie. Il comptait contourner les garages et disparaître dans les ruelles du Bourg.

Il avançait à pas de loup, inaudible dans le rugissement des flammes. Ce ne fut qu'arrivé à un mètre cinquante de moi qu'il me vit. Il se figea sur place, surpris, et on se mesura du regard.

Tout d'abord, je crus qu'il allait prendre ses jambes à son cou, mais il se rua sur moi en poussant un juron, et on roula tous deux dans la poussière en se donnant des coups de pied et de poing. Je lui flanquai un bon coup de genou et lui enfonçai mon pouce dans l'œil.

Kenny s'écarta de moi en hurlant de douleur et commença à se relever. Je l'attrapai par un pied et le fis retomber à genoux. On roula de nouveau par terre. Et de nous rebalancer des coups de pied, de poing et des insultes.

Il était plus grand et plus fort que moi, et plus fou sans doute. Quoique j'en connaisse qui ne seraient pas forcément d'accord sur ce dernier point. J'étais mue par la colère. Kenny tentait le tout pour le tout, mais j'étais complètement enragée.

Je ne voulais pas seulement l'empêcher de fuir… je voulais lui faire mal. Pas facile à admettre. Je ne m'étais jamais considérée comme quelqu'un de foncièrement mauvais et de rancunier, mais c'était ainsi.

Je serrai le poing et lui balançai un revers, portant un coup qui me fit vibrer le bras jusqu'à l'épaule. Il y eut un craquement, Kenny haleta, puis je le vis battre l'air de ses bras.

Je l'attrapai par le pan de sa chemise et appelai à l'aide.

Ses mains se serrèrent autour de mon cou et je sentis son souffle tiède sur mon visage.

— Crève, dit-il d'une voix pâteuse.

Peut-être, mais il mordrait la poussière avec moi. Je me cramponnais à sa chemise avec une poigne de fer. Sa seule façon de m'échapper serait qu'il se mette torse-poil. Je ne lâcherais pas sa liquette, même étranglée.

J'étais si concentrée là-dessus qu'il me fallut quelques secondes pour me rendre compte que nous étions trois.

— Putain, me criait Morelli à l'oreille. Mais lâche-le donc !

— Il va s'échapper !

— Mais non. Je le tiens.

Derrière Morelli, je vis Ranger et Roche au coin de la maison, flanqués de deux policiers en uniforme.

— Qu'elle me lâche ! hurlait Kenny. Bon Dieu, ces salopes de Plum sont de vraies tigresses !

J'entendis un autre craquement dans l'obscurité, et je soupçonnai fort Morelli d'avoir accidentellement cassé quelque chose appartenant à Kenny. Son nez, par exemple.

15

J'avais enveloppé la cage de Rex dans une grosse couverture bleue pour qu'il n'attrape pas froid pendant le transport. Je le soulevai du siège avant de la Buick et refermai la portière d'un coup de fesses. Comme c'était bien de rentrer chez soi. Et comme c'était bien de se sentir en sécurité. Kenny était sous les verrous sans possibilité de remise en liberté sous caution, et j'espérais qu'il y resterait un bon moment. Toute sa vie, avec de la chance.

Rex et moi prîmes l'ascenseur. Les portes s'ouvrirent au deuxième étage et je sortis sur le palier, le cœur léger. J'aimais mon couloir, j'aimais Mr. Wolesky, j'aimais Mrs. Bestler. Il était neuf heures du matin et j'allais prendre une douche dans MA salle de bains. J'aimais tant ma salle de bains.

Je coinçai la cage de Rex contre ma hanche pour ouvrir ma porte. Plus tard, dans la journée, je passerais à l'agence pour toucher ma prime. Puis j'irais faire quelques emplettes. Peut-être que je m'achèterais un nouveau frigo…

Je posai Rex sur la table du salon et ouvris les doubles rideaux. J'aimais mes doubles rideaux. Je restai immobile un moment, admirant la vue sur le parking, me disant que mon parking aussi, je l'aimais.

— Chez moi, dis-je.

Au calme. Au chaud. À l'abri.

On frappa à la porte.

J'allai zieuter par le judas. C'était Morelli.

— J'ai pensé que ça t'intéresserait de connaître le fin mot de l'histoire, dit-il.

Je lui ouvris et m'effaçai.

— Kenny a parlé ?

Morelli entra, l'air décontracté mais l'œil aux aguets. Il n'oubliait jamais qu'il était flic, celui-là.

— Suffisamment pour qu'on recompose le puzzle, dit-il. Il se trouve qu'ils étaient trois comploteurs, comme on le pensait. Kenny, Moogey et Spiro. Et chacun avait une clef du hangar de stockage.

— Un pour tous, tous pour un.

— Ou plutôt chacun pour soi. C'était Kenny le cerveau. C'est lui qui a programmé le vol et qui avait un acheteur à l'étranger pour les munitions volées.

— D'où les coups de fil au Mexique et au Salvador.

— Exactement. Il avait aussi touché une grosse avance.

— Qu'il a claquée tout de suite.

— Oui. Là-dessus, il est allé au hangar pour préparer la livraison, et tu sais quoi ?

— Plus de marchandises.

— Re-oui, fit Morelli. Pourquoi tu es en blouson ?

— Parce que je viens d'arriver. Je m'apprêtais à prendre une douche.

— Mmmm, soupira Morelli.

— Il n'y a pas de mmmm qui tienne. Parle-moi

plutôt de Sandeman. Qu'est-ce qu'il vient faire dans cette galère ?

— Il a surpris une conversation entre Moogey et Spiro qui a éveillé sa curiosité. Alors, il a eu recours à l'un des nombreux talents qu'il a acquis au cours de sa carrière de petit criminel : il a piqué la clef du hangar au trousseau de Moogey et, par élimination, a trouvé celui auquel elle correspondait.

— Qui a tué Moogey ?

— Sandeman. Il a pété les plombs. Il a cru que Moogey savait au sujet de la camionnette de déménagement qu'il avait louée.

— Et Sandeman a gentiment raconté tout ça à Kenny ?

— Kenny peut être très persuasif quand il veut.

Je n'en doutais pas une seconde.

— Pour en revenir à ta douche…

Je tendis le bras, désignant la porte.

— Dehors, dis-je.

— Tu ne veux pas savoir pour Spiro ?

— Savoir quoi ?

— On ne l'a toujours pas retrouvé.

— Vous n'avez pas creusé au bon endroit.

Morelli tressaillit.

— Humour mortuaire, précisai-je.

— Autre chose. Kenny nous a donné une version très intéressante sur la façon dont l'incendie s'est déclaré.

— Mensonges. Rien que des mensonges !

— Tu te serais épargné bien des terreurs si tu avais laissé mon micro dans ton sac.

Je fronçai les sourcils et croisai les bras.

— Mieux vaut éviter ce sujet.

— Tu m'as laissé cul nu au beau milieu de la rue !

— Je t'ai donné ton revolver, non ?

Morelli eut un sourire gourmand.

— Tu vas me donner plus que ça, trésor.

— Laisse tomber.

— Sûrement pas. Tu me dois bien ça.

— Je ne te dois rien du tout ! C'est toi qui me dois une fière chandelle ! Je te signale que j'ai arrêté ton cousin.

— Et ce faisant, tu as foutu le feu au Salon Funéraire Stiva et détruit pour des milliers de dollars de biens de l'État.

— Si tu commences à chercher des poils aux œufs…

— Des « poils aux œufs » ? Trésor, tu es la plus mauvaise chasseuse de primes depuis les débuts de l'humanité.

— Bon, ça suffit. J'ai mieux à faire que d'écouter tes insultes.

Je le poussai hors de chez moi, claquai la porte et tournai le verrou. Je collai mon nez au battant de la porte et mon œil au judas. Morelli me regardait, hilare.

— C'est la guerre ! lui criai-je à travers la porte.

— Ça tombe bien, dit-il. Je tire de bons coups.

Composé par Nord Compo
à Villeneuve-d'Ascq (Nord)

Imprimé en France par

MAURY IMPRIMEUR
à Malesherbes (Loiret)
en juin 2013

POCKET – 12, avenue d'Italie – 75627 Paris Cedex 13

N° d'impression : 182047
Dépôt légal : juin 2013
S23670/01